有爱的青春陪伴者

图书在版编目（CIP）数据

他在深海之中 / 杨清霖著.--石家庄：花山文艺出版社，2023.6
ISBN 978-7-5511-6657-7

Ⅰ.①他… Ⅱ.①杨… Ⅲ.①长篇小说—中国—当代 Ⅳ.①I247.5

中国国家版本馆CIP数据核字（2023）第033247号

书　　名：他在深海之中
　　　　　Ta Zai Shenhai Zhizhong
著　　者：杨清霖
责任编辑：董　舸
特约编辑：欧雅婷
责任校对：郝卫国
装帧设计：严小曼　姜　苗
封面绘制：KEHAO
美术编辑：王爱芹
出版发行：花山文艺出版社（邮政编码：050061）
　　　　　（河北省石家庄市友谊北大街330号）
销售热线：0311-88643221
印　　刷：长沙鸿发印务实业有限公司
经　　销：新华书店
开　　本：880mm×1230mm　1/32
印　　张：9
字　　数：187千字
版　　次：2023年6月第1版
　　　　　2023年6月第1次印刷
书　　号：ISBN 978-7-5511-6657-7
定　　价：39.80元

（版权所有　翻印必究·印装有误　负责调换）

序言
深海之于世界及你我

  我出生在东南沿海的一个海滨小城,用诗意些的话说,我是听着海浪的声音降生于世的。创作这部小说的时候,我也正在南海西北部的一座热带岛屿上,开启了新的人生阶段。

  海洋于我而言,是生命的代名词,是我的生命中不可替代的代名词,那样远,也那样近。因此我常想,如果让我写一个能代表海洋的角色,他会是什么样子呢?

  首先想到的是磅礴,其次是广阔,最后是万物生长。只有经历过创伤的温柔才磅礴广阔到足以令万物生长。于是,有了云远道。我将这些名词归类,放到爱情、生死、罪罚的母题之下,得出的结论便是两个都曾受伤的人互相治愈、彼此温暖,于是有了麦温如。

  书中他们的爱情,是我目前认知中最值得追寻的关系——在逐渐发掘自我的过程中相互靠近,明白自己也了解对方。只有这样才建立得起彼此间不可取消的独特性,才使得他们之间的珍惜和尊重牢不可破。

当然,这世上多的是人受过伤却得不到医治,极尽渴求也只能踽踽独行,因此不禁问,与我共度一生的人究竟是谁?是自己。人是不能失去自我的,甚至说,美好的关系就是让你确定自我。我也曾因为爱上一个人而更好地成了自己,无论结果如何,过程中有过许多美妙的时刻,让我自觉我也曾体会过非常美好的关系,这令人很知足。

我曾在书中读过,人生正是一个体验的过程,与之相反的是"拥有",因为到生命最后,人都将一无所有的。愚笨如我,至今也不敢说自己曾弄明白了什么,只能说现在也还在理解体会的过程中。如果世界是一方海洋,我写爱情无非只写了其中一扇海贝,所幸这海贝作为一个映射,以其自身刻录了整片大洋的汹涌波动,在这上面我们得以读到整个世界。

因此,我想我只要继续表达下去就好了。如果某天我有幸写清楚了爱情,就等于写清楚了这个世界。

愿你也在我的书写中,得到一些体会与感动,如此我便不虚此行。仰望星空固然伟大,但偶尔能将眼光投向地平线,爱一爱近在咫尺的深海,也不失一种新的乐趣。

在此深表谢意。

目录
contents

第一章 001
"勇敢地做了你认为正确的事,有什么错呢?"

第二章 024
"你像光,穿过海水,搅动心房。"

第三章 040
"有什么事我来负责,但你不可以受委屈。"

第四章 066
"我也希望,你可以决定自己想要的样子。"

第五章 088
"二十万朵玫瑰,都比不上一个你。"

第六章 112
"怕你孤单,就来了。"

目录
contents

第七章 147
"喜欢你,是可以昭告天下的事。"

第八章 172
"我对她,同样无限循环,只增不减。"

第九章 199
"再温柔的海洋巨兽,也有悲伤的时候。"

第十章 232
"你是悬在我心上的月亮,散发引力,引起潮汐。"

番外一 271
y(1,+∞)

番外二 276
云先生与云太太

第一章

"勇敢地做了你认为正确的事,有什么错呢?"

TA ZAI SHEN HAI ZHI ZHONG

（1）

四月末的横珠海洋王国，初夏晴空覆盖之下的巨幕馆。银色的光点在水面聚合，变幻不定的蓝色波纹之间，一尾鳞片洁白胜雪的"人鱼"滑入水中，身后带起细密的气泡。游弋的海鱼将她层层围绕，宛如万千世人爱慕的眼光，她却摇曳着曲线曼妙的身姿往深处游去，不为之多做一秒的停留。

穿上人鱼皮时是如此，隔着厚度近三十厘米的有机玻璃墙，听不见观众的欢呼，同时也不必在乎那些谩骂，麦温如这样想着。但谢幕后上了岸，她一打开手机，页面仍停留在上班前浏览的那条新闻：《昔日选秀学员海洋王国"再就业"，"国民妹妹"梦碎横珠》，数万的浏览量，下面全是嫌憎她的刻薄评论。

舞台划水、演戏面瘫、唱跳俱废，小时候征服全国男女老少的颜值也因为年龄增长而一去不复返了，她被公司硬塞进选秀场时简直是标准的"三无艺人"，只能靠着观众仅剩的一点童星滤镜强行"吊车尾"。一路混到半决赛，她才攒了几十万票，其中有五成票数还是靠宋叶芄掏了私房钱给她砸出来的，跟那些动辄过上千万票数的高人气选手相比，

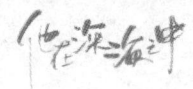

她被淘汰简直是意料之中。

十几年前还是育儿综艺中人气飙升的"国民妹妹",长大后被各种真假难辨的恶评和丑闻一掺和,瞬间就被舆论剥皮抽骨。在那个火爆了一整个夏天的女团选秀节目中,她没来得及发光便黯淡了,仿佛从未在那个夏天留下过什么痕迹。

仔细算来,也都是一年前的事。选秀结束后,麦温如与经纪公司的合约也到了期,她回政法大学办理复学手续时心里便很清楚,从此往后她就是一个完完全全的"素人"了。在这不被注视的平凡生活当中,她要背负起独属于自己的人生。

那么,成为宋家横珠集团海洋王国的一条"美人鱼",在完成学业的同时卖力演出以换取相应的薪水,是她必须做出的选择。

但,一定会有一个属于她的夏天,她如此笃定地相信着。

宋叶芘不知何时来到了换装室,见刚结束了表演的麦温如又捧着手机在发呆,就知道她铁定又是在看网上的恶评。

悄悄示意其他无关人员离开后,她大大咧咧地攀过麦温如单薄的肩膀,手指一滑便替麦温如退出了浏览页面,轻哼一声道:"看这种营销号写的烂新闻干吗?你实在闲着没事了,可以给我当水军,就挑那些爱说我闲话的,你每天都到他们微博下面无脑吹,可劲儿捧我,怎么样?"

麦温如轻笑着由宋叶芘闹,现在的营销号确实什么都能说上一嘴,要么挖娱乐圈,要么扒富豪榜,芘芘作为全国游乐场巨头总裁的幺女,不知免费给他们提供了多少素材。忽然发觉自己湿漉漉的头发沾到了宋叶芃的高定套装,麦温如赶紧将脑袋往后一仰,道:"我头发还没干呢,差点儿把你这只能干洗的香奈儿毁了。"

"也不会穿第二次了。"宋叶芃摆摆手,接过麦温如拿来给她擦衣服的毛巾,转而细细地给麦温如擦起头发来。

冷气在狭窄的换装室里缓缓流动,宋叶芃压低了声,终于说出她这次特意前来的目的:"他减刑了。十一月六日就出来。"

麦温如闻言心里一紧,略微盘算,眼下距此日期只剩半年多的时间。犯下那样不可饶恕的罪行,只判了不足挂齿的三年刑期不说,竟还减了刑,实在叫人惶然。

她下意识地伸手去摸备在包里防身的模型枪,捞了个空才发觉自己还没换装,只得捏住身侧的"鱼鳍",紧张得指节因过于用力而发白。

宋叶芃帮麦温如擦完头发,半蹲下来,轻轻握住她的手,柔声道:"不用怕。旧房子已经挂出去了,新屋给你找市郊附近的小区,我家的地产,安保一级棒。房款方面你不用担心,我处理好了,到时候用卖旧房子的钱直接抵就行。你和阿姨定个日子搬?"

麦温如有些诧异,看向宋叶芃的眼神同肩上散落的乌发一样,溢满微湿的暖意。宋叶芃对她向来如此,她开口要的只是"一",宋叶芃却总替她把剩下的每一步都想好,捧到她面前的就是满满当当的"十"。她的平生遭遇称不上幸运,但在人生最初那几年,和宋叶芃在那档亲子真人秀节目当中的"梦幻联动",是她人生不可多得的好运之一。

那个时候,麦温如是电视剧导演和知名编剧的独女,而宋叶芃是游乐

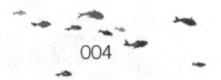

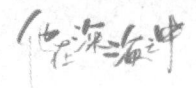

园大亨和华语影后的结晶,两人这一"联动"就超出了节目时限,在现实中绵延了十多年。无论是当初她们懵懂天真时,还是后来麦温如的江河日下,世事白云苍狗,她们之间的友情都抵住了时光的试炼,越发牢固。

宋叶芃打小就受不了麦温如这种小动物一样的眼神,明明受伤的是自己,却总还在担心别人。她摆摆手道:"好了,我这是有所企图才帮你的懂吗?明儿个是我和向其琛的纪念日,我逃课约会去,你帮我打个掩护。"

麦温如心领神会,问:"什么课?"

"海洋资源与应用。"

"你一经济系学生上这课干吗?"

宋叶芃"啧"一声,道:"校公选课啊。明天上午第四节,向其琛导师上的,每回必点名。"

"可我明天上午有三节课,还排了下午场的表演呀。"下午三点开场,还得算上从申光大学赶过来化妆换装的时间,第四节课下课后再赶过来怎么来得及?

宋叶芃一脸"这都不算事儿"的神情,宠溺地拍拍麦温如的小脸蛋儿:"就是上课前帮我答个到,你稍微克服一下困难嘛。"

"一般都是困难克服我好吗……"

应下了代课的差事,麦温如匆忙往学校赶。A市晌午的气温总是奇高,她撑着一把粉色的遮阳小伞,信步往地铁口走去。远远听到几声稀疏的警哨时，她还不明白发生了什么，直到眼前原本密密麻麻的行人都默契地往两边闪躲开，她一眼望见十米开外一个直直往她所在的方向逃窜而来的黑衣男人，他身后还有一个拿着牛皮纸袋狂奔的高瘦身影，两人一前一后将穿着制服的警察甩在身后。

敢情还是团伙作案？

麦温如有一瞬的心惊，脚步却没有移动，牢牢地粘在了路中央。视而不见不是她的作风，更何况，这回她包里还有支号称顶级藏品的工艺手枪模型，是芃芃特意从一个酷爱收藏各类模型的表哥那儿顺来给她防身用的，一比一还原了一代名枪P220，没拆解时用它以假乱真简直不在话下。半年后，她和妈妈的安全生活说不定都得仰仗它了。

警察就在不远处，她只需要截停疑犯片刻便足够了。

撑伞的高挑少女抬起左手，牛奶白的手腕处是表链细长的银色腕表，表盘紧贴内腕，而黑色的枪口对准飞奔而来的黑衣男人。他首先被不知真假的枪支惊住，其次是持枪者那破釜沉舟般的神情，似鹰隼的凌厉眼神——那实在不会是一个拿假枪的人会有的表情。

这黑衣男人显然是个孬货，仿若吓破了胆，脚下刹不住了就干脆跪倒在地上，举起双手做投降状，嘴里还含混不清地喊着求饶的话。拿着牛皮纸袋的青年此刻追了上来，麦温如首先看到他身上那件在阳光下熠熠生辉的暗纹白衬衫。不知道他追了多久，停下脚步后只一刻不停地喘着气，却丝毫不见惊慌。

麦温如可没心思疑虑，便用下巴指了指白衣青年，故作淡定地说道：

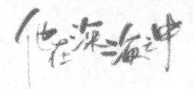

"双手抱头,蹲下。"

白衣青年愣了愣,又瞥了瞥她的左手,略有些欲言又止,但还是乖乖扔下了手中的牛皮纸袋,按照她的要求双手抱头。

被远远落下的三名警察终于抵达,见麦温如那视死如归的架势,连连惊呼后掏枪与她对峙,高声发令道:"把枪放下!"

在麦温如的视角中,自己仍然是这两名疑犯逃跑路上的唯一障碍,他们随时有可能越过她再次逃跑。她有些迟疑,握着模型枪的力道松了松,略带不安地询问警察道:"不……不先抓人吗?"

白衣青年忽而向她靠近了一步,声音沉稳得如同无风的海面,说出的话也极不符合他的身份定位,像是在刻意安抚她。他说:"先放下枪,他跑不了的。"

麦温如警惕地看了对方一眼:他跑不了,意思是你能?

"你别动!"麦温如故意提高音量警告他,内心真实的自己其实早已在发抖。

白衣青年似乎察觉了她不稳定的情绪,忙定在原地,道:"好,我不动,"说完又叮嘱般对她说,"你也不要动。"

他似乎并没有把逃跑放在第一位,反而将全部注意力都放到她身上。麦温如感到十分不自在,前进一步把地上那个装着赃物的牛皮纸袋踢开。袋子在水泥地上摩擦,里面的赃物也随之发出一种塑料制品特有的响声。

麦温如刹那间陷入疑惑——难道不是什么值钱货?她再抬眼时,只瞟见白衣青年高扬在空中的手,与刻在她潜意识里强壮男人挥巴掌的动作相重合,她猛地一惊,下意识地往回一缩。

意外的是,想象中的巴掌没有落下,她只感到自己的左手腕被一只强有力的大手握住。她没来得及反抗,左手便随着他的力道高高举起,做投降状。

白衣青年清冷的嗓音响在头顶:"警察先生,少安毋躁。我是报警人,也是受害者。这位姑娘只是见义勇为的市民,她拿的是支模型手枪,弹膛都没有的。"

麦温如错愕地抬头,烈日下他的金丝眼镜泛着流光,这才真正看清他的模样——三十出头的年纪,清爽干净的短发,俊朗周正的眉眼,如峰挺拔的鼻梁上架一副金丝眼镜,恰到好处地衬出一种斯文感。日光在他脸上浅浅地铺了一层,他微蹙着眉为她解释,书生意气中多了一分理智自持,自在洒脱中多了一分清冷忧郁,宛如谪仙。

她再转身,看到不知何时已经在她身后形成一个包围圈的数名警察,数支货真价实的警枪正齐齐对准她。

他居然是……受害者?

那刚才他种种令她不自在的举动,其实是因为早看到了她身后包围上来的警察,是想要……保护她?

(2)

公安局。

"身份证收好。"当值的警察淡淡地将两张身份证推到桌子对面。

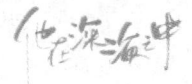

麦温如靠得近些,先一步伸手去拿。那一刻,她扫了一眼男人的名字——云远道。

绝江海者托于船,致远道者托于乘。无论舟车是否便利,若有人愿为你远道而来,总归是件十分美好的事情。

"你的枪呢,我们特地送去鉴定过了,确实只是个模型,没有弹膛,更不具备杀伤力,所以现在按私人物品处理,归还给你。不过这玩意儿外表看来仿真度这么高,还是少掏出来吓人啊!在我国持有枪支弹药是严重的违法行为。根据《中华人民共和国刑法》第⋯⋯"警察叔叔慢慢悠悠地开口,正准备按流程进行一番思想教育,背到法条内容时却突然卡了壳,皱着眉头憋了半天都没说出来。

麦温如没好意思看着警察叔叔尴尬,便接过了话茬,倒背如流道:"根据《中华人民共和国刑法》第一百二十八条第一款:违反枪支管理规定,非法持有、私藏枪支、弹药的,处三年以下有期徒刑、拘役或者管制;情节严重的,处三年以上七年以下有期徒刑。同时,我国也禁止制造、销售、持有仿真枪。"

警察叔叔连连点头,赞她:"对对,就是这么个理儿。小姑娘挺懂法啊。"

麦温如笑眯眯道:"我学法律的,叔叔。"

警察叔叔望着她那人畜无害的笑容,不自觉被感染的同时也倍感眼熟,再结合她身份证上的名字一想,一拍大腿道:"哎!你就是那个麦温如对吧?你小时候上那节目,我每期都看,比看相声还可乐!"

警察叔叔显然是当初那档育儿综艺的核心受众之一，拉着麦温如欢欢快快就唠了起来，剩下还未返还的物品就这样被晾在手边。

一旁的云远道也不急，垂目安安静静地听他们话完家常，才终于从警察叔叔手里接过那个之前被装在牛皮纸袋里的信封。他打开数了数，里面的现金一张没少。

据说是线下交易买限量手办，云远道被骗子用个低仿玩具糊弄了。这人仅花了几秒钟就反应了过来，一边报警，一边亲自逮人。中途那骗子认输求饶，把钱和手办都扔回给了他，他也没姑息养奸，硬是追着骗子跑了五六条街，铁了心要将对方绳之以法。

这恒心，这体力……麦温如暗自咋舌。此时警察叔叔被同事叫走，她便好奇地和云远道搭了一句话："什么手办这么贵呀？"

云远道云淡风轻地抬眸瞧过来，答："不是贵的问题，是太过罕见，再不加快速度收购这手办就要在市场上绝迹了。"

麦温如撞进他的眼神里，大脑有一瞬间的放空。

这人似乎英俊得有些过分啊……

她似懂非懂地点点头，笑笑："现在确实很多人喜欢收集手办哈。"

"不是我喜欢，"他收回看她的目光，隐忍的一分愁绪转瞬即逝，"是我弟弟喜欢。"

麦温如这才恍然大悟："啊，小朋友是比较喜欢这些。"

他带着意味不明的情绪轻轻笑了一声，修长的手指细致地将信封的口子折好，低低道："是啊，他永远都是个小朋友了。"

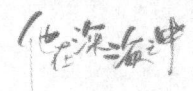

麦温如听不大真切,又听他忽而反问道:"那你呢?你喜欢收集模型枪?"

麦温如的气势瞬间弱下去:"我只有这一支……"

"想用它来唬人?"

"用来保命。"她答得很认真。

"骗骗没玩过枪的外行,确实还可行。"

听到这个回答,麦温如彻底坐不住了。自从她收藏这支模型枪以来,被它唬住的人可不在少数,他是怎么一眼就看出来这是假的?

而他这次的答案依然很简单:"摸过真的,假的就显得尤其假了。"

他不仅摸过,甚至真实细致地一寸一寸端详过,还曾在遥远的大洋彼岸因为痛苦而无数次动摇,想要借助它的力量一了百了。

"但是你很勇敢。"他看一眼她的包,似乎能透视里头安静沉睡的模型枪,"这一点,我很佩服。"

麦温如闻言一怔,还想说点儿什么,警察叔叔却折返回来,拿着一摞文件让他们分别签字。

逐项忙碌下来,再起身时天已然黑透,麦温如边背包边笑容灿烂地和警察叔叔告别,余光远远瞟见云远道从大门离开的身影。

她心中没来由地一急,脚步不由自主就跟了过去。

出了自动开关的玻璃大门,麦温如一眼就看见三步开外的云远道。此时正站在人行道上和一个高瘦的漂亮女孩儿说话,她走近了几步,听到云远道淡淡的一句"抱歉,手机没电了,我也没有特意设置过微信号"。

对方面露失望,但也没纠缠,大大方方地告别离开了。

原来是被人搭讪啊。看他那副好皮相还有他刚才那反应,也是个应付搭讪的老手了。麦温如暗暗握紧手机,刚才不管不顾追出来的勇气忽然就蒸发了。她有些不知所措地怔在原地,直到云远道回过身发现了她,用与刚才相比柔和许多的语气问道:"有事吗?"

麦温如莫名有些紧张,磕磕巴巴地说:"我……我有个问题想问你。"

"你说。"

"如果我想问一个人要联系方式,他却说手机没电了,那我应该怎么办啊?"

他稍愣,随即脸上泛起些许笑意,说:"我也有个问题想问你。"

"你……你说。"

"如果我想把我的联系方式给一个人,但我的手机真的没电了……"其实他完全可以把自己的号码给她,但他起了逗弄她的心思,拿出手机按了按电源键,屏幕果然没有任何反应,"那我应该怎么办呢?"

麦温如想了想,老实地答:"那你让她把联系方式留给你不就好了。"

他仍然浅笑着:"好。那你留吧。"

麦温如闻言,再次呆了两秒,随即立马低头开始在包里翻纸笔。无奈的是,她翻到了底都没找出来,正想着要不要回头去找警察叔叔借支笔时,云远道忽然说:"你直接说吧,我记得住。"

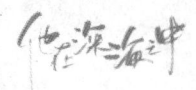

麦温如有点儿不好意思:"我微信号特别长……"少不更事时什么都追求复杂,连微信号都要用字母加数字和特殊符号混合着编……

云远道却很淡定:"一次性记忆三十个左右的字符对我来说不是难事,前提是我想记。"

麦温如有些将信将疑,但眼下也没别的办法了,只得硬着头皮将那串包含好几个下划线的复杂微信号报出来,末了还是不放心,问:"你会不会回到家就忘了啊……"

他相当自信:"不会。"

"万一呢……"

"那下次见面,你可以再问我。"

麦温如心中一喜,双眸都亮了亮:"我们还会见面吗?"

他被她眼里的惊喜感染,反问:"你不想再和我见面了?"

一句"当然想啊"险些脱口而出,此时忽然有一名警察追了出来,请麦温如回去补签一份资料。她连忙应承,走之前恋恋不舍地回头看云远道,夜色中他利落的脸部线条与金丝边眼镜完美地融为一体,宛若艺术馆中被悉心珍藏的雕刻品。

"那我先进去了。"她开口与他告别,"今天谢谢你啊。谢谢你那时帮我向警察解释模型枪的事……还有,对不起,一开始时我眼拙,把你也当成疑犯来威胁了。"

云远道在夜幕中弯起嘴角,答:"不用说对不起,你勇敢地做了你认为正确的事,这有什么错呢?我谢谢你的勇敢才对。"

他说得风轻云淡,但格外真诚。麦温如不小心撞进他幽深的眼里,忽而想起从前读的一句话:天然一段风韵,全在眉梢,平生万种温柔,悉堆眼角。

世人不知道,包括她自己都不知道,一句谢谢或肯定的话对她而言分量究竟有多重。她曾做过许多自以为勇敢的事,对的错的,都付出了相应的代价,但从未得到过一句谢谢,甚至连她自己都开始怀疑自己是否真的值得一句感谢。

但他就这样轻易又诚恳地说了,让她觉得,他似乎……似乎是可以懂得她的。

心跳加速,麦温如慌乱地答了一句"不用客气",狼狈地从那份魔怔中逃离,匆匆跑回灯火通明的公安局当中。

再出来不过数分钟后,云远道却早已先行离开。仿若一片从未降临凡尘的浮云,轻易便隐匿了所有踪迹。

(3)

麦温如回到家,饭菜还是热乎的,妈妈坐在客厅看电视,一如既往的晚间新闻。她拿了遥控器把音量调大,将减刑和搬家的消息写在纸上递给妈妈,得到的回答是:"好,那我们尽快搬吧。"

她笑着点点头,把舀好的热汤端上来。大块的牛骨熬出浓浓的高汤,香气扑鼻。

麦温如捧着碗,就着电视里的背景音和妈妈一块儿吃饭,两个人一

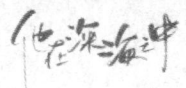

个家，温暖也沉默。

饭后妈妈翻了日历，初定六月一日搬。

麦温如在微信上将这件事告知宋叶芇，顺带点开通讯录查看新增好友，但令人失望的是，并没有新的添加好友请求。

云远道该不会真的忘了吧？早知道该让他把手机号留下的，但他看起来那么聪明且自信的样子……

正想着，手机突然振动一下，麦温如的心也跟着一动。她开了锁屏，定睛一看，只是宋叶芇回复过来的一句"没问题"，顺带跟她分享了数张准备送向其琛礼物的照片，一连串的消息提示音振得堪比电动剃须刀。

说不失望是假的，但眼下也无可奈何。麦温如便和宋叶芇闲聊起来，问："明天又是你俩的什么纪念日来着？"

宋叶芇秒回："初次见面的纪念日！"

这也能记得？他们俩明明是初中时在基础散打班上认识的，那都过去多少年了啊。那时生来就心高气傲的宋叶芇一进拳馆就被六段的向其琛虐得直掉眼泪，而一直都是"比赛第一，友谊最后"的钢铁直男小向也因她这一哭而慌得六神无主，哄了半天没见效不说，还被宋叶芇借着生气的由头揍了一拳鼻子。

小向吃了哑巴亏，本想着再见着这位大小姐都得掉头走，大小姐却记恨起他来，每天来练拳时都瞪着铜铃大的眼睛仇恨满满地盯着他，还平均每周都要和他真枪实弹地单挑一次。一开始她根本赢不了，比九重天还高的自尊心也备受折磨，但哪怕伤到连站稳都吃力，她也从来不会缺席一次训练，全凭一股韧劲把这单方面的复仇计划给坚持了下来。

麦温如本以为他们会是一生之敌，却在大一的某一天，听宋叶苊傻笑着说起他们恋爱的消息。

"我经常怀疑啊，你们是不是在刚见面时就看上对方了？"

宋叶苊回了她一个飞踢的表情包："谁会对第一次见面就把人打哭的臭男人一见钟情啊？我又不是受虐狂！再说，世界上哪儿有什么一见钟情啊？都是见色起意罢了。"

麦温如在屏幕这头摸摸鼻子，回复道："没有吗？但我有时候觉得，初次见面能感知到的东西，其实很多的。"

点下发送键，麦温如眼前浮现的是今天烈日之下，云远道那张淡漠的脸。世上帅哥美女众多，她也见过不少，但大多都虚荣浅薄，喜欢以优越的皮相为筹码，为一点儿利益争得六亲不认。像云远道那样周正英俊的骨相，本就少见，气质又是肉眼可见的清朗温柔，连眼神都足够坚毅公正，让她莫名其妙地觉得，自己可以相信他。

但是，对方好像对自己并没有什么特殊的感觉。也许对云远道来说，她和那个突然搭讪的高瘦女孩儿没有什么不同。所谓能记住她的微信号，说不定也只是他婉拒陌生人的另一种手法……

麦温如越想心里越乱，干脆倒在床上，抱着草莓熊玩偶专心等宋叶苊的消息。宋叶苊果然对她那天真的想法嗤之以鼻，直接发来一条长达二十秒的语音，语重心长地教育她道："你以为那是感知，其实都是幻想啊懂吗？恋爱的最开始，都是任由幻想在心中膨胀。到后面

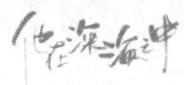

如果你能发现对方和你的幻想相符,那就能继续处着;如果不能,那就只能大吵几架,然后说拜拜了,因此才有那么多短命鸳鸯啊!你和彦见深不就是……"

估计宋叶芃自己也觉得举的例子不妥,语音里并没有把话说完。麦温如简单回一句:"提他干吗呀?晦气得很。"

宋叶芃自知说错话,气势也弱了些:"因为你幻想过的男人也不多嘛……"

麦温如在恋爱方面向来是理论不足且严重缺乏实践,听完宋叶芃的话,脑海中浮现的反而是云远道。他穿着白衬衫融在黑夜里的剪影,倒真像一场幻觉。她无奈一笑,决意放弃所有有关他的杂乱猜测和想法,回宋叶芃一句:"那你对向其琛的幻想多吗?"

宋叶芃回复:"多啊。而且他是世界上唯一一个能满足我全部幻想的男人。"

听着宋叶芃带些小得意的笑声,麦温如也忍不住弯起嘴角,故意回她一句醋溜溜的"秀恩爱",实际却在屏幕这头露出了一个相当标准的"姨母笑"。

能拥有一份每一天都值得纪念的喜欢,真是一件光听就觉得非常幸运的事啊。

(4)

翌日是周一,将近中午十一点时麦温如刚结束三节民法课,连笔记都没来得及仔细整理便背着包往隔壁申光大学冲，终于在上课铃结束前抵达指定教室。

这门公选课是申光大学的名课，因为任课老师是知名教授、领域权威学者，在海洋学全国排名第一的申大和国家海洋所都身居要职。宋叶苊一个经济学学子选修这门课的唯一原因就是向其琛，总幻想着说不定哪天向其琛就要代导师上个课，届时她就能雄赳赳气昂昂地向在场每一位同学炫耀那位站在讲台上挥斥方遒的帅气学长是她的男友……

但可惜，传闻向其琛的导师身子骨仍极其硬朗，公选课全勤不说，还能时时刻刻监督着向其琛的实验动向，将其门徒掌控得连喘气儿的时间都没有……

还没想完，忽而感觉教室前头有一道视线正越过人山人海朝自己看过来，麦温如福至心灵般抬眸，猝不及防地望进那双如海深的墨色眼眸里。

纯白的立领衬衫将他的脸部轮廓衬得更为利落，黑西裤简约干练，手腕上的石英表将时光凝刻。戴着金丝边眼镜的英俊青年就那样温文儒雅地立在讲台一侧，风仪如秋月，俊美如玉树。

云远道？

他是这门课的老师？

他是向其琛的硕导？

他是那无数头衔加身，科研成果辉煌到一听就让人理所当然地以为是老专家的重量级权威？

这不符合常理吧？

震惊随着疑惑不断地放大再放大，那头的英俊男人却不知她的思绪究竟有多纷繁复杂，只静静地越过人海望着她，清冷的眉间染了些许温和的笑意。

麦温如在这一刻真切地体会到了什么叫头皮发麻，眼睁睁地看着他的笑脸却不知如何回应，眼睁睁地看着他的眼神落到数页点名表上，修长的手将它一页页从头翻到了尾，如画眉梢间原本和煦的笑意被一点点稀释干净……

这回算是蟒蛇进鸟窝，完蛋了。

课代表按惯例点名，顺着表格逐个名字念下来，每一个同学答"到"时呼出的二氧化碳仿佛凝成高压，慢慢地将心虚的她煨熟。

终于，念到了"宋叶芃"。喊第一声时，麦温如没来得及爽快回答，课代表带着疑惑又念了一遍，坐在教室最后头的她才终于颤颤巍巍地举了手，应了一声"到"。

课代表看到她了，低头在点名表上打钩。一直沉默地站在讲台后的云远道却忽而开了口，缓缓道："'宋同学'长得有些眼熟啊。"

同学们闻言纷纷回头张望，想一睹得了云老师青眼的"宋同学"之风姿。

众所周知，在大学替人代课最讲究的就是"若无其事"四个字，方才她因为心虚错过第一声答到，已然犯了相当低级的错误，这回必不可再栽在其他同学手里。

于是"宋同学"也跟着他们扭了头,用一个假装事不关己的后脑勺成功混了过去……

好不容易熬到了正式上课,云远道一手握遥控笔,另一只手拿麦克风侃侃而谈,举手投足间尽是青年学者的意气风发。而麦温如坐在最后排,眼见无数个学生假借拍PPT的由头举起手机,却将摄像头对准了他那张比PPT还要周正漂亮的脸。

造孽啊,长成这样还当了高校教授,还开校公选课,这不是实打实的大学生芳心纵火犯嘛。

"宋叶芃。"

麦温如听到音响里的这声呼唤,首先是一怔,三秒后想起自己此时此刻就是宋叶芃,一个激灵赶紧起立:"在、在呢!"

立在黑板前的青年教授浅笑,偏了偏脑袋,发问:"叫了这么多声都没反应?跟这名字不是你的似的。"

她霎时涨红了脸,胡诌了个借口道:"我、我在认真思考问题呢,老师……"

思考一些和课堂无关,却和任课老师息息相关的奇怪问题……

"是吗?"云远道远远扫了一眼她跟前光秃秃的桌面,"那我刚才针对海洋生物基因资源利用所举的例,你对哪个最感兴趣?"

她刚才净盯着他的脸瞧了,瞧得鬼迷心窍的,哪听到什么举例?真是男色误国!

她试探性地问:"您……您刚才举例了?"

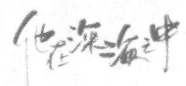

云远道完全不中她的套,不答反问:"你是在回答我,还是在问我?"

麦温如一愣,还是不确定的口吻:"问……您?"

他忽而笑了,低低的,有些无可奈何。他如实相告:"我刚才确实没有举例。"

差点儿就着了他的道儿了……

他又说:"所以才点你起来,想请你给大家举个例子。"

"……"

那还不如举过例呢。

千回百转还是躲不掉,面对这完全是她知识盲区的提问,麦温如沉吟半响,只得老实答道:"对不起老师,我不清楚。课后我……"本想习惯性说课后会再去查资料解决问题,但又想起自己根本不会有下节课……

"学习态度还可以。"他不吝啬地给予肯定,"那待会儿课后留下来,有什么不懂的,再一块儿问我。"

"啊?"

云远道显然没有重复一遍的意愿,翻了一页PPT继续讲课了。麦温如悻悻地坐下,却越想越犯怵,赶紧摸出手机向宋叶芃汇报战况:"翻车了!老师要留我堂,请'组织'给出指示!"

"组织"火速下令:"撤退!"

麦温如有点儿后怕:"直接溜了?下节课他再找你怎么办?"

宋叶芃有些过分淡定:"不可能。"

麦温如看了看时间,一节课已然过去快一半了,她现在撤退的话,剩余的时间刚好够她赶到巨幕馆换装。此时云远道正在讲解一个新概念,白衬衣的袖子稍微挽起,线条利落的手臂随着遥控笔的使用而在空中小幅度地画着圈,侧脸轮廓犹如剪影般流畅分明。

如果说上次公安局门口一别,她还有信心再次见面时带着笑容和他打个招呼,至于后面他没加她微信这件事,她就当没有缘分,一切都没发生过就好。那么这次,她清楚地意识到,只要自己一离开这间教室,基本就把他心里她的正面形象毁了个七七八八,兴许再见面彼此都心有嫌隙,只能做冷眼相待的陌生人了……

但能怎么办呢?

一旦做出"留下来"这个决定,对他来说是听到一个及时的解释,但她要为此付出的代价却非常大,甚至可能会因此丢掉工作。

麦温如不敢细想,收起手机后悄悄拿起书包,瞅准云远道转身板书的空当,猫着腰从后门溜了出去。

(5)

扮演一条"美人鱼"并非易事,起码对没有多少舞蹈功底、仅仅是水性比较好的麦温如来说,是一个巨大的挑战。

入职之初,她每天都要训练五个小时以上,通常是早上七点开始泡在冰冷的池水里,直到中午十二点才能稍事休息。在海水里泡得那样久,皮肤发白发皱不说,还会产生钻心般的痛感,很是难受。还有那套过分

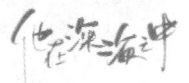

修身的人鱼服，为了能够穿下它，她拿出了比当初参加选秀还要狠的决心来进行身材管理，试过每天只喝一袋脱脂牛奶、吃一个苹果，整个人瘦得脱了相，却刚好能够穿下换装室里悬挂着的最小码人鱼服。除此以外，还会在和海洋生物接触时被攻击，莫名就被鱼咬伤刺伤犹如家常便饭……

但她仍然痴迷。能在入水的那一刻从心理和身体上都隔绝掉真实的世界，能在人造的蔚蓝大海中作为一只精灵与鱼共舞，这都是她平淡生活里鲜有的美好时刻。再者，作为一个没什么特长的在校大学生，美人鱼表演是她做过的除当艺人最赚钱的兼职，每个月的薪水足够养活她自己、补贴家用，她没有任何理由退缩。

周二，上午场的表演，八点整上班。正式开始前麦温如给鱼儿们喂喂早餐，换装后像小企鹅一样一蹦一跳挪到岸边，最后以一道优美的弧线扎入水中。

蔚蓝的海水里，成群结队的鱼群中，她如海中仙般自由地穿梭其间。色彩艳丽的巨大鱼群搅动着海水，玻璃墙外成群结队的观众高举着各式摄像仪器，以最大的热情和期待与她进行互动。

第一次换气完成，她在水里边向观众挥手，边往自己的固定位置游去，远远看到人群外围蹦起来和她打招呼的宋叶芃时，惊得吐出一串泡泡。

那个朗月清风般站在宋叶芃身侧，此刻正顺着她的指引往这边望过来的英俊男人，正是——云远道。

第二章

"你像光,穿过海水,搅动心房。"

TA ZAI SHEN HAI ZHI ZHONG

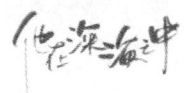

（1）

　　一连三天都意外碰面，无论是从概率学还是宿命论的角度看，都充满了戏剧性。在水中与云远道四目相接的一刹那，麦温如脑海中闪过无数种料想，他也许会惊讶、疑惑、漠然，甚至会因为她逃掉他的课而对她有所反感，这些都无可厚非。

　　但意外的是，那副金丝边眼镜后向来平静的眼睛竟闪过一丝亮光，好似欣喜。

　　他跟随着她先前排练好的动作侧了侧脸，在她张开手臂将嘴边细密的气泡挥成一个心形时，嘴角隐忍的笑意终于突破阈值，漾至眼尾。

　　只是一笑，就成功将麦温如的思绪全部晃走。她再反应过来时，眼前是一连串自己吐出来的泡泡，身体里的空气早就跑光了。又苦又涩的海水倒灌进鼻腔，她猛地一呛，顾不得队形如何，摆着尾巴拼命向上游。浮出水面那一刻她剧烈地咳嗽起来，眼前却还是云远道那个明晃晃的笑容，不知是缺氧还是害羞，心脏猛烈地跳动着。

　　真的着魔了……

　　短暂休整过后，在领班的督促下，麦温如继续入水表演，远远看见宋叶芃和云远道还站在原处，氛围相当和谐地观看完她的整场演出。结束后她快速换了便装，跑出来找他们，满脑子都是费解的问号：他怎么会在这里？难道是那天她逃课让他记恨在心，亲自找上门来了？

意外的是，在散去的人群中，只看到云远道颀长的身影，宋叶芃不知所终。他独自站在深蓝色的巨幕玻璃前，优雅地背着手，朝她所在的方向微笑，深蓝色的衬衫上颇具质感的暗纹与玻璃后的鱼群一同飞舞。

麦温如莫名地感到紧张，放缓了脚步来到他跟前。

"还记得我吗？"她小心地问。

云远道的目光比身后的海水还要深邃，嘴角笑意温柔，只一眼便害她耳根发热。

他答："挥之不去。"

麦温如感觉自己心里最后一道堡垒轰然坍塌。

宋叶芃拿着两杯咖啡折回来，一杯自己吸着，另一杯按计划递给了云远道。余光瞥到站在一旁发愣的麦温如，宋叶芃还有些讶异，问道："咦，怎么这么快就出来啦？平时不磨蹭个半小时都见不到人影呢。"

麦温如这才想起自己此行的目的，赶紧用眼神示意宋叶芃借一步说话。对方却丝毫没有接收信号的灵敏度，继续唠叨着："要出来早说呀，顺道给你也买一杯。"

麦温如急得连手势都用上了："不是……"

她感觉指尖忽然一热，低头一看，云远道已经将咖啡递到了她手边，

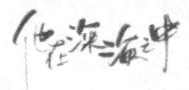

她不明所以地接过。

宋叶苊先反应过来,问:"三倍糖浆的焦糖拿铁,不合您口味吗?"可向其琛明明说过云老师最喜欢这类甜到齁的饮品啊……

"你有的,她也该有。"云远道温声道。

话音一落,没来由的热气瞬间蒸红了麦温如的脸。宋叶苊的八卦雷达立马启动,扑过去将麦温如拉到几步开外,盘问道:"你和他怎么回事儿?"

麦温如小心地护着掌中的咖啡杯,用同样的语气反问她:"你和他才是怎么回事呢?"

宋叶苊怒了:"能怎么回事?就是工作上的事儿啊!"

麦温如的表情更加疑惑了:"他不是你公选课的老师吗?你们之间能有什么工作啊?"

宋叶苊蒙了:"什么公选课的老师?"

"我替你去上的那门课啊,海洋资源与应用!不就是他上的吗?"

宋叶苊被她这话噎住,还没来得及回答,云远道冰凉如水的嗓音从她们身后徐徐传来:"看来不仅违规代课,还迟到了。上课前我就说过,我只是这一周的代课老师,我本人在研究所工作,并不带本科生。"

麦温如愕然,再看看宋叶苊那分明早就知晓的无辜表情,才终于明白昨天为什么她会那么淡定地让自己撤退——因为这个临时的代课老师根本不会再有上课机会,更不会有再找学生麻烦的可能啊!

宋叶苊看了看云远道和麦温如的脸色,自知理亏,极其心虚地补上一句:"其实原本应该是向其琛去上这周的课,但他不是忙吗?再加上云老师又特别心善……"

云远道勾勾唇,淡淡地笑,了然道:"哪有什么心善呢?他敢搬出汪老压我,我就敢让他给我洗三个月烧杯,等量代换罢了。"

"云老师言重啦,哪里是压您呢?您刚进研究所的时候是汪老师带您工作,您也算汪老的得意门生了。眼下汪老不得空,这课可不能砸在向其琛一个小硕士手里,自然是要您来撑场子才安心的嘛。这事儿汪老也同意呀。"

宋叶芘说话惯常圆滑,麦温如听着,总算搞明白了他们之间的关系,看样子云远道和向其琛交情也不浅,这世界兜兜转转,还真就是一个圈。她又问宋叶芘,眼神暗暗指指云远道:"那你们……是什么工作关系?"

"啊,这个啊。六一儿童节不是快到了吗?恰逢周末,科教馆那边和我商量,打算请个有影响力的海洋专家来弄个海洋生物的科普讲座,一来做做公益,二来也提高一下入园人流量。"宋叶芘一边说着,一边低头从包里翻出手机,"其琛推荐了云老师,我就邀请云老师过来先看看场地,顺便谈一下合作的事儿。"事情说完,手机上的网页也刚好打开,宋叶芘将手机塞给麦温如,神秘兮兮地朝她眨了眨眼睛。

麦温如低头一瞧,手机屏幕上是国家海洋研究所的官方网站,"人才队伍"一栏下,"研究员"类别里,"云远道"三个字赫然在列。

她不由自主地点开,网页瞬间跳转。首先映入眼帘的是一张面容清秀的证件照,她认出来,正是云远道身份证上的人像。再往下看,是他

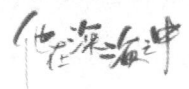

的个人简介——

  云远道,海洋生物学家,国家海洋研究所研究员,博士生导师。本硕博均毕业于被誉为"欧陆第一名校"的苏黎世联邦理工大学。主要研究方向为海洋生物学,长期从事海洋生物医药研究、海洋基因资源应用、海洋底栖生物生态学和海洋生态环境调查与评估等。

  简介后还以表格形式附上了他的主要研究成果、科研项目、所获奖项和代表性文章专著等,麦温如向下滑了滑屏幕,只见中英文结合、图文并茂,不必细看便知道含金量惊人。

  虽然不是她之前误会的院士级别,但也是直接属于"国家队",堪称"国宝"级的存在——理工科研究很讲天分,但三十岁不到就能做到正高级研究员和博士生导师,放眼全世界又能找到几个?假以时日,又有什么荣誉他收不进囊中?这简直是"天纵之才"四个字都不足以形容的成就啊。

  麦温如惊愕得目瞪口呆。

  宋叶芃看着呆愣的麦温如,料想这两人肯定是刚认识不久——虽说她初看他的简历时,也颇觉不可思议——遂装出一副刚想起来的模样,转头试探云远道:"云老师,我差点儿忘记问,您有女朋友吗?"

  云远道微眯起眼:"怎么突然问这个?"

  "因为——"宋叶芃一指麦温如,"您待会儿的导游,她也是单身。

这孤男寡女的一起逛海洋王国，要是被多心的人看到，又不小心传到你女朋友那儿去了，害她误会了可不好。"

"据我了解，横珠海洋王国每年游客接待量将近一百一十万，平均算下来，即便是工作日也能有三千名左右的游客，何来'孤男寡女'一说？"

宋叶芃见他避而不答，心中警铃大作："这么说你有女朋友了？"

云远道暗觉好笑，再次故意避开重点："其琛那小子什么都不瞒你，这个居然没说？"

宋叶芃怪不好意思地摆手，打了个哈哈："这种事我之前不感兴趣。"

"那为什么现在又忽然感兴趣了？"

"因为……"

宋叶芃欲言又止，目光不自觉地往麦温如身上飘，没注意到云远道那在触到麦温如后忽而变得深邃的眼神。

他没有听到那个答案，但似乎已经猜到。

他看着麦温如，明明不是她提出的问题，却像是回答给她听，说："没有。"

"真的没有？"向其琛可说过这云老师在学界颇受追捧，虽还年轻，但名声却如雷贯耳啊。

他的目光仍落在麦温如身上，坚定道："真的没有。"

宋叶芃得到了满意的答案，乐弯了眼睛，赶紧将麦温如拉到云远道

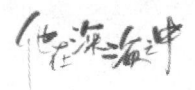

跟前，嘴碎道："你听到了吗？云老师说他没有女朋友！当然啦，我也猜到云老师没有女朋友，但我总不好直接说云老师没有女朋友。老是说云老师没有女朋友这件事，云老师得多伤心啊，哈哈哈哈哈哈……"

麦温如简直要扑过去捂住她的嘴，云远道却没有恼，反而微笑道："这有什么好伤心的呢？有人幸运，有人不幸，这都是很正常的事。"

宋叶芃挣开麦温如的禁锢，有些骄傲地撩撩刘海儿："也是啦，毕竟不是所有人都能像我和其琛这么好运。"

云远道笑眯眯反问："我何曾说过恋爱才是幸运？"

宋叶芃："……"

麦温如："……"

跟智商高的人对话，真是一句都赢不了……

（2）

宋叶芃借口忙其他工作后战术撤退，只剩麦温如和云远道站在巨幕玻璃前干瞪眼。麦温如想了想，还是没忍住好奇，问道："为什么说……不谈恋爱才是幸运啊？"

云远道望着水里的鱼群，淡淡道："我很少有信心能够扮演好人际关系里某个固定的角色。我曾经以为我可以，但是，失败了。"

麦温如听得入坠云里雾里，"失败了"是指他失过恋、受过伤的意思吗？这边的她还在努力做着"阅读理解"，那边的他却突然话锋一转，问："你昨天为什么没有留下来继续上课？"

麦温如一愣，不甘地反问："那你那天为什么没有加我微信？"

他没答，直接摸出手机打开微信号搜索栏。麦温如见他动作行云流水般将她的微信号打出，随后把手机递到她眼前，询问："是这个微信号，没错吧？"

麦温如大致看了一眼，呆呆点头。云远道直接按下搜索键，屏幕加载了一秒，随即显示出一行冷冰冰的"此用户不存在"。

"怎么会啊……"麦温如又检查了一遍微信号，"是这个号没错啊？"

云远道看她皱眉苦思的样子，于心不忍，便问："你是不是把通过微信号添加好友的功能关掉了？"

麦温如赶紧拿出手机，打开相关功能页一看，果真关掉了。她疑惑了一秒，随即想起缘由："我之前在岛上参加选秀时，是封闭管理，要上交手机的。但那时有黄牛专门卖我们的私人联系方式和身份信息，经纪人说过我的微信都快被加爆了，可能就是那时候公司帮我关掉的……"

"没事，这样也很好。"他声音低沉，食指伸过来点开添加键，再在自己的手机上迅速操作，发来了添加好友申请，最后又再帮她关上。

他说："以后再遇到只有一面之缘的人，也不用烦恼了。"

不知为何，她又觉得脸上有些发热。

"我们也差点儿就只有一面之缘了……"

他不置可否："所以再见到你，我很惊喜。"

麦温如想起昨天在教室里他看向自己的目光，对于一个喜怒不形于色的人来说,那样穿山越海而不移的眼神,确实算得上是"很惊喜"的程度了。

"所以,你为什么没有留下来呢?"他问这话时,语气中没有责怪,反而带点儿道不明的惋惜。

麦温如弱弱地答道:"我只是个违规代课的,老师要留我堂,我肯定害怕呀……"

"针对代课问题肯定是要教育你的,"他一派正气,"但你也知道,我不会为难你。"

麦温如没忍住低声嘟囔一句:"我觉得你肯定会为难我的……"看起来那么正派的一个人,而且那时还又点名又提问的,让人怎么能不怕呢?

他失笑,无奈道:"你帮过我,我怎么会恩将仇报?顶多会问你一句,为什么要违规代课?知错没有?"

麦温如涨红了脸,一下就代入他话里那个场景去了,声音细如蚊蚋道:"知道错了……我就是……好朋友之间互相帮忙嘛……"

云远道看她可怜巴巴的样子,失笑:"我还以为你会说,是因为你比较热爱海洋科学呢。"

麦温如赶紧顺着台阶下:"那肯定也有这个原因。"

云远道被她这话逗笑了,无奈地摇摇头,说:"如果你当时留下来,也就一句解释的事。"

说穿了,他压根儿没多在意她违规代课这件事。他想要的,只是她能留下，将那天意外错过的遗憾弥补过来。

"也不全是因为害怕你为难才走的，我还得赶过来兼职赚钱呢。"麦温如指指深蓝色的巨幕，人鱼表演结束后的海洋馆里显得有些空落落的，各类海洋生物在巨幕后的海水中静谧地游弋着。

云远道实在没想到她需要兼职赚钱，便说："你是艺人，不缺钱更不缺关注才是。"

麦温如猜想肯定是那天和警察叔叔的对话让他误会了，遂耸耸肩，用很无所谓的口吻说道："我'糊'了呀。"

云远道露出不解的神色，听麦温如解释道："火过了，就'糊'了。"

他终于听懂，淡淡一笑："火过也够难得，无论是从能力还是薪酬方面。"他回忆起新闻中那些大小明星被爆出的商演片酬，当真是他们这些搞科研的无名氏穷尽一生都达不到的天价。

麦温如并不知道他在想什么，轻笑起来，语气带点儿不谙世事的天真，说出的话却客观到有些残忍。她说："可我属于'糊穿地心'那种呀。人人都说我是天生的艺人，但我就是什么都干不来，一听到观众的欢呼就紧张得要命，唱跳、演戏，甚至拍广告都糊，这样怎么赚得到钱啊？都不够赔的。名声也差，爸爸老是作妖，我又有绯闻，他们说我唯一的优点就是比较擅长背书，高考还撞大运考上了政法大学。但是女团选秀又不是闭卷考试，成绩好有什么用呀？"

云远道听完，目光在麦温如和厚实的透明玻璃墙间扫了一圈，仿佛在体会她潜水时的心情，与她在闪光灯下表演相比，应该大不相同。他

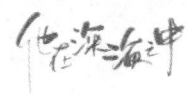

说:"还是有些用的。比如说,我就是那种除了成绩好,一无所长的人。"

麦温如听了他这话,汗都下来了。她那点儿成绩和他比,哪还算得上好?简直羞煞人。他继续道:"再者,无法成为女团成员也不代表你一无是处。如果你本身就是漂亮的蓝色的人,就不要因为自己不是红色的而自责。"

"是呀,所以我这不就乖乖回来读书了吗?"

他微笑着给予赞赏:"做得很好。"

麦温如心里一软。他简简单单几句话,就能将她心里聚拢的阴霾扫个精光。她笑起来,双眼微眯成月牙儿形,指指不远处的指引牌:"那我现在带你去科教馆?"

"你不是我的导游吗?"云远道的目光在她的笑脸上慢慢凝聚,难以移开,"各大主题场馆,尤其是海洋生物区,总该带我游览一下。"

麦温如答应得爽快:"可以呀。不过我只带路,不负责讲解。"

云远道点点头:"讲解我来就行。"

麦温如的脑门上浮现一个大大的问号,见他嘴角似弯非弯的样子,腹黑的气场扑面而来。他气定神闲地解释:"既然你这么热爱海洋科学,那天该补的知识,都得给你补上。"

麦温如听得冷汗涔涔,自知理亏,也没法儿挣扎,只得干笑道:"您真是诲人不倦哪,云老师。"

他勾着嘴角假客套:"谬赞了哈,小麦同学。"

…………

于是,从巨幕馆、极地馆到冒险乐园,乃至云远道最为熟悉的海洋生物馆,"热爱海洋科学"的小麦同学领着云老师一一踏足观赏,钻研学习。云老师不愧是宋叶芃口中"有影响力的海洋专家",一路上见到与海洋学的相关事物,无论是活体还是标本,舶来品还是本土产的,他一概信手拈来,侃侃而谈。

麦温如悄悄地想,海洋王国入园处有讲解设备的租赁服务,定价是一台设备每小时三十块钱,她嫌贵,从来没有租过,因此每次逛海洋王国都如走马观花。眼下自己身边直接跟了个人形讲解设备,长得丰神俊朗不说,还支持关键字输入和图像检索,搜索结果还自带多语种的语音播报功能,这要是弄到入园处去出租……

思及此,她忽然有些舍不得了,想把他私藏起来。她思绪飘忽之际,和他一起走到了海洋生物馆的最后一个展厅,里面展出的是号称镇馆之宝的裸海蝶标本。方形的透明容器中,被固定成展示姿态的标本同样通体透明,唯有头部与身体中央有一团红色的器官,远看像一颗火热的心脏。麦温如俯身瞧了瞧标本下的简介:裸海蝶,学名 Clione limacina (Phipps, 1774),海若螺科。

她尝试用英文拼读它的学名,却怎么都无法辨出流利的音节。一旁的"人形讲解设备"偏头看了一眼,用一种她听不懂的语言顺利读出,还顺带解释道:"这是拉丁文。它的名字由古希腊神话中海神的名字演化而来,直译为'冰海精灵',也有人叫它'海天使'。它们平时生活在深达数百米、温度刚刚超过冰点的深水里,虽然是肉食动物,但最大

的本领却是挨饿。"

麦温如诧异:"挨饿?"

云远道抬手在标本前画了个圈:"裸海蝶的身体里,除去水分有50%以上都是脂肪。德国极地生物研究所对它进行过一项观测实验,一只成年裸海蝶的寿命大约在两年左右,但在不吃食物的情况下,它能熬过352至356天。也就是说,这个物种能忍受生命中有一半的时间都不吃东西。"

卡片上的简介被数据化,麦温如才终于有了些模糊的概念,若有所思地点头道:"那它跟我还挺像,我也几乎有一半的时间都在挨饿……"说着她又凑近观察了一下标本,果冻一样的小生物,用以遨游的两翼像极了精灵翅膀,"很难想象它这么小的身体里,会蕴含那么顽强的生命力……"

云远道背手而立,目光淡淡地落在她认真观赏的侧脸上。无论是初见的兵荒马乱,还是现在的落落大方,眼前这个身高才刚与他齐肩的小姑娘一直都生机勃勃、鲜活灵动,穿着人鱼服在水中游弋时更有种惊艳的、明媚的美,仿若迪士尼电影里走出的单纯无畏的人鱼公主。如果谈生命力,她与"冰海精灵"倒的确相像。

他说:"但你这么瘦,身体里的脂肪比例肯定比它低很多,在冰水中说不定活不了太久。"

麦温如点点头:"我戴水肺潜到水下三十米身体就有点儿受不了了,甚至有些醉氮。"

"醉氮"二字一出,云远道一直含在嘴角的笑意忽而消失,墨瞳里柔和的光也暗了一块,取而代之的是长年累月压抑在意识深处的悲伤。

潜水员处于深水环境时,肺内氮气会因高压的缘故对潜水员产生麻醉作用,这便是醉氮。醉氮产生的深度与酒量一样,个体差异很大,其症状也与酒醉症状类似,喝醉的人不知道也不会承认自己喝醉了,醉氮也同样有可能在人们毫无察觉中发生。每年因醉氮而发生意外,在深水中身亡的潜水员不在少数……

麦温如察觉到他的神情有些异常,还以为是自己说错了什么话,问:"怎么了?"

他看着她:"你醉氮过?"

"醉过一次,但程度很轻。"她略微回想。那时她刚考了进阶潜水证,想挑战一次高难度深潜,结果刚到标准深度就感觉到身体有异常。所幸潜水教练全程陪着,得以安全及时地返回水面。

云远道听得微怔。他似乎想象过很多次,但一直无法确定那是一种什么样的感受。他又问:"真的像醉酒吗?"

"我没喝醉过呀。"她讨厌酒精,向来滴酒不沾。

麦温如仔细回想那时醉氮的感觉,说:"就是突然觉得心情很好,心跳也比往常要快些,有些晕乎乎的,控制不住地傻笑……就跟现在差不多。"

云远道显然不太理解她这个比喻:"我们现在可不在水下。"

麦温如点点头,目光在他身上聚合,墨色的瞳仁里有细碎的光芒闪烁。她浅浅地笑着，说："但你好像幻觉。"

根据描述醉氮程度的马丁尼法则，人类潜到水下大约三十米时，醉氮程度相当于喝下一杯马丁尼鸡尾酒。届时人的大脑会变得迟钝，但仍能感到乐趣，就跟现在的她一样。

而他的出现，就像来自另一个世界的光束，悄无声息却又磅礴无边地前来，穿过海水，搅动心房。

云远道终于领会她的言下之意，原本微疼的地方像是被温热的风抚平。他含着笑，将右手伸到她跟前，修长的指节和宽阔的掌心相接，她看到上面蜿蜒如河流的细纹。

这是要干什么？问她要东西，还是要握手？握手也不是这个动作吧……

云远道看出麦温如的纠结，注意到她左手上精致的腕表，过于宽大的表盘像嵌在内腕里，跳动的指针演绎着与心脏同频的踟蹰。

他柔声解释道："如果能触碰得到，就不是幻觉。"

麦温如微愣，实在没想到还能有这样一个验证方法。半晌，见他丝毫没有放弃的意思，她便迟疑地伸出一根食指，轻轻触到他的指尖。

触感是温热的，正如他眼角的柔和笑意。原本并不同步的心跳在指尖相接处重合，随着呼吸转换成笑意，而后，直达心底。

第三章

"有什么事我来负责,但你不可以受委屈。"

TA ZAI SHEN HAI ZHI ZHONG

（1）

作为一出生就被众星捧月的富家千金，宋叶芃很多东西都唾手可得，独独恋爱方面最厌烦那些手到擒来的男人。基于此条指导思想，她亲手将原本一见面就要掐架的死对头向其琛变成了裙下之臣，个中原委，麦温如在听说之后都不得不心悦诚服，而后亲切地称呼她为"倒追学大师"。

宋叶芃听后反手赠给麦温如一外号"尼姑庵主持"，声称按照麦温如这要么摊上渣男要么与恋爱绝缘的姿态，指不定到了四十岁真要她帮忙剃度，亲手将其送去出家。届时作为一起长大的好姐妹，她别的做不了，但一定大力捐"香火钱"，势必以金钱的力量将麦温如扶上主持之位。

所幸老天有眼，让麦温如在摆脱渣男不久遇到了云远道。宋叶芃多方打听，确认了云远道那极佳的风评确实没有任何水分之后，强烈预感此番说不定真的能让麦温如这棵铁树开一遭花。

在确定麦温如和云老师确实"孤男寡女"地把海洋王国逛遍之后，宋叶芃掐准时间给云远道的实验室拨了个电话，声称要确认公益讲座的有关事宜。

科研助理把电话转进内线，刚回到实验室的云远道冷静地接通。

宋叶芃说:"是这样的,云老师,策划案和场地您都看过了,如果都还妥当的话,我待会儿让人把合同拟了,请您过目。"

云远道的声音客气而疏离,和早前在麦温如跟前时判若两人:"策划案还有几处小细节需要完善。另外,六一当天我还有个研讨会,时间方面可能要再……"

"我让麦温如来当助理志愿者。"宋叶芃冷峻地抢话。

电话那头的人明显顿了顿,随后竟不由自主地轻笑起来,问道:"那又怎么样?"

"没什么,我就顺口提一下,"她故作无所谓,"多个熟人多条路嘛。"

"这句话好像不是这么用的。"

"你们理工男老纠结谚语怎么用干吗呢?"

"不然纠结什么?"

"纠结六一当天还有没有研讨会。"

云远道又笑了,不知道是不是宋叶芃的心理作用,她老觉得云远道这回的笑里带了点儿羞赧的成分。随后他又开口了,说:"没有了。"

宋叶芃差点儿从办公椅上跳起来,要死要死,这第一波就被她嗑到了啊!她火速挂断电话,把电脑里有关这次公益讲座的所有资料一股脑发给了麦温如,并附言:"连夜把这些给我一字不落地背熟,日后能否告别单身生活就在此一举了!"

刚回到家的麦温如一头雾水:"?"

…………

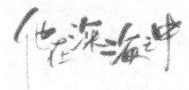

（2）

于是，麦温如莫名其妙地就被宋叶芃弄进了云远道的公益讲座项目里，莫名其妙地就当上了管事儿的助理志愿者，莫名其妙地负责了所有要跟云远道对接的活儿。看资料时，她后知后觉地问宋叶芃："我怎么有种被你卖了的感觉？"

宋叶芃回："你值几个钱？"

"当年'黄牛'卖我身份信息的报价是二十块。"

"不会吧，现在面值二十的纸币还在流通吗？"

"……"

宋叶芃知道麦温如在不安什么，给她喂了一粒定心丸，说："放心吧，咱这次把握住主动权，先接触了解，再看看适不适合长线发展。恋爱嘛，最讲究却也最忌讳一头热。"

麦温如品了品宋叶芃这句话，不得不臣服，回过去一个表示崇拜的表情。她又点开和云远道的对话框，里面的对话停留在添加好友后，云远道发的一句"已回到实验室"，而她回了一个小兔子说"好"的表情上。

麦温如有点儿忐忑，斟酌一番后，打下一行字："我做你的讲座助理，会给你造成困扰吗？"

数分钟后，云远道回："在忙。你做得好，便不会造成困扰。"

麦温如说："感觉你所谓的'做得好'，门槛应该很高……"

又过了数分钟后，他答："不会。你不为我所困扰，就是我所谓的

'做得好'。"

麦温如当时还有点儿不解,但很快在实践中明白了他的意思。

作为一个手握数个国家级科研项目的研究员兼博导,云远道每天的工作量大得惊人,压根儿没精力顾及一个时长仅三个小时的科普讲座,他忙起来时甚至一整天都没时间看消息,麦温如成天找不着他。起初她还以为是他懒得理自己,多少有点儿黯然神伤,但每次都在次日醒来时看到他凌晨回复的信息,有时是三点多,有时是四点多,第一句永远都是:"刚从实验室出来,不好意思。"

她再回过去,也只能在早上七点左右得到他只言片语的交代,随后又是一句简洁明了的:"抱歉,要进实验室了。"而后便又是一次凌晨再回消息的循环。

麦温如这才终于不得不信服,他真是将所有时间和精力都投入科研实验中去了,什么"996"工作制在他面前都不值得一提。科学家的奉献精神当真不是她这等凡人胆敢丈量的。

但日子一天天过去,眼看距离开讲就剩五天了,主讲人讲稿的主题、内容和宣传海报都还没定下来。海洋王国这边等不及了,隔三岔五催麦温如。麦温如等不到一个确切可行的答复,就只能按云远道的安排,在某个他难得的午休时间亲自找上门去。

于是便有了现在这一幕,她站在海洋研究所快速上升的电梯里,跟着一个负责给她带路的云远道的学生,来到灯光冷白的实验室前。

麦温如是外来人员,没有进入实验室的权限,只能乖乖等在后头,

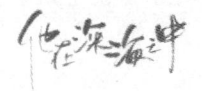

看着带路的学长按响实验室门口的可视讯仪器,语言简练地通知仍在忙碌的云远道。

无聊张望之际,麦温如注意到一步开外的一扇玻璃窗,迈步过去,一眼就看到里面正穿着一身实验服在埋头工作的云远道。此时长身玉立的他正握着一柄实验用的手术刀,左手按稳样品,右手握刀快速而准确地切片,在实验室严谨的氛围下乍一看,确实有股颇为稳健的学者风范。但麦温如再仔细品了品,嘀咕道:"怎么这么像切菜啊……"

耳尖的学长头都没回,见怪不怪地解释道:"那是实验用的海参样品,老师说他帮我们切了,今晚做实验饿了的话,还能下点儿佐料凉拌了吃。"

麦温如:"?"

你们搞科研的都这么勤俭节约吗?通宵做实验就算了,连夜宵都是实验废品再利用啊?

"切了这么多啊……"学长探头望了望,慨叹一声后,又回头招呼麦温如,"同学,你要不要也带点儿回去尝尝啊?云老师的刀工那可是一流哇,切出来的海参片无论大小还是薄厚都恰到好处。只是我们已经吃了一星期海参了,有点儿受不住了……"

话还没说完,实验室的门忽然打开,云远道迈步而出,边脱手套边朝麦温如说:"不好意思,久等了。"

麦温如对上他的目光,神经莫名就紧绷起来,说不清是紧张还是害羞,就觉得原本还正常运转的大脑突然就停止了,脱口就是一句脆生生的:"云老师好!"

云远道怔了怔,继而浅笑道:"头一回听你这么正经地叫我老师,我反而有些不习惯了。"说罢顺手将白大褂脱下。

麦温如看到他胸前绣着国旗的深蓝色防静电工作服,剪裁非常合身,再搭配那双纯黑的安全鞋,质朴可靠间有一股少见的挺拔刚健。他转头交代学生处理好样品切片,又对麦温如说:"再请移步吧,小麦同学,我的办公室就在前面。"

麦温如跟着他走,心虚地说:"你不用对我用敬语的……"

"来而不往非礼也。"

"我这也不是什么礼,就是……"她垂头看移动着的脚尖,"就是见到你,有点儿紧张……"

"我倒是不紧张,"他手插裤袋走在前面,麦温如看不见他的表情,只感觉他走姿潇洒,语气轻松,"反而觉得,挺有意思的。"

麦温如参不透他的话,只得挠挠脑门道:"哪里有意思啊?"

他的办公室果然很近,深棕色的木门,上面挂着金边黑底的长方形门牌,写着他的名字和职称。云远道低头开锁时说了一句没头没尾的话:"有意思,就会感到高兴。"

所以是,一见到你就会感到高兴。一高兴,就会有所期待。而人一旦对与某人相见抱有期待,那就说明……要出大事了啊。

麦温如本就听不真切,加之打开门后被他办公室里铺天盖地的书和文献资料惊住,所有的注意力都在瞬间被带跑。上一回她在这么小的空间里看到这么多书,还是偶然路过一家经营了几十年的二手书店,眼前云远道的藏书和二手书店比简直有过之而无不及。她环视一圈,惊叹道:"这就是科研的力量吗……"

云远道笑而不答,拉了把客椅给她:"坐吧,我找一下讲稿。"

麦温如带着感叹的余韵落座,又问:"原来你写了讲稿啊?"所以这回只是通知她来拿的?

"算是吧。我早前读博时在苏黎世开过一个主题相似的讲座,讲稿稍作修改就能用。只是……"他精准地定位到书架上的某个文件夹,抽出,准确翻到讲稿所在的那一页,递给麦温如,"它是全英文稿。"

麦温如低眸看了一眼,A4纸上印着密密麻麻的英文,险些叫她眼前一黑:"可咱这是中文讲座呀……"

云远道一脸无辜:"我看着它,大脑会自动英译汉。"

麦温如欲哭无泪:"但是科教馆审稿的人未必有这能力啊……"

云远道在她对面悠然落座,以手支额,神态自若道:"其实科普类文章的用词和句子一般较为简单,过了四六级就能看懂。"

麦温如把讲稿放到桌上,随手指了一个长长的单词,说:"虽然我过了四六级,但这个词我根本不认识。"

云远道淡淡瞥了一眼:"哦,这个词属于海洋学专业术语,你不认识很正常。"说罢起身,又从书架上抽出一本深蓝色封面的硕大词典,重重地放到她面前,"不认识的词,你翻翻这本词典,基本没问题。"

麦温如傻了,指指那本一指厚的词典,又指指自己:"我?现在吗?

翻译讲稿？"

"你想拿回去翻译也没问题。"

"我……"麦温如噎了噎，眼下只有在哪里翻译的区别吗？"就不能有其他的选择吗？"

云远道明白她的意思了，缓缓抬眸，望向她时眼神平淡，却带着些柔和的光。他语气相当平和地反问："你的意思是，我来翻译？"

麦温如当即就被他的气场震了一下，后脖子骤然发冷，赶紧把词典捧过来："不不不，我当然不是这个意思了，云老师！我来，我来就行……"

于是小麦同学就坐在云远道书盈四壁的办公室里，开始了漫长的讲稿翻译工作。云远道安然地坐在她对面，利用这难得的午休时间整理着上午的实验数据。初夏的风从他身后的窗隙里钻进来，微凉，岁月静好。其间有云远道的同事和学生三三两两前来围观她，皆是在刚才引路的学长的带领之下，让麦温如有种自己莫名就成了知名景点的错觉。围观者里有和云远道亲近些的，甚至直接走到云远道身边即麦温如眼前，惊喜道："哎呀，还真是麦温如！真人比电视上好看这么多！我三姑六婆之前给你投过票呢！"

麦温如也不尴尬，充分发挥了前娱乐圈从业者的优良社交技能，甜甜笑开："谢谢，您也很帅！特别是这身白大褂，衬得您特有精气神儿！"

对方被夸得有些不好意思了："哎呀，我这刚从实验室出来呢，就听他们说咱们云大研究员的办公室来了史上首位异性访客，还是位大明

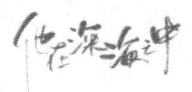

星,我这实验服都没换就赶紧来看热闹了!"说完熟络地拍拍云远道的肩,话里有话般笑道,"云工,这真是难得呀难得……"

云远道正忙着整理电脑上的数据,眼都没抬,答了一句:"实在闲着了,可以帮我把实验室里的几个水族箱洗了。"

对方气闷:"怎么啦怎么啦,还不许人关心一下你的个人生活了?自打徐婧博士辞了职,就没见你……"

云远道没给他说下去的机会,冷声打断道:"我和她之间已经没什么关系。不存在的东西,再怎么说也成不了真。"

那同事很识相,赶紧闭嘴,说:"那肯定是我们多嘴啦。"说罢又看向麦温如,"温如呀,我刚才就是胡说的,咱云工既有天分又肯努力,又还没恋爱结婚,大把时间精力搞研究,咱们就靠这样的青年才俊出成果呢!"这人笑得脸上起了褶子,一道道的,叫人分不清是沟壑还是阴影。他赞完云远道,又话锋一转,"不过呢,咱又从另一方面说吧,云工不管是人生经历还是科研成果,样样都像开了五倍速,但就是感情方面跟暂停了似的,这条件还单着,像话吗?你瞅瞅这张俊脸,没人馋?这满屋子的成果奖项,没人仰慕?这不科学呀!这显得咱们所的脱单情况十分严峻哪!所以一旦有点儿风吹草动,咱就草木皆兵啦!你也别介意,别介意啊!"

果然是搞科研的,张口就是一番论证,溜须拍马强行"挽尊"和解释客套都在这几句话中完成,以后谁还说理工男情商低不会说话,她麦温如第一个不同意。但眼下她也只得淡淡地笑,让她别介意?她连他们刚才说的人是谁都弄不清楚,哪会介意?她只能大方维持好表面的得体,道:"云老师这么优秀,相信良人一定在路上了,各位也不用急,该到的总会到的。"

对方连连点头,彼此又寒暄了一阵,才各自散去。

云远道送完客后关上门,躺回办公椅里,呼出一口气,说:"早知道,我该亲自去接你的。"

麦温如单手托腮,宽慰他:"大家都挺可爱的呀,原来科学家也会关心这些家长里短的事情啊。"

"何止关心?简直偏执。"他摇摇头坐起,准备继续工作。

麦温如说:"我一直以为你们科学家就是每天做实验、写论文、开会、拿奖什么的,聪明高冷,不食人间烟火,和我们这等凡人简直不是一个物种。"

"你说的那是科学怪人,不是科学家。"他有些无奈地轻笑,"像我们这种搞海洋生物的,说到底就是研究一下怎么抓海鲜和吃海鲜。"

麦温如震惊:"真的假的?难怪我看你切海参时一副星级大厨的样子!"

云远道闻言,嘴角有掩不住的笑意,仿佛说他是大厨倒比其他任何夸赞都更让他受用。他赞赏地看她一眼:"很有眼光。"

麦温如也毫不客气地回他一个眼神:"慧眼识珠罢了。"

临近午休结束,讲稿才勉强翻译完。云远道检查了一遍,又做了些大大小小的补充修改,才算定了稿。而有关宣传海报事宜,科教馆原本

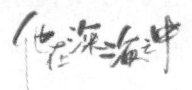

自作主张地用了一张云教授的全身照,他不满意,又换成了那张万年不变的身份证的证件照,声称讲座的主角是海洋科学而不是他,不要拿他做所谓的宣传噱头。

麦温如看着手机里他发来的照片原图,真是原相机零修图都毁不掉的干净俊傲。她下意识地点了保存,问:"这是什么时候拍的照片啊?"

云远道记得相当清楚:"三年前的四月二十六日。"

那么久之前的照片出现频率还这么高,这人真是够不爱拍照的了,莫非是帅而不自知吗?还是对他来说外表根本不是值得一提的优势?

她想不出答案,只笑着打趣他:"不出意外的话,打算用一辈子?"

云远道被这句话逗笑,说:"如果我足够幸运,没秃头也没发福的话。"

麦温如望了望他那尚且浓密的发量和宽且瘦的肩臂,权当这是个肯定回答了。

工作的事到此就算忙完,云远道看了看表,打算亲自送她。

两人步行至大门口,麦温如得去取押在那儿的身份证,警卫小哥开抽屉时还熟络地和云远道闲聊,笑说:"刚才远远看您和一个女孩儿走在一块儿,还以为是徐博士又回来了呢。"

云远道淡淡地接一句:"她要回来谈何容易。"

麦温如的好奇心终归是憋不住了,悄声问他:"是刚才你同事说的,辞了职的那位吗?"

"嗯。"

见他言简意赅，神情依旧没有变化，麦温如便陪着小心再问道："前女友？"

他垂眸看她一眼，没什么情绪："你也关心这些事？"

他居然没有否认。麦温如心里马上就明白了，急急忙忙跟他解释，道："不是啦，只是感觉这么多人看到我都想起她，我就在想，难道我和她长得很像吗？"

"唯一的共同点是性别。不过光是这点也够他们捕风捉影了。"他波澜不惊地说着。

这时警卫小哥将麦温如的身份证从窗口递了出来，距离更近的云远道信手接过，在转手递给她时，瞥了一眼她的生日，脱口而出："二十三岁？"

"嗯，因为参加选秀办过一年休学，不然我今年就大四了。"

他的神色没有变化，至少麦温如看来没有，只听他又低低地说了一句："这么小。"

麦温如仿佛被踩了小尾巴，一下子就紧张起来，连连摆手："不小了，不小了！现在参加选秀的都是十几岁的妹妹，我算大龄了，观众都说我是'回锅肉'，人家是'偶像练习生'，我是'偶像复读生'！"

云远道领着她往公交车站走，闻言失笑道："别人被说年纪小，高兴还来不及，你怎么反应这么大？"

"我不想你因为觉得我太小而把我淘汰掉啊！"

也顾不上措辞了，麦温如几乎是脱口而出，说完了才惊觉这话有多露骨，后知后觉地捂住嘴，愣愣地看向云远道。

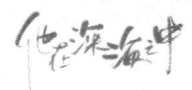

他没有讶异,也没有疑惑,仍是轻笑着,说:"这不是比赛,我没有权限,也不会淘汰你。年龄无法横量一个人的心理成熟度,我二十岁时就觉得自己已经过完一生,心中万念俱灰了。更何况你也经历过这么多波澜起伏,有的人兴许穷尽一生都无法体验你的历程。"

此时已走到了公交车站,他停下脚步,麦温如还想说点儿什么,但又怕触到雷区,只得谨慎地一再措辞。公交车很快到站,云远道替她招停,不忘叮嘱道:"三站后有地铁站,可以直接坐 5 号线回政法大学,记得下车。还有,有些事和你无关,你就没必要关心。"

原意是,陈年旧事已然翻篇,旧人也不会再相见,她不必为此浪费心力。可直到公交车发动,他发觉坐在车窗旁的麦温如连一个眼神都没再分给他时,才后知后觉地反应过来:那句话是不是说得太生分了?

(3)

麦温如回到学校,情绪已然度过了好几个阶段,由不解、郁闷、伤心到最后逐渐归于平静,甚至在收到云远道询问是否安全到校的信息时,心里都毫无波澜,只简单回了一个"嗯"字。

宋叶芃得知事情来龙去脉后,也相当淡然:"刚开始被拒绝几次很正常。毕竟你是想要拿到进入一个人世界的钥匙,这自然是要付出代价的。"

麦温如叹了口气:"可我也没有表现出一种特别想窥探他的感觉呀。"他不用直接说"有些事和你无关,你就没必要关心"这么拒人于千里之外的话吧?

"那只能说明他比较敏感，兴许他真受过什么伤吧，就像被遗弃过的流浪猫狗总是很难再轻易适应新家。"

麦温如觉得宋叶芃将这个比喻用在云远道身上总显得有些怪异，但又有些道不清的契合。她撇撇嘴，郁闷道："那我也被伤害过啊……"

宋叶芃知道她说的是什么事，格外温柔地拍拍她的脑袋，安慰道："你那属于摊上渣男了好吗？他跑了反而是好事，你的福气还在后头呢。"

麦温如懒懒地将脑袋靠到宋叶芃肩上，委屈巴巴地问："那我现在怎么办？"

"再找找突破口吧。"

麦温如痛苦地闭闭眼，欲哭无泪："这怎么找啊？"

宋叶芃忽然想到什么，神秘兮兮道："姐给你探探路。"说罢摸出手机，直接拨给向其琛。

电话很快接通，麦温如眼疾手快地捂耳闭眼，成功躲过小情侣们通话最开始那段腻乎。直到宋叶芃嫌弃地踹踹她，她才终于放开手，立马听到开了免提的手机里向其琛拖得长长的声音："唔——云老师的前女友？徐婧吗？"

麦温如点头如捣蒜，宋叶芃忙代替她回答，道："对，就叫这名儿。你认识？"

"认识啊，她刚进海洋所时也在汪老手下做项目，早前还评了副研究员呢。听说她是和云工一块儿在苏黎世留学的，后来也一块儿回国进海洋所。我导师说他俩的天分其实不相上下，都是好苗子。但他们好像

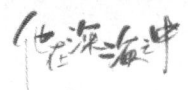

去年分的吧,徐婧早前因为项目问题被一个高层打压过,虽然后来那高层也挨了处分,但她还是气不过,就离职了。所里都说她是嫌海洋所挣钱不多,所以后来就到国外私企去发光发热了,先前还打算挖云工的,但两人没谈拢,就掰了。徐婧离职之后,任谁再问云工,都没法儿从他嘴里套到什么和徐婧有关的消息了。"

宋叶芃听后撇撇嘴,对这显然不够劲爆的八卦消息不大满意:"就因为不一块儿工作,两人便分啦?"这私企和海洋所的区别有这么大吗?

"具体原因我也不清楚。说实话,风言风语很多,但我不想听,都是捕风捉影。可云工那嘴就跟上了十八层密码锁似的,拿电焊机都撬不动。"

宋叶芃和麦温如交换了一个无奈的眼神,看来即便是方正不苟的学者也是各有各的江湖,具体什么情况还得当事人自个儿才能说清楚。

见麦温如仍一副惴惴不安的模样,宋叶芃叹了口气,替她问出了内心最在意的那个问题:"那你说,他俩有没有旧情复燃的可能啊?"

向其琛跟听到了什么冷笑话似的,极其讽刺地"哈"了一声,道:"他俩能在一起就已经是个奇迹了,分开才属于正常发展。复合?等我拿到诺贝尔奖吧。"

电话这边,宋叶芃和麦温如面面相觑:"不会吧?"

"我之前偶然见过他俩相处,咋说呢……"向其琛在那头抓耳挠腮,"就是关系稍微好点儿的朋友,完全没有情侣恋爱的感觉……"

宋叶芃道:"可能人家在一起久了,热恋期过了,渐渐趋于平淡了。"

"再平淡的情侣，站在一块儿都能看出点儿与众不同的苗头来，但他们站在一起真没那个气场，就是冷冰冰，各干各的，聊天也全是实验论文，像在开会一样。我还听云工有一回跟她说了一句'我险些忘记你是我女朋友'。你说按照云工那种照相机似的记忆力，他能说出这样的话，这两人能好得了吗？"

宋叶苨也听得极其迷惑，问："云老师不喜欢她吗？"

向其琛若有所思道："按云工的性格，能在一起肯定是有感情的，他绝对不是那种随便和人谈恋爱的人。"

麦温如插上一句："说不定人家就喜欢那样的相处方式？"

宋叶苨神色鄙夷，不以为然："在喜欢的人面前，有些东西是克制不了的，这叫荷尔蒙作祟。"

麦温如脱口而出："说不定科学家不受荷尔蒙的控制呢？"

宋叶苨翻了个白眼，道："可能吗？科学家也是人类好吗？"

电话那头的向其琛模模糊糊地听出麦温如的声音来了，好奇道："哎，'烧麦'也在啊？你也听云老师的八卦啊？"

麦温如心虚地抛给他四个字："路过而已……"

宋叶苨倒是耐烦得很，解释道："她给云老师的公益讲座当志愿者呢，我寻思让她多了解一下这种学术大牛也挺好的。这么说起来，那云老师的家里情况怎么样啊？兄弟姐妹几个？家产几何？"

"这些我不清楚啊，我又不是户籍科的。我只知道他是 G 省人，家在省会，父母都是大学教授。云工很少提起家里人的……"

麦温如想起当初云远道给他弟弟买手办的事儿,问:"他是不是有个弟弟?"

向其琛很惊讶:"是吗?我从来没听说过。"

说不定是云远道比较注重隐私保护,因此没随便向人提过。麦温如怕祸从口出,赶紧打圆场:"那可能是我记错了。"

向其琛也比较同意这个说法,三人又聊了一阵,再没能从他嘴里套出更多的话来,宋叶芃就先行挂断了。两个女孩儿坐在床上望了半晌的天花板,深深叹气:"怎么跟谍战片似的,这么难……"

"不!"宋叶芃忽然中了邪一般,激动地握拳,"一个人防备最森严的地方往往就是他的软肋。他不轻易向人提起的,反而是最能让你获得优势的地方!"

麦温如被她这信誓旦旦的模样震住,愣愣道:"所以呢?"

"所以,一旦你知道了一些他的不为人知的秘密,你在他心里肯定就会变得特别起来。"

麦温如深深叹气:"可是刚才向其琛也说了,云老师嘴很严的。"

"直接问当然不行啊,猪猪!"宋叶芃敲她脑袋,随后摸下巴做沉思状,"要不就趁六一吧,不刚好是他的讲座吗?你就准备个小礼物,假装很顺手送给他,然后和他聊聊小时候爱吃的零食,顺带就能聊到他的童年了,便能知道他家里大概的状况了。不是有那么一句话吗?'当一个男人和你谈起他的童年,就代表你可以相信他。'虽然有点儿片面啊,但我认为,了解一个人,无论男女,童年都是最好的切入点。"

麦温如被宋叶芇在这个谋划里所展现的才华所倾倒，不得不赞叹："您的段位实在是太高了，请问哪里能买到您的著作呢？"

宋叶芇高傲地伸出一根手指摆了摆："内部资料啊，传你不传外。"

麦温如当即笑倒。

"倒追学大师"的神机妙算有了，麦温如回去后又自行斟酌了一番，有了些自己的想法。所谓的六一礼物她照常准备了，但并非只给云远道准备了，反而是一口气给所有与讲座相关的工作人员都备下了，颇有当初粉丝为她准备应援物的阵仗。

既然他说她没必要关心，那她就不特地去关心了，这礼物有没有他的份儿，全看他那天什么表现，她才不要上赶着去献殷勤呢。

日子一转，六月倏然而至。搬家和讲座的各种零碎小事被掰碎揉进每一天的日常里，进行到六月就已经完成了大半。麦温如还特意提早预约好了搬家公司，在讲座结束后就上门。

忙是忙了些，但尽早搬离绝不是件坏事。讲座当天，出门时朝阳初升，新生的蝉低低地鸣叫，麦温如的心情也和晨光般一片大好。

六月伊始，一定会有好运气。

身为助理志愿者，麦温如要负责所有任务的分配，她怕忙起来分不了身，便在签到这个最初始的环节里就把自行准备的小礼物分发给了大家，会场氛围一派和谐。云远道开完早会才姗姗来迟，一进会场便看见几乎人手拿着一袋小零食，精巧的纸质包装袋上还贴了一张浅紫色的

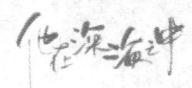

"麦"字LOGO，一看就知道出自谁之手。

想必他也该有一份吧？但看看发言席上、主座位上，甚至麦温如手里，全都空空如也。

云远道心里有些郁闷，拦下一个同为志愿者的男学生，指指学生手里的小礼包："谁给的？"

这名叫文魏的学生高兴得脸都歪了："小麦学妹给的呀！老师您没有吗？"

"没有。"

文魏不信："您逗我呢，老师，姑娘送的礼物，您向来得头一份。"他自打硕士起就跟着云远道做实验，眼下都博一了，还从没见过送礼物敢特意把云远道摘掉的人呢。

云远道不动声色地找了个理由圆回来："我年纪这么大了，确实也不适合过儿童节了。"

文魏露出一种更为迷惑的表情——今天的云导虽一身主讲人惯常的深色西装，但胜在剪裁合身、贵气十足，他简简单单站在那里便已是霁月清风、万种风情，眼下却还说什么"我年纪大了"这种令人含恨的话，简直要让在场一众毛头小子羞愤而死。此刻恰巧麦温如抱着一卷海报路过，文魏刚想叫住她问问，云远道一个手势拦住了，亲自迈步跟了过去。

绕过会场中各种尚未布置好的杂物，麦温如来到入口处，小心翼翼地将怀里的海报悬挂在支架上，摆到最显眼的位置。海报的设计和制作都是由科教馆宣传部负责的，只有使用照片这一项征询了云远道本人的意见。眼下他那张四四方方的证件照被放在个人简介旁,和原件相比似乎经过了一些细微的处理,更凸显出他身上那种严谨周正的学者气质。

她正端详着,试图找出宣传照究竟哪里和原件不一样时,忽然听到云远道那深沉的嗓音,问道:"好看吗?"

麦温如惊得险些跳起,一回头,就那样毫无防备地撞进他的眼神里。她结结巴巴地答道:"好、好看……"

"但我还是更建议你多看看真人。毕竟,他就在你眼前。"

一句话就让麦温如的后脖子瞬间升温,平日里和人吵嘴她就没输过,眼下居然半句话都答不出来。云远道又问:"我看你好像给每个人都准备了六一礼物?"

她点点头,一边伸手要将仅剩的一份从包里找出来,一边说:"你的那份……"

"我不用了。"他以为她是要解释,立马给她预备台阶,"我的年纪也不适合过这个节日。"

麦温如找着礼物的手松了松,笑着解释道:"也不是为了给大家过节啦,就是借着节日的由头,一块儿吃点儿小零食,回忆回忆童年……"

"我口味比较重,一般人喜欢的,其实我都不喜欢。"

"真的?"麦温如有点儿迟疑了,试探着把礼包里的小零食都报出来,问道,"泡泡糖、辣条、无花果,还有各种薯片、虾条、果冻之类的,你都不喜欢?"

"不喜欢。"

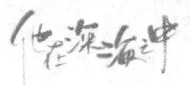

麦温如快被他噎死,她都把话说到这个份儿上了,再坚持不就显得别有用心了吗?她便只得作罢。

气氛正尴尬着,忽然听见老远传来的一声"烧麦",麦温如循声望去,果然看到穿着一身名牌高定飞奔而来的宋叶芃,她肩上还挎着一个与她气质十分不符的巨大帆布包。

宋叶芃气喘吁吁地在麦温如和云远道面前停下,还不忘贼笑着揶揄:"可以呀,一来就看见你们在这儿单独说悄悄话呀……"还没说完,麦温如赶紧借接过帆布包的机会朝她一使眼色一摇头。

宋叶芃立马明白了这是计划不顺利的意思,赶紧住了嘴。

麦温如打开帆布包一看,里头全是海洋王国最新推出的周边头箍,便问:"你拿这么多头箍过来做什么?"

宋叶芃说:"过节嘛,当然要有过节的氛围,观众千里迢迢来听讲座,咱怎么能没点儿表示呢?再说了……"她看向云远道,一副"话就是说给你听"的表情,"咱这支出也不大,但这节骨眼上适当的小礼物就能表现出不可多得的真诚,希望有些人能识点儿好歹吧。"

麦温如和云远道皆是一愣。相识近二十年了,麦温如自然早知道宋叶芃是个阴阳怪气的大师,但这番话好像内涵不到任何人呀?

她还没想出个所以然来,又听到云远道若有所思地说了句要回车上取东西,只得让他先离开。宋叶芃和麦温如一起注视着他的背影,恨恨地眯起眼,道:"这个可恶的让人捉摸不透的男人……"

麦温如把包里仅剩的那袋小零食塞给宋叶芃,耸耸肩,叹气道:

"兴许倒追学在高智商人群身上并不适用。"

宋叶芃警惕地看她一眼:"怎么,你的意思是向其琛智商不高?"

麦温如实事求是道:"不是啦,只是对比云老师,多少还是有点儿差距吧?"

"有点儿?"宋叶芃翻了个白眼,"跨海大桥也是有点儿吗?从海平面到大气层也是有点儿吗?"

麦温如没想到她会这么突如其来就倒戈,道:"在你心里云老师的形象这么高大啊?"

"他不是在我心里高大,这是客观事实啊,人家云老师确实是国内青年学者里天花板级的存在。你想啊,二十五岁的他就是ETH的博士了,那可是爱因斯坦的母校啊,全球录取率不到百分之十,本科毕业率都低到令人发指,更别说他还是博士都能提早毕业那挂的。他一回国就进海洋所开始评职称,二十九岁就是正高级研究员,他做出的科研成果得是什么级别啊?向其琛跟这种多少年都难得一见的天才型选手没得比。"

麦温如不置可否,云远道的成就和她们这些凡人相比,确实就像大气层和海平面,二者之间的差距单靠人力是无法追平的。她垂下脑袋,像个丧气的小柿子,说:"那……倒追学就这么失灵啦?"

宋叶芃拍拍她的肩:"意料之中哈,小'烧麦'同学,咱试过努力过就行。毕竟从智商来说,他和咱们已经不是一个物种了,情商方面兴许……也很匪夷所思。"

而后,两人心有戚戚焉般一同叹了口气。

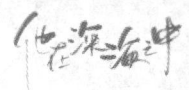

（4）

而后工作渐渐忙碌起来，本场讲座上座率奇高，观众络绎不绝。布置好会场后，麦温如负责给入场的小朋友发放宋叶芘提来的那一大袋海洋王国周边头箍，忙碌得根本无暇再想和云远道有关的事。

她站在会场入口处，脑袋上戴着一个浅蓝色的美人鱼头箍，右手挎一个装满礼品的大帆布袋，笑容满面地将礼品亲自戴到每一个小朋友头上。有些激动的小家伙直接在入口处就玩开了，尖叫着四处乱跑，更有甚者趁麦温如蹲下之际直接扑到她背上，扯着她的马尾尖叫道："'美人鱼'！我抓到'美人鱼'啦！"

麦温如没料到会有这么一出，被那男孩儿扯得失去平衡，重重跌坐到地上。即便如此，那个熊孩子仍没有放手，其父母更没有前来制止。麦温如一时间又疼又无助，伸手想把自己的马尾从他手里扯回来时，突然摸到一只骨节分明的手。

那手的主人一手托住她的脑袋，一手轻柔地握住她的发根，目光严肃冷峻地一扫过去，那熊孩子便霎时被他的气场给吓住，怯怯地放了手。他半蹲下来，麦温如看到他满是疼惜和关切的眼神,听他问道："疼不疼？"

麦温如摇头，感觉他扶住自己后脑勺的掌心很宽、很稳，一瞬间让她感到不可多得的安心。他似乎还是很不放心，动作十分温柔地给她揉了揉脑袋，叮咛道："如果很疼，我带你去医院。"

麦温如连连摆手："不用不用，小孩子没有多大力气的。"说罢赶紧起身,这才注意到身后有些吵闹声,一看,竟是刚从会场那头跑过来的宋叶芃,正火冒三丈地对着熊孩子和他的父母下逐客令。

虽说"子不教,父之过"是老话了,但就熊孩子这种存在来说,不作为的家长绝对要担负大部分责任。

因此麦温如没做什么多余的事,她相信宋叶芃的业务能力,海洋王国未来的核心管理者处理这样一件小事还是不在话下的。她抬手将乱掉的头发重新梳理好,身前的云远道却不知从哪儿变出一颗金箔纸包装的费列罗巧克力,递到她眼前,道:"给,六一礼物。"

麦温如愣住了,呆呆道:"你不是不过六一吗?"

"我的年纪不过,但你可以。"

这话听着像她和他年龄差距很大似的,她莫名有些脸红,支吾道:"我也不是小孩子了……"

云远道低低地笑:"对啊。如果你是小孩子,刚才那种情况就应该直接和他打起来,不用忍着。"

她抬眸看他一眼,又火速低下头去:"我是主办方的人,这又是你的讲座,我再生气也得忍着……"

云远道把巧克力放到她手里,望着她缓缓道:"如果还有下次,你就不用忍。有什么事我来负责,但你不可以受委屈。"

麦温如完全没料到他会说这样的话,一个人在无助时能得到及时的帮助已经很难得,那个人却还跟你说,以后不要忍,不要受委屈。心跳瞬间加速,麦温如默默做了好几个深呼吸才敢说话,故意语气轻松地开

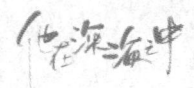

玩笑道:"你这话听起来好像小说里的霸道总裁……"

他也笑起来,淡定地接哏:"一个平平无奇的'科研民工'而已。"

麦温如莞尔,低头看一眼手里的巧克力,圆滚滚的,中间贴着一张椭圆形的意文 LOGO,活像黄金矿场里钓起来的小金块。他刚才说回车上取东西,难道就是拿这个吗?那芃芃说的话,他都听进去了?他是想通过这小礼物,来表示他的真诚?

她越想脸上越热,赶紧刹车,细声对他说:"谢谢。"

云远道嘴角含着笑,垂眸间眼底有回忆往事的温柔。他说:"车上就只剩这一颗了。我喜欢吃甜食,但是小时候家里管得严,这种巧克力每天只允许吃一颗。我弟弟就会把他那份藏起来偷偷给我,我那时候可感动了。结果后来我蛀了五颗牙,他却一点儿事都没有。"

麦温如听完忍俊不禁,气氛逐渐轻松起来。

谈笑间,会场里响起请观众就坐的广播,讲座即将开始了。云远道抬手看了看表,对她说:"因为嗜糖,我小时候受了不少罪,以后有机会再跟你说。祝你节日快乐,小麦同学。"

"好。"她含笑乖巧地应承,挥挥手告别时,忽然想起宋叶芃给她支招那晚所说的话,抢在他转身前又问,"云老师,我可以相信你吗?"

他被这没来由的问题问住,反问她:"你为什么不相信我?"

"我……就是问一下。"

他理解了,淡淡地笑,说:"可以。"停顿了一下,眼底浮起温柔的光,语气也越发笃定真诚,"当然可以。"

第四章

"我也希望,你可以决定自己想要的样子。"

TA ZAI SHEN HAI ZHI ZHONG

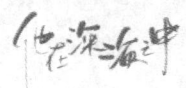

（1）

云远道的公益讲座盛况空前，正式开场时会场里里外外尽是人头，热度堪比一次小型的明星见面会。观众的年龄跨度也超出了原定的青少年范畴，向中老年延展。作为主讲人的云远道也不负众望，在基础知识的主基调下增添了许多他作为名流学者的独到见解，语言易懂又不至浅俗，风趣又不至戏谑，如其人般令人如沐春风。

很快到了结尾的观众提问环节，只见举手的都是些学者模样的青年，抛出的问题也都极具专业性，对话交锋间观众宛若身临一场学术讲座。

外行人麦温如听得云里雾里，便侧过身子和宋叶芃耳语："我怎么感觉来的全是他们研究海洋生物的？"

宋叶芃冷笑一声："向其琛要不是跟导师出差，估计凌晨就来占座儿了。"

麦温如愕然："有这么夸张吗？"

"这么说吧——这就像一位除了新作品上线基本不露面的歌坛巨星，突然在你家附近办了场小型演唱会，你去不去？"

麦温如想了想："我觉得凌晨占座儿还是有点儿太迟了，怎么着也得提前一天吧……"

宋叶芃嫌弃地白她一眼，继续说："向其琛之前也跟我说了，这云老师可不好请，像他们业内一般的学术活动都未必请得到，咱这种科普讲座就更别提能入他的法眼了，我本来都没抱希望。"

麦温如说："向其琛不是认识云老师吗？说不定他是给向其琛面子。"

宋叶芃又白了她一眼："向其琛只是个硕士生，你见过学术大牛给硕士生面子的吗？"

"他不是都帮向其琛上课去了吗？"

"那是向其琛搬出汪老，威逼利诱才成功的好吗？"

麦温如纳闷道："那他为什么会答应你啊？"

宋叶芃耸肩做无奈状："谁知道？我很早就给云老师发过邀请邮件，但一直都没动静，直到我和向其琛纪念日那天……对，就那天你帮我代课，我发消息让你撤退之后，没多久就收到他的回复了，说愿意考虑合作。"

麦温如怔了一下，脑海中的思绪千回百转，愣愣地问："那在这之前，你见过他吗？"

"打过几次照面，但没说过话。不过向其琛应该跟他提过我吧……"

麦温如感觉心脏都有些紧缩了："所以那天点名的时候他就知道了，我是替你来上课的？"

宋叶芃瞬间领悟了。空气静止了两秒，她捂嘴不可思议地看向麦温

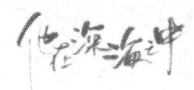

如:"你俩搁这儿拍偶像剧呢?一见钟情念念不忘,所有的偶遇都是蓄谋已久?"

麦温如红了耳朵,还是觉得有些不可思议,否认道:"不可能,不可能,应该只是巧合……"

宋叶苁用手肘捅捅她,坏笑道:"你问问他不就知道了?"

"我才不问呢!显得我多自恋啊……"

当时是这么说,但很久以后,麦温如还真就这件事问过云远道。那时正看书的云老师听完她的话,轻笑起来,给出答案:"你不留下,我就只能去找你了。"

麦温如闻言笑得直眯眼,得意道:"云老师,你对我这么有执念呀?"

他淡定地翻书:"我早就跟你说过了,我们不是只有一面之缘,不会,也不能。"

"为什么这么确定啊?"

云远道从书里抬起眼,两人在台灯泼洒的一片暖意中安静地对视。

他说:"有些人你认识了很久,但到最后也不会怎么样;但有些人,你一遇到,就知道她和别人不一样。"

(2)

讲座圆满落下帷幕,散场之后还有许多意犹未尽的观众要和云老师交流合影,挨三顶五地在主讲席前排成了一条长队,清场时间只能一拖再拖。麦温如远远地望着,再一次深深感慨,作为顶尖学者兼英俊男人的云远道，当真是魅力无限。

好不容易等到观众全部离场，志愿者们关闭了各入口，开始清理场馆。宣传部的摄影师提议工作人员们一块儿拍个大合照，作为主策划人的宋叶芃便拿了麦克风将分散在各个角落的志愿者召集了过来。

麦温如负责清理的区域离主讲席远些，等她走近时大家已经排好队形了。她打算悄悄溜到边角处混过去就好，结果还没入列就听到云远道的声音，唤她："小麦同学。"

她脚下刹车，回头一看，站在中心位的他特意将左手边的位置空了出来，示意她站过去。

"小麦同学是这次讲座的助理志愿者，做的工作最多，也最辛苦，甚至还帮我翻译了讲稿，也译得很好。"

他说得风轻云淡，嘴角含着优雅的微笑，语气也尤为坚定。他那双漂亮得过分的眼睛就那样在射灯强烈的光晕下静静凝视着她，仿佛在说：过来，这个位置理应属于你。

人类是无法互相感同身受的，这是人性的隔阂，因此麦温如从不强求任何人与她共情或是站在同一战线。但眼前竟然会有这么一个人，他看见了她的付出，读懂她的价值，会光明正大地保护她、为她说话，不轻易让她受半点儿委屈。

麦温如感觉心口热热的，好像有什么东西正在融化。

她小跑过去，站到云远道身侧，与他并肩而立。

摄影师倒数五秒，她漾开笑容，最后脑袋不自觉地一歪，偏向了云

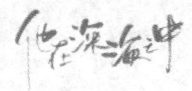

远道所在的方向。

照片定格，摄影师比了个"OK"的手势，女孩儿们便一股脑地跑过去看成片。宋叶芃仗着职位便利，拉着麦温如一马当先地看完，回来后捂着嘴偷偷笑她："你那姿势，是生怕别人看不出来你对他那点儿小心思啊？"

麦温如仿若被戳破了心事，脸红得一塌糊涂，辩解道："这属于下意识行为好吗？我要是知道会这么明显，肯定会克制一下……"

宋叶芃咯咯地笑个不停："他倒是站如松，你活像个歪脖子娃娃……"

麦温如不满地撇撇嘴，其间悄悄抬眼望向不远处的云远道，他正和帮忙的学生说着话。不一会儿，那位学长便兴奋地宣布云老师要请大家出去吃午饭的消息，众人齐声欢呼的片刻，云远道的目光自然而然地朝麦温如这边扫来，四目相接后，原本清浅的笑意越发深了。

麦温如被他笑得脑子都成了糨糊，赶紧转过头假装和宋叶芃说话："完了完了，他该不会已经看到那张照片了吧……"

"还没吧……"宋叶芃朝云远道所在的方向张望了一下，"哦，现在看到了。"

麦温如紧张得汗毛都竖起来了，又不敢看过去，只能死死盯着宋叶芃的脸，惶惶不安地问："他什么反应啊？是不是看出来了？"

宋叶芃微微蹙眉，露出一个相当耐人寻味的表情，说："唔……看他那反应，应该是看出来了。"

麦温如立马炸了,拉住宋叶苨的衣角,神神道道:"那怎么办?他很嫌弃吗?我要不要去解释一下?"

"你冷静一点儿。"宋叶苨好笑地抓住她不安分的小手,也不再逗她了,老实交代,"他笑了。"

(3)

会场清理进行到尾声,大家一边歇息,一边讨论待会儿吃什么,一时间众说纷纭。

麦温如安静地坐在云远道左手边的小凳子上喝水,听到"烤肉"二字时一个激灵,赶紧举手发言道:"我知道附近一家很好吃的烤肉店!之前我……"

这时突然有另一个女生惊喜道:"哎,点评软件上有一家评分5.0的网红烤肉店,连现在最红的那个顶流爱豆彦见深都去过哎!"

众人闻言纷纷探头去看,麦温如悻悻地闭了嘴,心头的失落不知是因为听到那个耳熟但再与她无关的名字,还是因为自己的话头就这样被截走。

宋叶苨向来不待见彦见深,明着看是挤对,实则是替麦温如出气,翻白眼道:"不就是个画眼线跳艳舞的小白脸吗?又不是什么美食家,还顶流呢,有什么了不起的?"

众人闻言皆是一愣,其中有些知晓内情的,明白宋叶苨、麦温如和彦见深都参加过当年某档育儿综艺,也算是青梅竹马了。眼下她要说彦

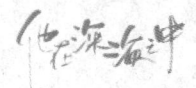

见深的不好,在场还真没有人有资格反驳,就只能打着哈哈混过去。

局面混乱之际,一直安静的云远道开口了,低声问麦温如:"然后呢?"

麦温如讶异地偏头看他,对上他如水般清澈温润的目光,正柔柔地将她包围。

他居然一直都在认真听她说话?

她莫名感到些许温暖,被众人忽视的沮丧也瞬间清空。她朝他甜甜地一笑,说:"也没发生什么,就是上次我和圈内一个朋友去吃过,他出了名的嘴刁,都说好吃。"

云远道好像并不在乎那个所谓"圈内朋友"的评价,反而问:"你喜欢吃吗?"

"喜欢呀,真的不错。"她相当认真地点点头,一双杏眼水汪汪地看着他,尤其灵动。

云远道不自觉地微笑起来,说:"既然你喜欢,那我们就去吃。"

麦温如闻言一愣,她本意是给大家提供参考,却没想到自己竟成了他选择的标准,这转变实在有些匪夷所思。她低头看了看时间,快到搬家公司上门的时间了,只能坦言:"我今天应该没空和大家一块儿吃了,下午家里还有事,我得回去帮忙。"

云远道点头表示理解,随后说了一句让麦温如直接宕机的话:"那我送你吧。"

麦温如花了三秒重新读卡,说:"你……不和大家一起吗?"

"文魏代表我。"他一指今天跟他来帮忙的那个男生。

众人闻声,这才从点评软件上回过神来,纷纷看向云远道。文魏正蒙圈呢,问:"咋了,老师?"

云远道起身,从皮夹中抽出一张信用卡递给他,说:"替我好好招待大家吧,今天各位都辛苦了。"

文魏驾轻就熟地接过,坏笑着问:"那我就带大家去吃评分5.0的网红烤肉咯?"

云远道温和地浅笑:"可以。"

众人又一次齐声欢呼。

云远道回身拿起他的电脑包和车钥匙,侧脸看向麦温如:"走吧?"

她连忙应承,匆匆拿齐东西后,和大家一一告别,末了还不忘溜到宋叶苊身边悄悄叮嘱道:"点单的时候让他们悠着点儿,别点太多了……"

"知道啦,小媳妇儿,"宋叶苊戳戳她的脑门儿,打趣道,"你这还没跟人家有什么呢,就开始替人省钱啦?"

"不是,那店确实贵,而且他们搞科研的都很质朴的……"实验用过的海参都切了拿去凉拌呢……

宋叶苊想起自家那位朴素的理工男,不置可否地点点头,给她一个"放心"的眼神。

麦温如这才安下心,小跑着追上了云远道的脚步。

（4）

云远道的车是一辆银灰色的中高档轿车，车如其人般利落稳重，大气儒雅。麦温如坐在副驾驶上，探着脑袋把导航调到最近的那条回家线路，再一抬头，车子刚好驶离园区，路过那家网红烤肉店所在的美食街。她兴奋地指给云远道看，笑说："就是这家，你看，现在就有好多人在排队等位了。"

云远道抬眸看了一眼，轻飘飘道："那他们可有得等了。"

"不会,这片也是芃芃家开发的,她去哪家店都没有等位置这一说。"

云远道笑了："真是羊毛出在羊身上。"

麦温如也跟着哈哈笑了两声，说："就是你亏点儿，请吃饭但自己又没吃到。"

"还不知道盈亏。"他转动方向盘拐弯，镇定道，"因为我主要是想请你吃饭。"

麦温如闻言一愣，心跳一下子就上去了，但偏脸看看他，仍一副淡定自若的模样，仿佛刚才说的真是一件微不足道的小事。

难道又是她会错意？

麦温如清了清嗓子，克制住自己不像话的心跳，故作傲娇道："请我吃饭的机会可不是人人都能有的。"

云远道抿嘴一笑，看她一眼："是吗？"

"是啊。云老师你努力争取一下吧。"说完她还顺带挺直了小腰板，一副占山为王的小模样。

结果云远道压根儿没买账,只笑意吟吟地说道:"那我给你个机会吧,让你有机会和我一起吃个饭。"

"……"一句话就让她无话可说了。

麦温如憋了半晌才憋出一句:"那你可真是太赏脸了……"

他答:"这主要是基于你不赏我脸的情况下。"

"我赏呀,这不让你争取一下吗?"她伸出手指比了个极小极小的间隙,"争取这么一小下,我说不定就答应了。"

"我的争取就是直接给你机会,这不比拐弯抹角强吗?"

麦温如彻底败下阵来,沉吟半晌,不得不叹道:"云老师,你可真会推己及人。"

他低低笑了一声,赞道:"这个成语用得不错。"

"……"

抵达麦温如家楼下时,搬家公司的货车已然装了大半,工人们在搬运最后一批收纳箱,麦温如的妈妈则坐在大门对面的长椅上安静地翻书。

云远道将车停在货车后方,麦温如解安全带的间隙,麦妈妈已注意到了他们,掩卷起身走来。

云远道注意到妇人行走的姿势——虽已经尽力在维持优雅与体面,但仍有些难以避免的瘸拐,一深一浅的,颇为吃力。

他在麦温如之前下了车,先行扶了麦妈妈一把。

妇人微笑着对他道谢,但仍固执地选择自己行走。

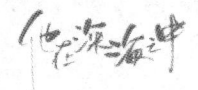

此时麦温如从副驾驶那边小跑了过来,亲昵地挽住妈妈的手臂,给妈妈看她手机上早打好的介绍文字:"妈妈,这是今天开公益讲座的那位海洋学家,姓云,叫云远道。"

麦妈妈有些惊讶,打量了他一眼,笑道:"好年轻啊,云教授。"

云远道下意识地开口答道:"您客气了,叫我远道就好。"说完才发觉对方无法听到他的声音,怔忪一秒。

麦妈妈正要把手里的纸笔递过去,麦温如却已经在手机上替他翻译好了,写道:"他说叫他远道就好。"

麦妈妈笑道:"青青河边草,绵绵思远道。是个好名字呀。"

云远道快速地在纸上写,是力透纸背的行楷:"谢谢。小麦同学也有一个好名字。"

对话间,货车装载已经结束。五大三粗的司机边擦汗边朝他们走过来,问麦温如:"你是预约电话里那个小姑娘吗?"

麦温如点点头。司机如释重负:"哎,可算不用写字了!你们的东西比预想的多啊,还有两个箱子咱装不下啦!"说完又看一眼云远道和他的车,"要不就放你男朋友车里,一块儿拉过去吧?"

麦温如的脸腾地红了,连忙否认:"他不是我男朋友……"说着用余光瞥了一眼云远道。

云远道镇定地接过话茬:"对,还不是。但箱子可以放我车里。"说话间他看向麦温如,"我送你和阿姨一趟吧。"

麦温如十分不好意思,原本他送她回家这事儿已经在她预料之外了,眼下还让他帮自己搬家,实在有点儿过于得寸进尺。更何况他工作本来就忙,要是因为她耽误了什么研究进程,那她该怎么谢罪才是……

于是她摆摆手,笑说:"不用啦,云老师,我打个车就行,不麻烦你了。"

"我不怕你麻烦。"说完,他伸手进驾驶座里按下一个开关,后备厢的门应声打开。

司机指挥工人把两个箱子搬过来,而后麦温如上楼检查了一遍空房子,确认没有东西遗漏后,锁上门头也没回地离开。

新家靠近市郊,是宋家新开发的楼盘,户型是宋叶芄亲自挑的,据说是采光和装修最好的一套,单元楼的监控和安保设施都十分齐全。

云远道专心致志地开着车,麦温如陪妈妈坐在后座,一路上都有些坐立不安:"云老师,你要是还有事要忙的话,待会儿到了把我们放下,你直接走就行!对了,你车里的油还够吗?跑这一趟铁定特费油,要不你待会儿在加油站停停,我给你掏点儿油钱……"

云远道透过后视镜看她一眼,嘴角似弯非弯地问:"你是把我当成陌路相逢的好心司机了吗?"

"那肯定不是呀!"麦温如使劲摇头,"我和云老师现在怎么也算得上是……朋友了吧?"

他没有否认:"那你客气什么呢?"

"我……我就是怕耽误你干正事儿……"

他像想起什么,弯起嘴角:"本来下午有个研讨会的,但是因为某

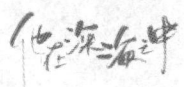

个人,又没有了。"

"哈?谁啊?"

他不答,自顾自地说下去:"再者说,我现在做的就是正事。"

麦温如没明白,小声嘟囔:"这算什么正事啊……"

他答得简单:"争取机会。"

一股热气直冲脸颊,麦温如欲言又止了半晌,最终还是被心跳打败,羞得不敢再说话了。

(5)

事实证明云老师的争取确实相当奏效,和小麦同学一起吃饭的愿景在数小时内得以实现了不说,实现的地点还是麦温如的新家——在他义务当了一次司机和数次搬运工之后,过意不去的麦妈妈说什么都要留他吃个饭,他假意推托不成,只好留下。

麦妈妈遂高高兴兴地钻进厨房忙碌,只留云远道和麦温如在客厅整理搬过来的行李。

发现麦温如的 AOW 潜水证时,他正坐在沙发上替她将收纳箱的书本整理出来。那巴掌大的卡片上,他首先看到纸张最左边的大头证件照,稚气未脱的她扎着高高的丸子头,对着镜头露出一个十来岁少女特有的毫无防备的笑容。

他忍俊不禁。

麦温如瞟到他手上的证件,立马扑过来抢走:"别看,别看!这张照片不好看!"

他笑意更深,眼底是溺人的温柔,问:"你几岁的照片?"

麦温如郁闷地蹙着细眉,撇嘴道:"十五岁……"

"那还不错。"他稍一回忆,"我也是十五岁左右考的AOW。"

麦温如听后眼睛骤然一亮,惊喜道:"你也喜欢潜水吗?"

他眼里的光忽闪了一下,笑意渐渐浅了,沉声答:"弟弟喜欢。在苏黎世的时候,我们还一起参加过深潜比赛,他拿了冠军,我反而只是第二名。"

麦温如心中慨叹,真不愧是兄弟。只是他弟弟同样这么不同凡响,听来和他感情也不错,为什么他却从没有向别人提及过弟弟的存在呢?

她问:"你和你弟弟是一起去留学的吗?"

"嗯。最开始是他读海洋学,我读数学。后来他不读海洋学了,我就代替他在这条路上继续走了下去。"

麦温如有些不理解他这几句话之间的逻辑关系,整个故事因为一些他不愿提及的细节,显得十分不通畅。她便追问:"他为什么不学了?你们差几岁呀?"

他只回答了后面那个问题:"差两分钟。"

麦温如瞪圆了双眼:"双胞胎?"

这世上,居然还有一个和云远道长得一模一样,甚至连研究的领域都相同的男人?是老天爷造他时觉得成品实在太完美,干脆直接复制粘贴了一个吗?

怎么想都觉得不可思议，麦温如的好奇心被彻底勾起，索性直接坐到他身边，连环发问道："那你们是不是长得特别像？站在一起就跟个轴对称图形似的？沿对称轴折叠能完全重合那种？"

他抿抿嘴，垂下眸，镜片和眼睑遮去眼底的复杂思绪。半晌后，他说："像两只在同一个陶范里浇铸的编钟，一只被敲响，另一只也会遥远地以钟声共鸣。"

但同样的，如果有一只破碎了，另一只也永远无法再完整。

麦温如被他话里那种深入骨髓的连接感震撼，又觉得他语气怪异，这好像不应该是一个人谈起自己兄弟时应有的反应。不过她是独生女，连家里有个兄弟姐妹是什么感觉都不知道，并不敢妄自揣测，遂说："我听说双胞胎都有灵魂共振，那种一出生就有彼此一同成长的感觉，肯定很不一样。"

云远道终于抬起眼，像在回想某种十分久远的印象。他缓缓道："那种感觉就像，他就是另一半的自己。"

麦温如笑得温柔："那我好想见见另一半的你呀。有机会的话，叫上弟弟一块儿去潜水玩吧？"

他摇摇头，说："二十岁之后，他便再也没有下过水了。"

麦温如预感这是他们的故事中最大的转变，心里一沉，问："为什么？"

"不敢，也不能。"

他答得简略，眼中泛着哀伤的波光，令麦温如不敢轻易窥探。见他没有将这个故事说完整的意思，她便也不追问了，收起所有的好奇和期待，唰地站起身，用她所能做到的最轻松的语气将这个略沉重的话题一语带过："那没事，有缘分总会见到的！"

云远道望着她，并没有给出什么反应，只顺势将手中稍显厚重的书递了过去，两人又回到整理书架的任务中。

麦妈妈半辈子都在和文学打交道，曾是国内知名大学的文学博士，向来钟爱纸质书，多年积攒下来的存货完全可以塞满新家的那嵌入墙体的三米大书架。二人整理到后面，连云远道的身高都不够用了，麦温如只好搬来一把半人高的小木梯，豪迈地拍拍云远道的肩，说："来吧云老师，这情况不够高也不丢人。"

云远道抱着仅剩的几本书一脚踏上木梯，不忘给她一个小小的回击："你这属于一步笑百步。"

木梯刚开始承重，难免有些摇晃，云远道没放在心上，反而是地面上的麦温如吓惨了，紧紧抱住木梯腿，不安地喊道："云老师，你别摔了！"

云远道垂眸看她，两人一仰一俯，本就不小的身高差显得更大。云远道柔声安慰她："这点儿距离，摔了也不会受伤，你不用怕。"

"我才不是怕！"麦温如嘴硬，"我是担心你怕呢。"

云远道无奈地笑了："你看我这是怕的样子吗？"

她娇笑起来："怕也没关系啦，我保护你！"说罢将木梯腿抱得更紧。

云远道看她紧张兮兮的小模样，笑意更深，手不自觉地就伸了过去，在她圆滚滚的小脑袋上狠狠揉了一把。

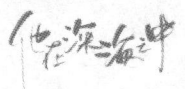

这亲昵的动作做完，两个人都愣了。麦温如脸红得说不出话，云远道耳朵血红，咳了一声，刻意换成为人师时严肃低沉的语调，补了一句："不要调皮。"

要死，怎么这话说出来气氛反而更暧昧了……

他赶紧把该放的书放好，从木梯上下来，借搬梯子的间隙在书架侧面深吸了好几口气才缓过神。再出来时，看见麦温如又元气满满地在电视机前忙活开了，左按按右敲敲，但屏幕就是没有亮起。

云远道抱臂坐到沙发上，打算先冷眼旁观一会儿她的行动，却不想她早已听到了他的脚步声，直接回头向他求助："云老师，你会修电视吗？我试了一下，电源和开关都没问题，但就是没反应……"

云远道淡然地看她，挑眉："你是不是觉得理工男都会修电器？"

麦温如眯起眼睛朝他甜甜地笑："我是觉得云老师肯定无所不能。"

他当即起身："这话倒是在理。"

检查过开关和电源输出端的各组电压，最终发现是电源电路故障。云远道做了简单的维修，电视屏幕亮起的瞬间听见麦温如的欢呼声。他循声望去，见她坐在沙发上双眸明亮似星地鼓掌，也忍不住跟着微笑起来，心底生出一片不可言的柔软。

真可爱啊，一个无论事情大小都始终卖力为你鼓掌的小朋友。

麦温如拿起遥控器登录智能电视的观影账号，成功后跳转到个人信息页面，占了一半页面的收藏夹中，她儿时出演过的那档育儿综艺赫然在列。

云远道眼尖，扫了一眼节目海报上中心位的小奶团子，失笑问道："这是你，对吗？"

麦温如愣了，竖起大拇指："这么模糊的图你都能认出来？"

他抱臂，眼里是深深的笑意："这个节目，我看过。"

麦温如吃了一惊，以为他是认识她之后补看的，讶异道："你工作那么忙还有时间看综艺呀？"

"二十年前看的。"他眼里露出追忆的神色，"那时大街小巷都在播这个节目不是吗？只要一打开电视就是你。我父母一直都想有个女儿，弟弟也想要个妹妹，所以……家人几乎都是你的粉丝。"

麦温如闻言乐不可支，笑弯了眼睛追问他："那你呢？"

他故意不答，只含着笑说："我弟弟特别喜欢你。那时候还拿他珍藏了很久的日版手办跟班里的女孩子换了一套你的小卡，后来又不甘心自己少了一个手办，每天都觊觎我的。坑蒙拐骗、偷摸硬抢，什么手段都使过了，我……"他越说笑意越深，对上麦温如那亮晶晶的双眼，忽而想起什么般顿了顿，又恢复成如常的淡然神色，道，"抱歉，我好像说太多了。"

"没关系呀！"麦温如连连摇脑袋，双眸里铺满春日朝阳般的暖色，"只要是关于你的事，我都想听。"

云远道被她话里的暖意烫到，稍顿，接着将故事讲完："我没有中过他的计，但是后来，手办还是归他所有了。"

"为什么啊？"

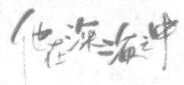

"奖励他有眼力见啊。"他故意含糊其词,背后似乎有些故事,但又存心隐了过去。

麦温如又问:"那你是一见面就认出我了?"

云远道摇摇头:"刚见时只觉得眼熟。直到你和警察聊起这个节目,才认出你就是'妹妹'。"

"妹妹"虽然是当时全国观众对她的爱称,但从云远道口中听来,竟让她有些说不出的羞赧。

麦温如回想起相遇那天的光景,难怪他当时那么安静认真地在听她和警察叔叔闲聊……遂懊恼道:"你怎么不早跟我说呀?"

他回答得很平静:"你的观众那么多,我不值一提。"

麦温如摆摆手:"那是小时候啦,现在哪还有喜欢我的观众?我都长残了……"

她的话令他皱了皱眉:"你从小到大,样子都没怎么变。"

麦温如觉得他说的简直是天方夜谭:"怎么可能?他们都说我长残了,说我长大了没以前有灵气了,五官是长开了,但脸比五官长得更开,一看就没有女主命什么的……还有人专门在论坛上开帖,就叫'麦温如的一百零八种长残方式',好多人一块儿'盖楼'。最离谱的是,他们还真编出了一百零八种!"她越说越激动,不自觉地捏紧了小拳头。

云远道的嗓音却如春风般和煦,说:"那只能说明他们肤浅。在我看来,你长得很好,和小时候一样,甚至比小时候更好。"

虽然他没有具体说好在哪里,但麦温如感觉他说的是方方面面。心里一暖,她斟酌了一下,浅笑道:"我也希望吧。当初我还没学会走路就上了这个综艺,那时候爸爸妈妈还很相爱,观众们也都很喜欢我。如果我真的像节目里展现的那样幸福地长大的话,说不定真的能成为一名优秀的艺人,就像……就像和我同期的彦见深一样……"

彦见深是那档节目里唯一一个来自普通家庭的男孩儿,父母都是龙套演员,全靠他那张酷似混血儿的脸博得关注。那时的麦温如比他出身更好、人气也更高——妈妈是全国数一数二的名编剧,父亲又是电视剧导演,长大后进娱乐圈简直是理所应当的事。但到了二十年后的今天,局面恰巧颠倒:她是个寂寂无名的"素人",彦见深却站到了娱乐圈的顶峰,成了受无数人追捧的顶级巨星。

再想来,也只能道一句世事无常。

云远道在脑海中搜索了一下"彦见深"这个名字,那档综艺似乎是有这么个男孩儿老喜欢追着"小烧麦"喊姐姐,还尤其喜欢和她玩过家家游戏。

他心中稍不悦,但还是更在乎她所说的话,便问:"现实中,你不幸福吗?"

她并没有正面回答,只说:"节目结束之后,我人生的童话也结束了,我好像一下摔回到地面上,到了另一个颠覆我所有认知的世界。"她稍一停顿,目光哀垂却不伤,"不过世间本就没有什么永恒的东西,别人的喜欢也好,我的痛苦也好,过了也就过了。"

他静静听完,目光从容平和,问:"那你呢?"

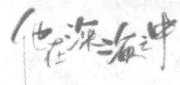

麦温如不明所以:"我什么?"

"你怎么想你自己?"

"我怎么想重要吗?"

"你怎么想,是最重要的。"他的神色温和而清朗,"这世上七十亿人,每个人都有自己的看法和标准,你不必因此束缚自己。他人的话也许在某些时候有一点儿参考价值,但它如果伤害你,你就当耳旁风听过就好,因为自身价值是由自己定义的。你这么好,不要因为任何人而看轻自己。"

麦温如听到最后一句,累积在心间的暖意终于从嘴角漾出来,有点儿小得意地笑问:"我真的很好吗?"

云远道眼中含着星星点点的温柔,如秋水般,淡然却磅礴。他肯定道:"在我看来很好。无论内在,或是外在的,都是你最真实的样子,都很好。我希望你可以决定自己想要成为的样子。"

很久以后,麦温如再回想起这一天,还是能很清楚地感受到自己当时那种深触灵魂的心动,和之前那些朦朦胧胧的好感都不一样。

在遇到云远道之前,她习惯了按照他人的期待生活,处处小心、步步谨慎,生怕让爱自己的人感到失望,每当发觉自己无能为力的时候,就觉得无比灰心丧气。但唯独他会坚定地肯定她,对她说,你现在的样子就很好,我希望你能决定你想要成为的样子。

这是一个多温柔的人啊。初见时,她以为遇到海,应似狂涛骇浪,天摧地塌,殊不知他苍茫万顷却水平如镜,如海的温柔之中,万物生长。

第五章

"二十万朵玫瑰,都比不上一个你。"

TA ZAI SHEN HAI ZHI ZHONG

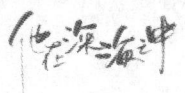

（1）

麦温如新家的乔迁宴，是简单的四菜一汤，客人只有云远道。开饭前，忙碌许久的麦妈妈稍事休息，麦温如忙进忙出地端菜舀汤，其间看见云远道低眉写字和妈妈交流，本就英俊的一个人，伏案时更添一分海一般的谦逊温和。

两人不知聊了什么，那纸渐渐地被写去半张，最后麦妈妈拍拍正摆放碗筷的麦温如，将他们对话的纸递给她。

麦温如不明所以，余光悄悄瞥了云远道一眼，见他眼睛里都是笑意，才放心接过。

最开始是麦妈妈的笔迹，她如同面对小学时来家访的班主任，问道："远道老师，温如在学校表现得还好吗？"

他干净的行楷在麦妈妈的草书衬托下，多一分铿锵有力。他回："我主要在海洋研究所工作，也会指导研究生，但并不是小麦同学的老师。不过，小麦同学向来很坚强懂事，这点您可以放心。"

麦妈妈回："原来如此。您看起来年龄与温如相差无几，却没想到已经有如此卓尔不群的成就了。"

云远道谦虚道:"哪里。我今年二十九岁了,已近而立。"

麦妈妈又问:"已成家了?"

麦温如都能想象到云远道红了耳朵的样子,写的字都仿佛比平常羞赧些,只回了简简单单的三个字:"仍单身。"

麦妈妈向来不是爱八卦的人,了解了基本情况后,便也收住了,再没有继续追问他的隐私,转而写道:"听温如说,您是海洋学方面的专家,不知道能否请您给我推荐几本海洋学方面的基础读物呢?我并非鸿儒之辈,但对许多事物都抱有好奇之心,又可惜腿脚并不利索,只能常困屋中,高山大海都难以得见。遍游世界的愿景,唯有寄托在书本之上了。"

云远道答:"当然可以,现华语文献里有关海洋的出版物不少,我给您整理一份书单……"他又将"一份书单"画掉,改成,"几本入门读物,届时给您送过来。"

"不用不用,您就简单推荐几本,我让温如替我买回来就行。"

云远道很坚持:"虽然是基础读物,但有些在专业概念和研究进展方面的阐述还是相对滞后些,我在自己持有的读本中都做了清晰的标注和补充,更方便您阅读和了解。"

名流学者之功力有时并不在知识的堆叠和传授,反而在其对某些问题的独到见解与阐释。麦妈妈便欣然答应:"那就麻烦远道老师了。到时您直接通知温如去取就好,不劳烦您特地跑一趟了。"

云远道在最后落下一个"好"字。

麦温如浏览完这番对话,才终于完整的经过拼凑出来。她放下那份

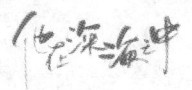

聊天记录,弯起眼睛对云远道说:"那就辛苦云老师啦,你方便时随时给我发微信。"

云远道挑眉,存心钻她话里的空子:"什么时候都行?"

麦温如刚想点头,猛地收住:"睡觉时间不行。"

他失笑:"我是说,给你发微信是不是什么时候都行?"

"可以呀。"她答得爽快,又觉得自己这样实在不矜持,补一句,"但是回不回要看我心情。"

云远道啼笑皆非,正要回答,门铃倏然响起。麦温如连忙小跑过去应门,透过猫眼看见门外三个一字排开的外卖小哥,心生疑窦,便透过门禁的对讲机说道:"我没点外卖啊,是不是送错了?"

云远道不知何时出现在她身后,貌似随意道:"我点的。"

麦温如蒙住,云远道越过她开门,首先接过比较重的果篮和君子兰盆栽,随后侧头示意她:"帮个忙?"

她回过神来,赶紧伸手去接他身后那个花团簇拥的花篮。扑鼻的香气间,她看见一张挺立的烫金卡片,上面印着一行清秀的楷体:

吉日迁居,祥和如意。云远道贺。

好有仪式感。

搬家这件事她本没觉得有多隆重,加之迫在眉睫,紧赶慢赶着就搬了,想着无非是换个栖息的地儿,最重要的是能保证日后的安全。眼下云远道这大大小小的贺礼一来,她才忽然发觉,这原来是一件值得庆贺的事情,是一件值得与人分享,并且能够因此而受到祝福的事。

原来她不是在逃难,而是远离了过去种种的恐怖梦魇,准备在一个全新的地方开启全新的生活。

麦温如抱着花篮,鼻腔酸酸的,竟有些想哭。

云远道看她好似含着眼泪的样子,竟有一丝难得的无措,忙说明道:"乔迁之喜,总该庆贺的。你不喜欢?"

麦温如咬咬唇,控制住情绪,如拨浪鼓般摇脑袋:"不是……我可能是……太喜欢了……"

云远道如释重负,轻笑:"那就好。"说完又想了想,补一句,"喜欢再多些,我也不介意。"

麦温如险些就要想歪,幸而云远道及时迈步往回走,她寻思应该没人会在故意说了暧昧的话后留下对方转身就走的,才收回思绪,亦步亦趋地跟上。

麦妈妈许久没有收到鲜花了,很是惊喜,连连向云远道道谢,如获至宝般将花篮放置在书架前的小茶几上,那里是整套房子里光源最充足的地方。

麦温如看着妈妈久违的轻快身影,倏忽想起无数被她刻意忘怀的琐碎记忆。她侧头看了看身旁的云远道,恰巧对上他那双漂亮得过分的眼睛,心中的栅栏蓦然被他深邃的眼神打开,只留利落的一声"吧嗒"。

她轻声说:"妈妈很爱植物的,动物也爱,什么都爱。以前家里的前院被她打理得像一座花园。有时天气好,我早上起床,打开窗就看到她戴着米白的草帽在花丛里浇水。我叫她,她立马就能回头,朝我笑的

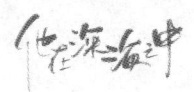

时候比阳光还要温暖。那时候我就想,也许我妈妈就是童话里的花仙子吧?"

那时候的妈妈是充满生机与活力的,那时男人还没有往她心里放入一只名为"恐惧"的小兽,她轻盈而美好,像一朵盛开的紫丁香。

原来她妈妈并非先天性的听力障碍。云远道问:"后来呢?"

"后来她被伤害了,反复地被伤害,反复地原谅,再反复地被伤害。一直到……她心里的花全部枯死,再也没有能力去种新的花。"

麦温如说这话时,麦妈妈正好转过身来,踩着深深浅浅的步子去阳台给喷壶装水。

云远道静静地将这一切收入眼底,沉吟片刻,忽然问:"你知道,我为什么要送君子兰吗?"

麦温如抬头,疑惑地看他。

他慢条斯理地解释道:"乔迁之礼讲究与主人品格相衬。君子兰花香很淡,但花色极浓。开花时相拱而立,如武士般挺拔,且经月不谢,因此才说它有君子之风,刚而不屈。"

麦温如听完,喜滋滋道:"还挺贴切。"说着又歪歪脑袋做思考状,"云老师这么用心,我也要多花点儿时间想想回你什么礼才好……"

云远道闻言皱眉,说:"不用回。"

她坚持:"要的。"

"我不是为了要回礼才送的。"

她有种孩子气的固执:"我就要回,我就要回。"

云远道没了脾气，笑道："那我倒是有一个想要的礼物。"

麦温如压根儿没发觉自己中了圈套，忙凑过去："你说，你说。"

云远道低眸看了她一眼，忍住想揉她脑袋的动作，定定道："来和我互相了解吧，小麦同学。"

麦温如蒙了，脱口而出："这也能叫回礼？"

"对。你在了解我的过程中所付出的时间、花费的心力，就是你的回礼。"

他的话让麦温如蓦然想起《小王子》里的语句：正是因为你在玫瑰花身上所付出的时间，才使她变得如此重要。

麦温如掩嘴笑，存心调侃他："你是不是想当我的玫瑰花呀？"

云远道显然懂得她话里这个哏，嘴角都弯了，却还强装岿然不动，道："按书里的设定，你才应该是玫瑰花吧？"

她没打算放过他，凑过小脸穷追不舍："那你是不是想让我当你的玫瑰花呀？"

云远道明知她是故意调皮，但耳朵还是慢慢地红了。他伸出一根手指戳她脑门，动作是戳，力道无非是轻轻一点儿。他不答反问："到底送不送？"

麦温如大着胆子追问："到底是不是？"

他的笑快忍不住了："你很希望你是吗？"

麦温如望望天，故作深沉："如果你说是的话，我可以考虑一下。"

他不置可否，只淡淡道："可我觉得，二十万朵玫瑰，都未必比得

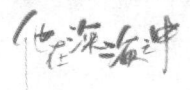

上一个你。"

温温沉沉的嗓音落入耳里,仿佛有风从海洋吹向陆地,席卷起漫天柔软的甜。那一刻他想起泰戈尔的诗——人们从诗人的诗句里,选取自己心爱的意义。但诗句的最终意义,是指向你。

(2)

虽然不知道云远道说的相互了解是怎样一个相互了解法儿,但望着他那张清朗似月的脸,麦温如活像中了蛊一般,只能点头答应。

乔迁宴在一派祥和温馨的气氛中结束,麦温如送云远道下楼时已将近傍晚六点,夜色如同潮水一般漫上来,一点儿一点儿将天光吞没。

云远道的车泊在停车场负一层,声控灯随着二人同行的脚步声逐渐亮起,铺了一路。

麦温如看着云远道坐进车里,要分别的感觉才终于真实起来,弯腰问半扇车窗后的他:"云老师,你回去之后是不是又要很忙了呀?"

他简单地"嗯"一声。

麦温如撇撇嘴,扒住他的车窗,继续道:"那你说要互相了解,我们都见不到的话怎么了解啊?"

云远道略一思忖,笑道:"你可以上各大期刊网站,把我发过的论文都看一遍。"

麦温如闻言一震,随后毫不示弱地挥挥小拳头:"那你上各大视频网站,把我参加过的节目也全都看了。"

他淡淡道:"我二十年前就看过了。"

麦温如一听这话,反而有点儿心虚,赶紧拦他:"那你还是别看了,小时候我爱干傻事,现在回想起来全是黑历史。"说完又想起自己另一部只录了几个月却被全民口诛笔伐的"代表作",再次摇头,"不对,选秀那个也不大行,剪辑出来的全是黑料……"

云远道失笑:"那还有什么能看的吗?"

她怔住:"好像……还真没了。"语毕,她撇撇嘴,"那行吧,你还是好好工作吧。"他本来也不是那种愿意把生命浪费在看综艺这事儿上的人……

他嘴角微翘,说:"今天难得休息了一个白天,接下来得熬好几个通宵补回来了。"

开讲座和帮忙搬家居然也叫休息啊……麦温如咋舌:"这么辛苦吗?"

他平心静气道:"习惯了。如果接下来几天我没有及时回你的信息,你不要生气。我要是看到了,会第一时间回你的。"

麦温如闻言脸颊稍红,他怎么就这么确定她会给他发信息?不甘心就这样被他拿捏,她故意嘴硬地哼哼道:"我才不给你发信息呢。"

云远道看她这副小模样,忍俊不禁,又存心逗她,说:"论文里看不懂的地方,你可以问问原作者。但通篇解释比较费时间,我可能会回得更慢一些。"

简单两句,伤害性不大但侮辱性极强,麦温如再次感受到了智商上

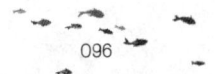

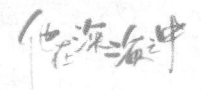

被无死角碾压，活像只夯毛的小猫："我才不看呢！"

云远道笑得眉目都软了。

倔强如麦温如，接下来没有见面的日子里当真没有给云远道发过一条信息，只照常专心工作上学，每天依旧过得充实自在。偶尔也会有突然浮起的想念，那时她就会偷偷点开云远道那比脸还干净的朋友圈看几眼，戳戳屏幕质问他朋友圈背景里的抹香鲸为什么不让云远道给她发消息？然后返回退出，继续忙碌。

一天，两天，一周，时间流淌而过，这天法理学原理老师布置了些小任务，麦温如勤勤恳恳地做完后，望着尚未关掉的参考文献页面，忽然就有了搜索云远道论文的兴致。

点开国内最权威的期刊网站，点击"海洋行业知识服务"，稀里糊涂地就在"热门文献"一列中看到云远道的名字。

仅仅是三个一目了然的字，明明淹没在无数字节单元当中，却瞬间令她屏气凝神、心脏漏跳一拍。

但可惜，哪怕自认聪明如她，点开文献详情后还是发现自己连摘要都看不懂，高中生物拿过几回全年级第一的成绩在他的领域里显然是作不得数了。大致浏览过全文后，她悻悻地关掉了页面，万念俱灰地摸出手机给宋叶芃发信息："怎么办啊？我发现压根儿看不懂云老师写的论文，我们以后会不会完全没有共同语言啊？"

宋叶芃秒回："共同话题是制造出来的，不是你硬掺和便能进去的。"

随后又补一句题外话,"我正陪我爸参加一场学术宴会,无聊着呢。"

"叔叔什么时候进军学术界了?"

"就跟往年一样,定期给大学的实验室赞助点儿钱,赚个慈善教育家的好名声。"说完宋叶苨深深叹一句,"还见到向其琛的导师了,刚和他打完招呼。"

麦温如回:"老泰斗也躲不过交际场,别提你一个豪门新秀。"

宋叶苨不置可否道:"也是,谁会嫌实验经费多呢?而且向其琛确实说过他们实验室是有点儿捉襟见肘了,他不是跟着老板一块儿做大项目吗?眼下都因为设备问题卡住了。说是得等老板弄到资金,添一台高端的双光子显微镜才行,可见形势之严峻啊……"

麦温如不晓得没有高端的实验设备这件事算不算得上是形势严峻,若是,那国内大部分普通高校恐怕都是在绝地求生。于是她问:"那显微镜很贵吗?"连申大这种全国顶尖的大学都配备不上?

"我特意去查过。好家伙,德国产的,折算成人民币要好几百万……"

麦温如汗颜:"你别告诉我,你去查是因为你打算送这个给他当礼物……"

宋叶苨并没有否认,只说:"我倒是想啊,哪儿来的钱?除非我爸能……"字都没打完,屏幕那头原本源源不断的信息突然就终止了,麦温如等了一会儿发现没反应,就猜到宋叶苨肯定是贯彻她那想一出是一出的作风,扔下手机缠她爸爸去了。

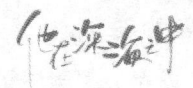

当年那档育儿综艺节目中,中年得女的宋爸爸简直是"女儿奴"三个字的代言人,加之他本身性子亲和憨厚,与大众心中高高在上的亿万富翁设定形成巨大反差,亲民富豪的形象便随着节目播出逐渐深入人心。综艺停播后,宋家也是受影响最小的家庭,双亲事业仍然青云直上,宋叶芘也逐渐出落得风仪玉立,美貌与头脑一个不落,二十出头就能帮家里打理四大度假园区之一的海洋王国,对内对外都给宋家挣足了面子。眼下她去要的不过是一笔本就要赞助的慈善捐款,简直易如反掌。

果然不出所料,十分钟后宋叶芘回来,兴奋得连发数个尖叫的表情包,道:"我给向其琛争取到双光子显微镜啦!"

麦温如在屏幕这头跟着宋叶芘笑起来,刚发出去一句"富婆抱抱我",手机忽而振动起来,她看到新消息弹出,消失了一周的云远道发来一句:"小麦同学,半个小时后我午休,有空来取书吗?"

她差点儿也像宋叶芘发来的表情包里的土拨鼠般尖叫起来,快速地打下一个"好"字,正要点发送键之际又转念一想,不对,这样秒回岂不是显得她非常游手好闲,一直在玩手机?云老师这种勤恳之辈,怎么看得上她这种成天无所事事的人?

于是她赶紧收回手指,起身去挑了身能出门的衣服换上,再回来点了发送键。这回勤恳之辈反而立马回复了:"那待会儿见。"

麦温如捧着手机,站在书桌前傻乎乎地笑得嘴都合不拢。

待会儿见,真是世上最令人心生期待的约定呀。

（3）

麦温如赶到海洋所大门口，刚跳下公交车就看见不远处停着云远道的车。她如小白兔一样奔过去，抵达车旁的那一刻云远道也恰好刚降下车窗，她探着脑袋笑得灿烂："云老师，好久不见呀！"

云远道原本清冷的眼底渐渐染上些温和的色彩，淡淡笑道："好像是很久没有见了。"

麦温如掰着手指数了数："今天八号，我们一周没见了！别人是一日不见如隔三秋，你是三秋不见如隔一日呀。"

他低低笑了一声："隔了一日就来见你，这还不够迫切吗？"

仅一窗之隔，麦温如的肾上腺素一下就飙了上去。她连忙直起腰装作没事人般掩饰自己的脸红，云远道好笑地看着她，问："下午有课吗？要不要上班？"

麦温如摇头："没课也不上班，今天轮休呢。"

他嘴角多了抹神秘笑意："想去玩吗？"

麦温如一喜，期待道："和你吗？"

他点头，貌似无意地补一句："我顺带去领个奖。"

"什么奖啊？"

他按下车门解锁键："到了你就知道了。"

每年的六月八日，是世界海洋日。

驱车来到矗立于A市海岸线上的海洋生物博物馆，蜿蜒流畅的白

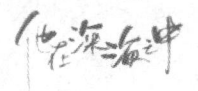

色建筑线条，远远就看见 LED 大屏上那句"世界海洋日暨全国海洋宣传日活动"，麦温如便预感云远道要领的将是一个极具重量级的奖项。出了停车场就见到太阳底下摩肩接踵的人群，场馆内外各种活动如火如荼，蜩螗羹沸。踏入博物馆一楼，大厅中央陈列着一张深蓝底色的巨大画纸，志愿者正给观众分发画笔，估计是个百人绘画的活动。

云远道领着麦温如绕开人群往电梯走，回头见她直勾勾地看着路人手里的画笔，失笑，轻声叮嘱她道："颁奖结束了带你下来玩，现在跟紧我，别走丢了。"

麦温如忙不迭收回目光，低头专心走路。云远道腿长，但存心等她，步子便迈得小些。她踩在他踏过的脚印，一步一步，竟在这喧闹的会场里生出无限的安心来。

——如果这样一步一步跟着你，终有一天能站到你身边，与你同行，该有多好。

他按下上行键，转头见她似有心事的模样，便关切地问道："怎么了？"

"我在想，如果你不等我，我要走得多快多努力，才能追得上你的脚步啊？"

云远道稍怔，鲜见地沉默了。电梯抵达时发出一声清脆的"叮"，他先一步伸手替她挡住门，让她先进。两人进入逼仄的轿厢里，自动门关闭时，他忽而沉声说道："我比你年长六岁。"

麦温如摸不着头脑："什么？"

"我的人生已经是一条单行道,这是我多年前就决定的。但你还在岔路口上,选择面很广很宽阔。你可以决定你的去向,你的步伐,你的速度。"

完了,又是那种拒人于千里之外的话……

"因而,我在我的路上是等不到你的。但我希望,能和你在各自的道路上一起行进。又或者期盼着,即便看不到前路,但每一步都能向你靠近,也许下一个路口,就能和你见面。"

话音刚落,抵达二楼。麦温如侧头看他,孩子气地抿嘴,做出了选择:"那我喜欢第一种。"

他笑:"好。"

电梯门打开,两人一同迈步,恰好踏上从电梯口直达会场大门的红毯。

(4)

云远道此番获得的荣誉,是"全国年度海洋人物"称号。豪华的宴会厅里,巨大的屏幕一刻不停歇地播放着获奖人物的宣传视频。麦温如留心听了云远道的授奖词,一句"中国现代海洋生物资源研究的新生代力量,站在海洋科学锋线上最有潜力的青年学者",在座无虚席的会场里简直掷地有声。

她坐在人来人往的观众席上,内心是难以按捺的激动,仿佛得奖的人是她一般。原来以前她的粉丝到现场来看她时是这样的感觉,她开始不自觉地共情，不过她这番追的不是娱乐明星而是学术巨星，奉献值之高乃是理所应当受瞩目和追捧的那种。

这样想着，她不由得翘起嘴角。

眼前忽然闪过一个颇庞大的身影，拎着大包小包一屁股坐到她旁边，她定睛一看，是满头大汗的文魏。对上她的眼神时，他还满脸惊喜，带点儿东北口音的普通话相当魔性："小麦学妹你也上这旮儿来了啊？我刚老远看到你，还以为是认错人了呢。"

麦温如也相当热情地和他打招呼，而后扫一眼他手上提着的数个印着海洋所图标的礼包，便问："这是给云老师准备的吗？"

文魏连连摇头："三楼有个科研产品展会，咱们所也参加了，老师让我把我们团队研发的产品捎点儿下来，待会儿替他送给在场的大佬们。"

麦温如没见识过海洋高科技研发品，满心好奇："都有什么呀？"

文魏随手掏了几样给她看，如数家珍："看看，这个啊，修复血脑屏障损伤的药品，含海参脑苷脂，咱团队的专利！还有这个，I类抗肿瘤海洋新药……"

麦温如看着那大大小小的药瓶，汗颜："云老师让你拿药来送人吗？"

"对。"文魏又往下翻了翻，"还有护肤品之类的……反正摊位上有的我都拿来了。到时候看大佬青睐哪个，挑着送就是了。"

麦温如尝试着尽量把话说得委婉："那也没有人会愿意收到药

吧……"

"小麦学妹,格局小了啊。咱这是学术交流,没有那种不吉利的寓意在内。再说了,这些可都是云老师名片一样的顶级成果啊,多少公司上赶着想要呢。"

麦温如撇撇嘴不作声,又往袋子里瞧了瞧,指指最底下的黑色盒子:"那是面霜吗?"

"对,咱研发的深海鱼胶原蛋白面霜,单价一百五一瓶呢。送你一瓶试试,效果绝对秒杀市面上大部分百元面霜。"文魏笑得憨厚。

麦温如从他手里接过面霜,摸出手机道:"我付你钱吧。"

文魏连连摆手:"不用,不用!主要也是这面霜滞销,存货只能靠咱所里内部消化了,白送给美女用用也不亏。"

"怎么会滞销啊?"

"科研产品大都这样,钱都投去研发了,哪还有钱搞宣传呀?只能先送样品发展客源,你要是觉得好用,再付钱来买也不迟。"

麦温如想了想觉得有理,遂大大方方收下了。她拆开包装当场试用了一下,膏体柔软滋润、香气宜人,体验感确实不输大牌。她笑说:"那我给你们打个广告吧,也不算白拿,还能顺带宣传世界海洋日。"

文魏闻言朝她竖起拇指,满意道:"看,我就说做生意要豁得出去,有舍才有得嘛。"

麦温如莞尔,不自觉也染上了他的东北口音:"您真有销售才能啊,营销行业真是痛失英才了。"

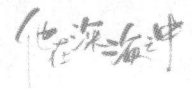

对话间,开场音乐突兀响起,一袭旗袍的主持人摇曳着款款上台,颁奖典礼就此开启。

千篇一律的大型活动流程,云远道是第六个上台领奖的年度人物。笔挺的西服,雪白的衬衫,身后的背景是没有涟漪的深海。他踩在鲜红的舞台地毯上,犹如劲风中挺拔生长的松木。那一刻麦温如远远望着他,只觉他风仪清明,一尘不染。那一瞬他身上的光辉让人不敢睁眼去细细端详,只能远远看见他礼貌地接过奖杯,本就白皙的皮肤在聚光灯下微微曝光,是一种亮眼的冷色。

说完简短感言,会场内掌声雷动,云远道淡淡地扫了观众席一眼,远远看见坐在第三排中央的麦温如。一身克莱因蓝裙的小不点儿,正抬手在脑袋上拢成一个爱心,笑眯眯看向他的双眼宛如新月。

那一刻,全程淡漠的他忽然有了暖意,海洋般深邃的眼神在她身上凝聚,笑意涨潮般漾了出来。

"谢谢。"

他在下台前补了这句,明着看是感谢掌声,实际上只有他清楚,那是说给她一个人听的。

谢谢你,在万人喧嚣的时刻,远隔数里将你灼人的温度传递给我。

颁奖典礼后简单地应付了一些采访,云远道按照约定和麦温如一同到一楼参加绘画活动,此时那张数米长的画纸已经密密麻麻被画掉了大半张。麦温如从志愿者手里领过仅剩的一支马克笔,大大方方地递给云远道:"云老师,你先来。"

本没打算动笔的他颇讶异:"不是你想画吗?"

"艺术家都是要先构思才能出伟大作品的,好不好?"

"好。"他无可奈何地笑,拔掉笔盖,俯身几笔就画出一条灵动的人鱼尾巴。

麦温如还在惊叹他笔法之娴熟,暗暗怀疑他是不是学过绘画时,又见他在人鱼尾巴后头画了一个貌似贝类的东西,其抽象之程度直追毕加索。

她忍不住发问:"这是什么?贝壳?"

他不答,顺手在纸上提拉出一个小箭头,款款落字:烧麦。

这是一个烧麦?麦温如有些不可思议,再结合鱼尾一想,脸颊立马烧红一片——他是在画她。人鱼和烧麦,是这世上最能代表她的两个意象啊。

她随即从他手里接过笔,在人鱼旁简单画了一朵胖乎乎的云,软蓬蓬的,飘在一条蜿蜒似半圆的小路上。收笔后她略一端详,还不满意,又俯身给云朵加上笑眯眯的眼睛和微笑唇,甚至掏出口袋里的唇釉给它补了两坨粉嘟嘟的腮红。

忙碌完毕,她满意地抱臂。云远道指着那条小路,问:"彩虹?"

她学他的样子,画了一个箭头指向画外,落字:路,Road,道,远道。

画工是幼儿园水平,那她就要以注释的字数取胜!

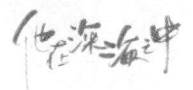

云远道啼笑皆非,轻飘飘道:"我可不会脸红。"说罢伸出食指要去擦那两坨腮红,反而意外地将它晕染得更为自然。

麦温如见状大笑起来:"这样反而和你更像啦!"

他佯装愠怒,恶作剧般将沾了口红的手指往她鼻子上一刮,她圆圆的鼻头上蹭出一抹浅浅的红,再配上她睁圆的双目和气鼓鼓的双颊,活像一只胀气的小河豚。

云远道终于忍不住,弯了双眼大笑出声。

(5)

麦温如决意要帮海洋所的护肤品做宣传,画完画便拉着云远道直奔三楼的展厅。

相比其他娱乐性的宣传活动,展会的参与人数并不多,都是些三两结伴的学者或私企人员,一些没卖点的小摊甚至门可罗雀。

她忙前忙后地给海洋所的摊位拍照,再以刚才文魏学长送的面霜为样品,以云远道为手模,近距离拍了几张宣传图。跟圈内一些有联系的朋友打过招呼让他们帮忙转发之后,她带上"0608世界海洋日"的话题,配文道:"有人征服星辰,有人潜入大海。漫天星空之下,万顷海水之中,是无数与我们共生共存的海洋生命。"

发送前,她略带小得意地让云远道过目,得到一句笑吟吟的评价——"有文采,很押韵",遂心满意足地发送。

发布进度条刚显示过半,站在摊位右侧的她倏忽听到身后一个略带试探的女声,唤了一句:"云远道?"

像是听到自己的名字一般,麦温如下意识转身,只一眼就被对方身上那种明艳的气质惊住。对方穿一件靛蓝色的大领口衬衫,下身是一条尽显曲线的黑色修身裙,栗色长鬈发沿着耳骨垂下来,美艳不可方物。那散发着玉器般光泽的脸庞上架着和云远道相似的一副金丝边眼镜,眉宇间是一股摄人的傲气。

云远道见着那人,反应十分冷淡,反而是摊位周围的海洋所工作人员纷纷熟络地同那人打招呼,工作人员唤"徐博士",学生唤"徐老师"。

麦温如闻声心里一紧:徐婧吗?

传闻中曾经的副研究员,云远道仅有的前女友,曾和云远道齐名的女科学家……

徐婧一一回应他人的寒暄,继而抱臂看云远道,笑声很轻,麦温如竟看出几分云远道的影子。她问他:"还生我气?"

云远道低眸将麦温如的样品面霜装进纸盒里,甚至不拿正眼瞧她:"在乎才称得上生气,我这显然是懒得理你。"

徐婧耸耸肩:"我代表公司回国谈项目,只是路过。"

"路过就该过了。"

徐婧那双极漂亮的丹凤眼里闪过一丝意味不明的挑衅:"见到昔日同门,打个招呼都不行吗?还是说你混得太差,不好意思跟我叙旧?"

云远道反唇相讥:"在国外私企做研究可以不用关注学界前沿动态吗?"如果关注,怎么还敢说他混得差?"还是说,你们的数据基本靠

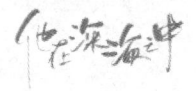

PhotoShop？"

徐婧一脸傲然："论 PhotoShop，我可不敢跟你们这些在'学界前沿'的比。不过，我目前在全球顶尖的私人实验室里工作，仪器多到用都用不过来，玻璃量器都当一次性的使，这倒是相当过瘾。"

"是吗？那我手下有十几个研究生，每天抢着给我干活，确实显得太有人气了点儿。"云远道懒懒地抬眸，"哦，我忘了，你现在不能带学生了。不过硕士时你在实验室干了一学期刷烧杯、剪滤纸的活儿，说起这些你该很有体会吧？"

徐婧气得翻白眼："那还不是因为你把课题名额抢了？"

"按实力排名分配，哪来的抢？"

徐婧极其不屑地"嘁"了一声，又道："反正现在年薪百万的是我，不用记助理名字，直接叫甲乙丙丁的也是我。"

"挺公平的，就像学界也不会记得你的名字一样。"

徐婧噎住，冷哼一声。

气氛迅速冷下来。

云远道无心逗留，抬腿要走之际，身后的徐婧又开了口："那个……我……对不起。"

云远道知晓她言下之意，只是并没有领情的打算，冷冷道："没必要说这种话。"

徐婧解释："以前吵架时那些伤害你的话，才是真正没必要说。简道在我心里……"

"那些话我已经忘记了。"

徐婧并不买账:"你分明念念不忘。"

"你有你的职业选择,我无法与你同步,你要怪我无可厚非。"他低眸,忽而想起什么,说,"只是你我都忘了最基础的原理。压力的副作用大于质量加能量所形成的正作用时,引力值会为负。"

届时,两个物体间形成斥力,不再互相吸引,而是彼此远离。

徐婧忽然感到些许失落:"对你来说,我们之间自始至终都只是一个公式吗?"

"你不是最喜欢这样想吗?"

"对,我是。"她笑,"但我只单纯地想向你道个歉。你把我的联系方式都删了,这次以后也不知道还有没有机会再见。当初我用自己的职业选择来要求你,用我们之间的关系威胁你,给你施加压力,确实做得不对……"

"这些事我若是没想通,我们今天不会这样风轻云淡地站在这里。"她决定去另一个国家,以亲密度为基础的恋爱关系就注定难以维持,她决定离开科研所走私企研发的路,他们之间所谓的战友同门之情也土崩瓦解,这些他都看得很清楚,也从没有想过强求她。"你所需要的我无法给你,分道扬镳无非是我们所能寻求到的最优解。"

徐婧微蹙着眉端详他,嘴角带着一抹嘲笑。她说:"我真羡慕你,人情世故在你这里好像无非是一道数学题。"

他淡淡道:"没必要理解得太难。"

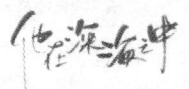

"行。那……"徐婧深吸一口气,"代我向汪老问好。"

"嗯。"

徐婧没再多说。

真正的告别往往都是悄无声息的。

高跟鞋踩在大理石瓷砖上发出稍显沉闷的声响,在徐婧的身影彻底远离他之前,一直波澜不惊的他忽然开口,极淡然洒脱的告别语气:"希望你好。"

徐婧大方地笑笑:"谢了,我会的。"

第六章

"怕你孤单,就来了。"

TA ZAI SHEN HAI ZHI ZHONG

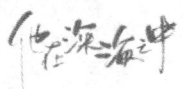

（1）

　　那条宣传海洋所产品的微博会被彦见深转发，是令麦温如始料不及的一件事。

　　在云远道和徐婧对谈时，她的手机就源源不断地涌进新消息通知，振得她掌心发麻。原以为是那几位圈内朋友帮忙转发宣传所带来的连锁效应，她便没有分心去留意，直到徐婧走远了才下意识地瞟了一眼手机。人脸识别自动解锁，她赫然看到通知栏里出现"彦见深转发了你的微博"，下面紧跟着无数条与他相关的转赞评。

　　她下意识地点开他的转发时，指尖竟有些微颤。页面跳转后显示的是寥寥几句偶像宣传时用惯的矫情文案，扑面而来一股做作味道："只记得姐姐小时候就很喜欢下海潜水，不晓得现在还有没有这爱好？世界海洋日，一起关爱大海，关注中国海洋科研！"

　　再往下翻，彦见深新专辑发布的宣传博文映入眼帘，这出突如其来的闹剧就找到了缘由。

　　真是不痛不痒啊，明明就是借旧绯闻炒新热度，偏又看起来像老友叙旧。彻底撇清了和她的关系不说，还赚了个关注科研的好名声，真是精明得过分。

麦温如望着手机，脑袋空空的，回不过神来。

此时的云远道正应付着众人的八卦连环问，无力招架之际，发觉身后的小麦同学呆若木鸡，便撇下众人走来，关切地问："怎么了？"

一旁的文魏看热闹不嫌事儿大，窃笑道："该不会是被老师刚才的样子吓到了吧？"

"没、没有。"麦温如连连摇头，缓过劲儿后又想了想方才那剑拔弩张的气势，又说，"不过刚才确实有点儿……"

自打相遇起，云远道在她面前一直都是惠风和畅的模样，即使偶尔腹黑，也从没有像刚才那样把负面情绪表露得那么明显。加之徐婧说起话来也那么单刀直入一针见血，那场面简直完全不像旧时情侣相见……

云远道一愣，无奈地笑了笑："那看来，下次我们实验室开组会得叫上你了，好让你看看我真的发起脾气来会是什么样子。"

麦温如被他唬得缩了缩脑袋。这时数年来在组会上饱受导师摧残的文魏现身说法，刚想抬手拍拍麦温如的肩，又被云导猛然射过来的目光拦住，莫名就感到心虚，讪讪地收回了手。他说："学妹啊，你这是被老师平日里的温柔惯坏了呀。刚才老师说话的语气如果放在组会里，已经是我听了会感动到涕泪齐下的程度了。"

麦温如表示震惊，文魏心有戚戚地看了自家导师一眼，弱弱地补上一句："当然，老师平常肯定是很随和且……慈祥的，只是如果涉及原则问题……"他一再谨慎地措辞，最终选择了一句他所能说出的最轻程

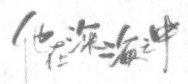

度,"他脾气大点儿也是应该的。"

麦温如不解地问:"组会能涉及什么原则性问题?"

文魏不敢吭声,云远道修长的手指轻敲桌面:"对一名学者来说,与科研有关的每一个细节都是原则问题。"

麦温如似懂非懂地点点头,小声咕哝道:"那幸好我不是你的学生……"

他睨她一眼:"你也一直叫我老师。"

她摆摆手,随意解释:"那是一种昵称啦,昵称。"

云远道玩味地眯起眼,重复了一遍:"昵称?"

"嗯!"麦温如立刻掏出手机搜索"昵称"二字,朗读道,"昵称,汉语词汇,指现实生活中对人亲昵的称呼,能表示亲近和喜爱……"

读着读着,手机通知栏忽然显示微信新消息,来自彦见深,简简单单如魔咒般的几个字:"姐姐,近来还好吗?"

她猛地顿住,没发觉一旁正垂目倾听的云远道神色逐渐舒缓,笑意徐徐地弥漫出来。

她说,是表示亲近,还有喜爱啊。

(2)

麦温如是八个月零三天时参加了育儿综艺首秀,录制告别特辑时是四岁零九个月,"国民妹妹"的余热在她不算长的人生中绵延了二十年,组成了她生命之河中最广阔的金沙带。她在这人间名利场中所收获的一切喜爱、赞赏和期许，所有美好，都和这档收视率一度登顶的亲子节目息息相关。

它给了她一个暂时性的好爸爸，一个瞧起来圆满美好得足以令普通人艳羡的家，给了她一生的挚友，还有，彦见深。

麦温如至今都不知道该如何定义她与彦见深的关系。二十年前，他无非是个在节目里抱着玩偶奶声奶气叫她姐姐的小男孩，软乎乎的脸颊和深深的酒窝，初生小羊般干净澄澈的眼神。

但是不知道哪一天，他突然就长大了。蜡像般精致漂亮的脸被无数广告商采用，他的照片不知不觉铺满了每个城市的街道。

两人真正再次产生交集，是在那年夏季那档选秀节目里。

彼时她无非是一个回炉重造的"偶像复读生"，他却已经是坐在评委席上，成为手握她生杀大权的核心导师之一。兴许是念旧情，小时候他最喜欢跟着她玩综艺游戏，长大了也仍然一口一个姐姐地叫。高眉骨、深眼窝，怎么看怎么令人着迷的英俊长相，仿佛多年前输了就爱哭鼻子的彦见深无非是个年幼的赝品。她被收了手机，他就当她的传声筒；她苦练舞蹈没有进展，他就推掉通告留在舞蹈房里一个一个动作教她。他将所有可言或不可言的情愫掰开揉碎，藏进每一句"等你出道"里，在舞蹈房被汗水模糊的平面镜前，将偏爱和喜欢演绎得淋漓尽致。

那一年刚从酒精的暴虐魔窟中逃离的麦温如就这样沦陷了。一个"长残"了的"过气童星"，在除了唱跳练习外只剩钩心斗角的高压之下，将对无忧无虑学生生涯的怀念，对万丈星途的妄想，还有数年来积压在

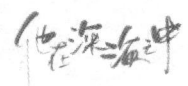

内心深处的年少悸动,全部移情到彦见深身上。

她在镜头拍不到的背后偷偷和他牵手,以为抓住那些暗地里滋长的心动就抓住了救命稻草,只可惜她忘了自己和彦见深本就是没有隐私可言的人。过于喧嚣的绯闻把她忽略的那段岁月再次摆到了众人面前,放大了她父亲那些早已过时的丑闻,成千上万双眼睛足够洞穿所有他们自以为的秘密。

她期待过被保护,但换回来的只有一句又一句斩钉截铁的"不能公开",她似乎成了彦见深最不能宣之于口的耻辱。数小时前他还在休息室里温柔地与她耳鬓厮磨,到了人前就只剩下"避嫌"的冰冷目光。

半决赛那晚也是如此。后台,她试图走近他,他却像见到瘟神一般避之不及,连连退开的脚步踩在大理石瓷砖上,踏破的却是她的自尊心。

麦温如不明白。她无非是喜欢一个人,只想坦坦荡荡地与他并肩而立,但这喜欢却成了她的原罪。

她不服气。半决赛表演后,她发表感言进行拉票,彦见深抱臂坐在对面的评委席上,她在他故作冰凉的凝视中存心将一句"多亏了见深"说得掷地有声。她在这五个字背后自以为是地抒情,自以为是地表达她所有的谅解和忠贞。她相信他们之间的喜欢虽然只有他们自己知道,虽然它被迫隐藏,但只是因为它不合时宜。

但她错了。

最后一次见彦见深,是在她淘汰后的休息室里。他突然闯进来,红着眼哀求她发澄清声明。

"你会毁掉我的。"他泫然欲泣地说。

比正午日头还要炽烈的闪光灯下,偶像无非是一只牵着几条金线的木偶娃娃,沉醉在应援声堆砌出的黄金泡泡里,贩卖一些诱使人忘却现实苟且的梦想。因此木偶娃娃是不能爱人的,一旦他爱了,就说明他无非是一个有欲求会呼吸的人类,但人类是不如木偶娃娃的,人类不值得被追寻。

爱人是偶像的原罪。

那一刻的麦温如异常平静。她看着他,那一瞬间所有的移情和悸动都轰然消失了。他倒映在她眼中的只是一副精致皮囊,带点儿无助和怯懦,让人心生倦怠。她忽然就有点儿想不通,她成为众矢之的,承受众人的谩骂和指责,究竟是为了什么?

她淡淡地回答他:"你已经毁掉我了。"

"你这算什么?"他倍感荒唐地笑,不是嘲讽,而是事实确实令他发笑。他说,"你所有粉丝加起来都没我微博粉丝数的零头多,没了就没了。损失了什么,我赔给你,行不行?你就当做好事了,姐姐,好不好?"

她损失了什么?还得向他要一份赔偿?麦温如怔忪片刻,忽觉整件事似乎不痛不痒。

并非她的损失不值得赔偿,而是她清楚眼前贫瘠如斯的人,根本无法赔偿。

她问他:"喜欢我,让你觉得很羞耻吗?"

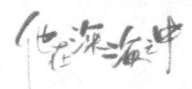

"不是羞耻,只是我们之间的差距太显而易见了。为了我也好为了你也好,我们都不能公开的,姐姐,我们不适合公开。"千篇一律的话术。

"因为和我谈恋爱很见不得人?"她仍然反问他,冷静的口吻却透着不容反驳的咄咄逼人,"因为我爸爸在坐牢,我妈妈残疾?因为我长残了,业务能力也不行,全世界都觉得我是个废物?"

彦见深痛苦地扶额:"你要这么想,我真的没办法……"

"那就分开吧。"她说得干脆利落,毫无留恋。

他蒙了一秒钟,明明这个提议正中他下怀,却硬装出为难的样子:"我可没有这么说……"

麦温如知道他在犹豫什么,说:"对,是我说的。你了解我,我这人从不说谎,也不会拿分手跟你置气。往后再有人问起,你我之间已经发生过的事我不会否认,但没有公开的,我也不会再说。"

他疑虑了片刻,这似乎已经是眼下从她这里能得到的最有价值的承诺,他自认还算了解她的为人。随后他便接受了,半句挽留都没有,反而向她道谢,而后匆匆离开。

休息室的门被他掩上,无声,却将她震碎。

最后,公司还是以官方的名义发了澄清声明,没人问过她的想法,但人们得到了他们想要的真相,这便足够了。彦见深有惊无险地渡过了绯闻风波,人气还因为这档火爆全国的选秀节目更上一层楼,仿佛那个用了一整个夏天注视他的女孩儿只是他伟大星途上的一朵小小浪花,所掀起的也只是一道微弱的波纹。

他选择了他的事业，这没有错。但麦温如渐渐地也明白了，她所做的并非是刻意要与全世界作对，她想要的，无非是一次坚定的被选择，无非是一次能够光明正大地与一个人相爱的机会。

只是彦见深做不到。

他终究没等到她出道。

她也终究，没能成为他的夏天。

（3）

有了当前最火爆的顶流爱豆加持，麦温如那条宣传微博轻轻松松就过了百万浏览量，海洋所研发的面霜脱销的消息也很快传来。彼时麦温如正跟着云远道和一众海洋所的工作人员在博物馆侧边的沙滩上参与"净滩"活动，他们乐此不疲地研究着沙滩上各种被风浪吹得零碎的海洋生物残骸，腥咸的海风和炽烈的日头交缠，刮在皮肤上引发些许灼热的痛。

麦温如提着麻袋，弯腰夹起一块啤酒瓶碎片。海洋所的一位硕士学姐相当兴奋地凑过来跟她说："温如，原来你和彦见深真的只是青梅竹马啊？他连你现在喜不喜欢潜水都不知道。那时候你们闹得沸沸扬扬的，现在他还能大大方方地帮你转微博、叫你姐姐，这不是身正不怕影子斜是什么？白瞎你当时被骂得那么惨了。"

她只能尴尬地笑笑，不多言语。这次的转发同样会连累她挨骂，不过彦见深的目的是想让所有人都产生像学姐这样的想法，好彻底将自己

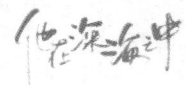

改写成无辜的正面角色——至于她会怎么样,他向来是不放在心上的。

麦温如越想心里越闷,只能借埋头捡垃圾出气,顺着潮水退下的方向一路往海里行进。不知走了多久,麻袋里的废弃品已经重得提不动,耳边只剩下呼啸的风声时,她倏然听到身后传来云远道沉稳的嗓音:"你再往里走,我就要合理怀疑你是想跳海轻生了。"

一回头,她才发现自己离海岸线已然很远,"净滩"的志愿者们零星地分散在各处,只有云远道一路走在她身后,两人一道清理出一条格外干净的小路来。

她撇撇嘴,有些委屈,但还是相当硬气地澄清道:"我很珍爱生命的,绝对不会因为那种人就想不开。"

他走近了,影子投在她身上。他顺着话茬问下去:"什么人?"

麦温如不知从何说起,云远道便推测了一句:"刚才说的那个,你的青梅竹马?"

她气呼呼地嘟囔:"说他是竹马,竹马都觉得晦气。"

"那他是什么?"

"半个渣男,"她恨恨地补充,"半个前男友。"

云远道了然了,再结合她的反应一想,故事结局显然不愉快,这次转发也属于意外交集,徒令她不悦。他便说:"如果他的转发给你造成困扰,你可以把那条宣传博文删掉。你本来就没有替我们宣传的义务,不要因此平添烦恼。"

他说这话时语气柔柔的,不疾不徐,仿佛有种能包容一切的力量。

每当这个时候麦温如都会忍不住想,这么温柔宽容的男人,他真的会有介怀到无法忘却的事情吗?究竟是什么事,才能令他对徐婧说出那么尖锐的话来?

麦温如说:"你不好奇我们为什么分手?"

"你想听实话?"

"当然。"

他平静道:"不好奇。"

"为什么啊?"

"每个人都有过去。而且,以你所秉有的条件,谁错过你,都不会是你的损失。"

麦温如十分受用,微笑起来,小腰板都挺直了,那些从不敢与人言说的话一张口就溜了出来:"他不想公开,就分了,这确实不是我的损失。云老师这话中听,我喜欢,所以我决定给你一个机会。"

他失笑:"请你吃饭?"

她抱臂,孩子气地抬抬下巴:"不,向我倾诉你和徐博士之间的故事。"

他笑得有些无可奈何,但鉴于刚才她都毫无防备地相告了,自己再拒不相谈,就显得过于生分了,遂问她:"你想知道什么?"

"我都想知道。"

他垂眸稍一措辞,答:"本、硕、博同门,工作同事,一个团队里的左右手。年轻的时候她和我以及简道,关系都很好。"

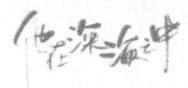

麦温如适时提问:"简道是?"

"我弟弟,云简道。"

她心中暗叹,兄弟俩的名字都颇具诗意。

云远道继续说:"四年前徐婧提出,基于我和她当前的既定参数,只要我愿意,随时可以和她建立一段恋爱关系。她说这就像一次没有对照组的实验,由她负责设计和掌控变量,我只需要参与其中。我同意了。"

"那你喜欢她吗?"

"嗯。"他答得低沉,"我也希望,这段关系能让我和她都活得更像'人'。"

从前他们太机械主义,一个活在对过去的愧疚里,一个活在对未来的妄想中。两位天赋的学者的恋爱就这样开始了,仿佛踏入一个全新的领域,兢兢业业地按照所有文献中现存的理论尽力地维持关系,勤勤恳恳地扮演自己应有的角色,自以为实验中记录的数据足够漂亮且令人骄傲。所幸他们既是同行同事又是同一团队的战友,所谓的亲密无间都显得那样水到渠成。

一直到,徐婧家中横生变故,她主持的某个项目也出了意外,所谓反抗只徒令变数显得更加令人难以承受。在汪老和云远道的帮助下,她艰难渡过了难关,但也因此清晰地摸到了科研带给她的缺口——生活的、精神的、家庭的、经济的,凹凸不平,难以磨灭。

萌生退意就是那一瞬间的事,她发觉自己对这体制的所有憧憬不过是一种妄想。云远道的反对反而令她更坚定。她提出检测他们之间实验成功与否的最后指标,就在于他能否愿意为了她放弃这份侵占掉所有时间精力,却还是辜负他们的付出,甚至无法支撑他们渡过一次经济危机的工作。她提到了存款、房子、婚姻和未来,世俗中人碌碌追求的所有,他只要走出海洋所那扇大门就唾手可得。

但是他竟然没有半秒迟疑。

麦温如听完,算了算,道:"那你们也谈了挺长时间,再加上认识这么久……难怪我会觉得她和你有些神似。"

云远道摇摇头:"她和简道更像同一类型的人。有热情,有傲气,做事情毫不犹豫。"

徐婧身上所谓的云远道的影子,其实都是云简道的残影。

麦温如只是轻笑:"那她怎么反而跟你……"

"大概是因为简道不在了。"他答得简练。

麦温如只觉这话里有歧义,心惊胆战地看了他一眼,发觉他眼底很黯然,是一片沉重的冷色。

她看不懂那样的眼神。

那时候她不知道,那是一种反复揭开伤疤,只能流血而再不能感到剧痛的麻木。

麦温如还没想好怎么回答,云远道移开目光,望了一眼退去的潮水,忽而话锋一转:"你读过《树上的男爵》吗?"

麦温如点点头,卡尔维诺的作品。两人对视一眼,几乎是同时脱口而出书里那句经典台词:"如果不充满力量地保持自我,就不可能有爱

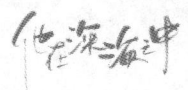

情。"

树上的男爵是一个叫柯西莫的翁布罗萨人,十二岁时为了逃离父亲的掌控而爬到树上生活,一直到六十五岁死去时都没有再回到地面。他爱上过一位女侯爵,对方希望男爵给她的是能放弃自己的爱,是绝对的献身,她也许是希望男爵能为了她违背永不下树的誓言。但是男爵最后对她说:如果不充满力量地保持自我,就不可能有爱情。

简单一个譬喻之,麦温如似乎能理解云远道了。他是在说,他有一个不能下树的誓言,而徐婧却是一个骑着白马在田野奔跑的女骑士。她拥有一个比他更广阔的天地,她要他牺牲,但他选择了坚守。

国外私企与科研院所,几字之差,却是迥然不同的道路。无法并肩的战友,无法遵守的约定。

云远道说:"她选择她的道路,那是我永远无法迈入的地方。她怪我也无可厚非。我们吵过很多次,怨过很多次,但我无法与她同行,就只能让她自由。"

麦温如想起徐婧的道歉,问:"分手时,她对你说了很过分的话吗?"

他想了想:"算过分吗?可能只是陈述事实而已。"

"我能问吗?"

"她说我不完整。"他几乎是一字一顿道,"她说我不能既假装自己是云简道,又在某些时刻挣扎着想做自己。她说我永远不可能成为云简道。她说,我不能这样作为一个替身活下去。"

说不清是因为他天生优越的记忆能力,还是因为她戳在他溃烂最深的创口处,她说的一字一句,他全都记得。隐约中她似乎看到他心口上那个使他不完整的硕大空洞,正是一个与他相似的轴对称图形,那样深,那样不可填补。

原来,一生献身海洋科研就是他所选择的树,他曾说过要代替弟弟在这条路上走下去。因此他才说他的人生是单行道,有墙撞墙,有海入海,绝不回头。

原来,云简道就是他不能下树的誓言。

麦温如迎着海风,在炽热的阳光下眯起眼睛。她抬脸问云远道:"云老师,能把手借我吗?"

麦温如本想和之前那样只是指尖相碰,但手一伸过去,便不自觉地与他掌心重叠,她小小的手甚至难以完全覆盖他的指节,却超过他的体温,带来一种灼热的温度。

她腕上的表带有银色的光波流转,晃得他有些眩晕,心率随着光波晃动的幅度猛然加速。

她说:"你说过,触碰得到就不是幻觉,所以我感受到的你就是真实的你。我没有经历过你的生活,但我活到现在最大的感受就是,人在经历过创伤之后,能找到一个理由活下去已经很了不起,很多人活了大半辈子也未必知道自己想要怎样活下去。替身也好,本人也行,我知道你是真实的,至少全世界还有我可以确认。"

那一刹那云远道似乎感觉她手心的温度超过了燃点,在他长久冰冻

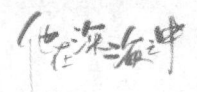

的心窟里燃起了一束微小的火光。光线昏暗,但温度灼人,狂放的海风久吹不散。

他在一片宁静的海浪声中轻轻地回握。

"小麦同学,你知道为什么,初次见面我就觉得你很特别吗?"

"为什么?"

"因为你干净勇敢,磊落坦然,站在太阳底下像是从没有受过伤。"

麦温如很少受到这种全是抽象词汇的夸赞,笑道:"你好像没词儿夸了……"

他笃定道:"我想成为你这样的人。"

麦温如以为自己听错了:"什么?"

"你让我想起我自己。"

对于一个长久跋涉在内疚与钝痛中的人,对于一个被他人称为替身,而自己却浑然不觉甚至甘之如饴的人,最深的心动莫过于此。

莫过于她的出现,让他想起了自己。

(4)

"净滩"活动结束后,已近下午五点,会场的各类活动也已接近尾声。云远道要回实验室继续忙碌,提出顺道送麦温如,她坐上副驾驶后看到拎着大包小包狂奔而出的文魏学长,一旁的云远道则一脸冷峻地将车门锁上。

文魏拍拍车门:"老师,您不是回所里吗?让我搭个便车呀!"

云远道充耳不闻，发动车子，说："我送人。"

文魏不满："我也能一起送呀！"

云远道睁眼说瞎话："车里坐不下了。"

文魏透过车窗看了一眼空空如也的后座："老师，我只是没您聪明，不是眼瞎……"

云远道没忍住笑意，终于如了他的愿，说："行了，打车回吧，车费我报销。"

文魏闻言简直喜出望外，帮云老师跑腿向来是稳赚不赔的买卖，老师一句"我报销"，最后打给他的永远都是应报销数目的两倍以上。他家导师能拿出去炫耀的绝不只是那张漂亮脸蛋和比脸蛋还漂亮的科研成果，还有对学生向来不手软的大方阔绰。于是他连退几步，挥挥手，狗腿子般说道："好嘞！老师您一路顺风，全程绿灯哈！"

云远道这才踩下油门，扬尘而去。麦温如看着后视镜里逐渐变小的文魏学长，觉得他实在憨厚得搞笑。手机又振动一下，她才发觉彦见深在这期间又发了不少信息，都是些惯常的叙旧话，末尾竟是相当恶俗的一句："我最近巡回签售会有一站在 A 市，可以请你一起吃个饭吗？很久不见，有些想你了。"

她没忍住，回过去一句："你活该。"

那头秒回："你还在生我的气吗？"

前任们都爱说这句话吗？都过了这么久了，她要是个球都该漏气瘪成纸了，还有什么可气的？麦温如很是无语，学着云远道的语气，回复

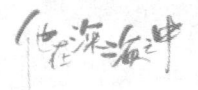

一句冷冰冰的:"我显然只是懒得理你。"

那头的巨星明显有些失落,道:"我知道你怨我。只是,看到你的现在这样,我觉得当初的一切都很值得。"

麦温如莫名就来火了,这是什么话?他怎么摆出一副他做出了巨大牺牲的样子?他为她做了什么?在舆论的战场上当了逃兵,把她独自留在枪林弹雨之中,这也是值得骄傲和欣慰的事吗?

她气得打下一长串话想要骂他,却在字符一点点填满输入框后倏然冷静下来。

她终于体会到刚才云远道的感受。别说是怼几句不好听的话,她眼下恨不得想把对方斥个狗血淋头,想将当初分开时受过的伤和怨气都变成冰水全力泼向他,好让厚颜无耻的他更加惭愧内疚。

但是,说再多又有什么用?已成定局的事和要发出去的信息不同,是无法撤回的。

于是她又一个一个字地删掉,不愿再浪费时间回复。

那头的人似乎意识到了她的沉默,又发来一句相当矫情的话:"但是这不代表我不遗憾。"

"你不配和我谈遗憾。"

麦温如最后说了这么一句,然后在他回复之前点了好友删除键。

她满腔热忱交付真心给他的时候,他半点儿不知道珍惜,现在时过境迁,他突然跑来说遗憾,他有什么资格?他是真的觉得内疚,还是只想美化自己,自我感动呢?

她懒得想了,将手机塞进包里。云远道察觉出她的焦躁,问:"怎么了?"

她深沉地慨叹,说:"没什么,就是感觉自己似乎白谈了一场恋爱。自己想要什么,对方想要什么,全都搞不清楚,好像就是荷尔蒙作祟。"

云远道望着车前的道路,微笑地问:"你现在搞清楚了吗?"

麦温如答:"遇到你之后我就搞清楚了。"

云远道险些就踩错脚刹,心脏仿佛被人狠敲了一下。他问:"什么?"

麦温如没发现自己话里有歧义,人畜无害地眨眨眼,解释道:"你今天在电梯里说的话啊,在各自的道路上一起行进。我觉得我想要的是这样的关系。"

不用掩藏,也不必耗费心力去改变对方或自己,更不必冒天下之大不韪去相爱,只需要一起朝前走,成为彼此的力量就好了。树上的男爵不必下树,不发光的木偶娃娃也不用躲藏,人们总以为恋爱的本质关乎对方,其实在于自己,在于这份喜欢中,你成了怎样一个人。

她有些失落地把脑袋靠在车窗上,撇嘴道:"可惜我明白得太晚了……"

但凡早一些,在彦见深明确说不能公开恋情的时候,她能够看清楚这样的关系无非是她在徒劳牺牲,肯定就一个反手把他甩到外太空了,何苦后面费尽心力不说,还要受千夫所指?

"不晚。"云远道平稳地开着车,路遇红灯,缓缓地停下。

麦温如发觉他望向自己的眼神有些意味深长,她预感到什么,不自

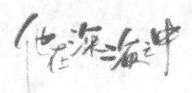

觉地心跳加速,又听他说:"我和你一起明白,就不算晚。"

(5)

云远道将麦温如送到家门口,她蹦蹦跳跳走在前面说笑,他抱着一纸箱书跟在后面,安静地看着她,脸上带着微笑。末了他把书放在门口,对她说:"实验室还有些事要处理,这次我就不进去了,免得叨扰阿姨。"

麦温如本想挽留,但想到是他工作上的事,她不知道轻重,还是不多做干涉为好。于是她点头道谢,云远道很自然地抬手揉揉她的头顶,笑说:"箱子里放了些我做的巧克力曲奇饼和点心酥,不要独吞了。"

麦温如意外道:"你还会做这些啊?"

他丝毫不谦虚:"我厨艺非常好,对于这一点我很有信心。"

"我的意思是你工作那么忙,还有时间做吃的呀……"

"忙也会回家的。原料稍微处理一下,烤箱工作的时间就是我休息的时间。"

麦温如觉得很不可思议,叹道:"你真的是一秒钟都不浪费啊!"

"做料理是我的解压方式之一。"他顿了顿,将手放进裤袋里,定定地看她,"今天……也是。"

其实他想说的是,"见你也是"。

麦温如听懂他的言下之意,笑得眯起眼:"那你以后就像今天这样多来见见我吧,做菜还要成本,但我不收你钱。"

他应承时的语气宠溺得连自己都惊讶:"好。"

麦温如朝他挥挥小手，告别道："云老师，下次见。"

他嘴角噙着一抹相当柔和的笑，仿佛已经看见下次再见的场景，心里生出无数闪光的期待。

"下次见。"

麦温如一打开门，就看到沙发上正陪妈妈喝茶的宋叶芃。书箱里满满当当的三盒甜点顺理成章地成为茶点，曲奇的浓郁甜香在茶气的氤氲下越发浓厚。

麦妈妈喝完茶后去整理书箱，麦温如和宋叶芃则回了房间，一同懒懒地躺在床上闲聊。麦温如开门见山地问："又和向其琛吵架啦？"

宋叶芃所有毫无征兆地出现，有百分之八十都是因为遇到难以自处的糟糕情绪，找她寻求安慰来了，而这百分之八十当中又有百分之八十可以追溯到向其琛身上，也就是他们小情侣间动辄可大可小的争吵。

宋叶芃将脑袋枕在草莓熊玩偶上，哀怨地吹了一口气，将额前凌乱的刘海吹开，道："是你不回信息，我太担心了才来的好吗？"

麦温如白了宋叶芃一眼："少来，我刚在停车场时明明就回你了。"一回消息就立马向她报告删除了彦见深的事，简直是堪比现场直播的实时更新好吗？

宋叶芃缓缓眯起眼，若有所思道："没想到这回你居然这么硬气……是不是因为有了云远道才这样的？果然，治愈旧爱的良药就是新欢！"

麦温如无奈道："我跟他分手都一年多了好吗？早该删了。之前是

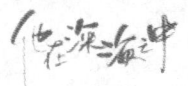

还有些东西想不明白,今天我想明白了。"

二人就麦温如今日的心得进行了一番深入交流,听取了麦同学的高质量发言后,宋叶苊彻底瘫睡下去,枕着麦温如的手臂若有所思道:"我没有想过在我们的关系里要变成一个什么样的人……我好像只一直任性地做自己。"

麦温如说:"那也挺好,反正他喜欢你这个样子。"

"但是我有时候会觉得他很捉摸不透……"

麦温如捂嘴窃笑:"这不就是你最喜欢他的地方吗?"

宋叶苊被她这话噎住了,不置可否,稍顿后继续说:"但真的很奇怪!他一件外套能穿三四年,每个月的生活费都要靠自己赚,但是偏偏知道市里哪家星级酒店是高级会员制。他从来不吃法餐,却知道法国罗纳河谷西拉葡萄酒最好的产出年份,还说以前人们用来搭配红酒的洛克福奶酪尝起来有股脚臭味儿。你说这种事是书上能学得来的吗?这不都是有钱人的消遣吗?他居然还糊弄我说是跟导师出去吃饭尝到的,汪老那两袖清风的作派,会带学生出去喝年份最好的罗纳河谷西拉红酒吗?还有,他从来不让我给他买很贵的礼物,但每逢假期过后从家里穿出来的都是名牌。虽然他把牌子都撕了,还说是亲戚送的赝品,但是真是假我一摸料子就知道了啊……"

麦温如和向其琛接触不多,对他唯一的印象就是那张让她误以为是娱乐圈人的俊脸,由此深切领悟到自家苊苊绝对是见色起意。此外她对他所有了解都是基于宋叶苊的描述。她挑眉道:"他该不会也是富二代吧？"

"你见过二十四岁了还开一辆二手本田给导师跑腿的富二代吗？你见过几乎天天吃食堂的富二代吗？你见过因食堂的红烧肉涨了五毛钱就气得给校长信箱连发一周投诉邮件的富二代吗？"

"那只能说明他为人比较质朴啦……而且他对你可一点儿都不小气呀。"

"是吧！所以我就觉得他很矛盾啊！我可以接受他家没我家有钱，全国也没几个人能有我家有钱，可问题就是，有些细节就是让我感觉他好像有什么秘密一样……"

"那你问过他吗？"

"我不敢啊！他家里的事都很神秘。我只知道他爸出轨后父母就离婚了，他很讨厌提他爸的事，我哪还敢往枪口上撞？"

麦温如揶揄她："世上还有你不敢问的事儿啊？"按宋叶芄这种出生起就混迹富人交际圈的社交能力，从来都不知尴尬为何物的商人世家遗传，初次见面就敢把人家祖坟方位都扒出来，在自家男朋友面前居然能小心成这样？

宋叶芄急了："哎呀，你不懂，他会伤心的！"

纵横交际圈的大亨千金，小心翼翼地呵护着心上人的伤口，不求治愈只求温柔地保护。

麦温如嫌宋叶芄不争气般戳了戳她的脑门："那你打算怎么办？"

宋叶芄努嘴傲娇道："我要让他自己主动告诉我。"

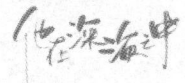

她说的"要"其实通常都是"胁迫",只是她被爱着,浑然不觉。

麦温如太了解她,失笑道:"所以这次就因为这些吵架了?"

宋叶芄老实相告:"我上回不是让我爸给他们实验室捐款了吗?就为了给他弄一台显微镜。他知道之后,非说要给我回礼。我寻思送束小花就够了吧,结果他非说也要送个贵重的,就给我买了我看中了很久很喜欢的一款胸针……问题是,那枚胸针要六位数,而且是全球黑金会员身份才能定制的手工款。"

麦温如呆了:"那他怎么弄来的?"

宋叶芄也是同样不可思议的表情:"你问我,我问谁?"

其实,向其琛家里远称不上"穷",只是表面上来看,和宋叶芄家里比仍有差距。其实国内大多数家庭和宋叶芄家比都有差距。十六岁时他母亲患癌,还在病床上躺着时,他父亲就把出轨对象带回了家,从那之后他下定决心不再原谅父亲。他十八岁时母亲离世,父亲再婚,提出送他出国读书,他拿着妈妈的遗产直接就从家里搬了出来,彻底独立。那时宋叶芄也在考虑要不要出国,她留下的原因是在家族企业里实战比出国混学历更重要,况且申光大学经济学院和欧美许多名校相比也毫不逊色;而他则是一句:"我不想。"

向其琛并非不想出国,而是不想按照父亲的安排走一条他不想选择的道路。家里不支持他学海洋学,更不支持他投身科研,这样的反对似乎是一个十八岁少年尚且单薄的臂膀所不能抵挡的。和又苦又累的科学研究相比,和每天除了设备就是数据的实验室生活相比,稍有些积蓄的家庭都会希望他能像宋叶芃那样学金融类的专业，毕业后凭一份漂亮简历投身纸醉金迷的名利场。

但他偏就是硬骨头，宁可从家里独立出来自己赚钱读书，都不肯妥协退让半分。宋叶芃曾远远看见过向其琛父亲的背影，那时向父来向其琛的出租屋探望他，站在一辆黑色奔驰边给向其琛递了一沓厚厚的人民币，结果被向其琛兜头甩回去，在秋风里下了一场纷纷扬扬的粉色纸币雨。

她必须承认，那一刻所有艺术张力全部拉满，微旋的落叶和零落的百元大钞中，向其琛那张倔强且不屑的脸深深地将她击中。

她知道自己一生都不会做出这样的事，不是将钱扔在风里，而是将向来代表着权威和压力的父亲的尊严也一同扔在风里，任它飘散。她不恨她的父亲，甚至爱他，她自知自己一生都要站在父亲的肩上才能伸手摘星。但那一瞬间她为能够英勇反抗的向其琛着迷、沉沦，感到无限向往。

只因他过的是与她截然不同的人生。

所幸，他智商够高，虽然比不上云远道和徐婧那样的顶级天赋流，但在同龄人中也是拔尖儿的存在。从本科一直到硕士即将毕业，他都自食其力地边搞科研边赚钱，凭一己之力把自己和宋叶芃之间生活水平的差距大致拉平——起码，没有让它显得那样不可逾越。宋叶芃也向来自诩和向其琛一起过普通校园情侣的生活都足够快乐，但当向其琛把那枚足以掏空他存款的胸针放到她手里的时候，她真的惊愕到失语了。

她想买都还要在妈妈面前好好表现一段时间的顶级奢侈品，她那

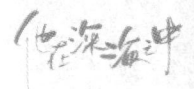

向来质朴的男朋友竟二话不说将其捧到了她面前。问题是，在她的认知中，要买这枚胸针已然不是钱的问题，而是背后隐含的定制会员身份问题——这怎么会是他能轻易买得到的东西？

不解的同时她感到恐惧，似乎相处这么多年都不足以令她完全将他了解透彻。

她缩回手，对向其琛说："除非你告诉我这是怎么买到的，否则我绝对不收。"

他意识到她的不快，讪笑着解释："这有多难啊？托人买的呗。"

"又是你家的有钱亲戚？"

"对，对！"

"那你把你亲戚的名字告诉我。这个品牌在国内开的黑金会员一只手都能数过来，你一说，我肯定认识。"

向其琛没有正面给出答案，只是蹙眉，答道："芮芮，是谁帮我买的根本不重要呀。是我付的钱，买的是你喜欢的东西，这不就够了吗？"

"我喜欢的东西我能自己买，用不着你倾家荡产。"她高傲地抱臂，忽而又慌张道，"你该不会干了什么犯法的事儿了吧？卖血还是卖什么器官了？我听说现在黑市里一个肾也不值这么多钱啊！"

向其琛尽力维持着耐心，调皮地笑道："我给你买枚胸针不至于倾家荡产，甚至还要卖器官吧？"

"是吗？那把你的银行卡余额给我看看。"她又伸出手去。

向其琛往后躲了躲，皱眉道："芮芮，我只是希望你开心。"

"我怎么会开心？花光了男朋友的存款我会开心？买一枚我戴着出一次镜就永远不会再用的胸针我会开心？让我永远都不知道你是怎么求别人帮忙买的，我就会开心？"她惯常地强势和咄咄逼人。

向其琛扶额道："这件事真的没有你想的那么严重，买它一点儿都不难……"

"是吗？反正我每年在这个品牌上花那么多钱，都还不是黑金会员，还得蹭我妈的面子才能买。你又算何方神圣？还是攀上了什么大款？"

向其琛显然不想深入谈这个话题，看了看手里躺在丝绒盒中的精致胸针，说："我买它不是为了和你吵架的。你让叔叔给我们实验室捐了一千万，我有点儿表示难道不是理所应当……"

"一千万对我爸来说无关痛痒，但你呢？价值六位数的胸针不等于要了你的命吗？"

他痛苦地闭了闭眼："你这么说话才是要了我的命。"

宋叶芃尖锐道："又成了我的错了是吗？"她忽然就想起一直以来他身上的许多疑点，整个人有些难以自控，"那你呢？闷声不响花了这么多钱，我只问你是谁帮你买的，有这么难以启齿吗？还是你根本就有很多事瞒着我？为什么我有时候觉得，你明明就站在我面前，我却跟不认识你一样？"

"芃芃，有些事，你不一定要知道。"

"但我是你女朋友啊！我是希望能和你分享一切的人。即使是这样，你也要对我保守秘密吗？"

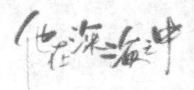

向其琛的目光闪烁着一些犹豫和苦楚:"不是什么秘密,我只是……觉得没必要说。"

"但我觉得很有必要。"

向其琛不再言语,在宋叶芃情绪激动的时候,最快能让她冷静的方法就是自己保持沉默。

宋叶芃果然渐渐平静下来了,都没再说伤人的话,只是心里的疙瘩却难以解开。她冷冷道:"胸针你退了吧,我不想要了。等你想清楚要不要把那些我不知道的事告诉我,我们再谈。"

言毕她拎起包离开。

(6)

麦温如得事情的知来龙去脉后,首先发表评论:"这么贵的胸针,如果你真的收下了,最好先在微信上发个胸针照片,然后说一句'谢谢你的礼物',这样能锁定一下赠予性质。不然以后你们万一分了手他要你还,你没有实质性的证据证明这是热恋期的无偿赠予,法院还真有可能会判你返还。"

宋叶芃气得差点儿要把她踹下床:"能不能盼我点儿好?"

麦温如笑着躲开,又如春卷一样骨碌骨碌滚回宋叶芃身边,继续刚才的话题,道:"有一个能帮忙买胸针的有钱朋友也正常吧?"

"你到底知不知道什么叫高级会员制啊?消费即积分,足够的积分才有资格定制产品,每次定制都不仅是花钱,积分也会消耗掉很多的好吗？你又不是不知道有钱人有多抠门，这能是一般关系愿意卖的人情吗？"

麦温如若有所思地摸摸下巴："那你要是怀疑他，可以学学电视里的霸道总裁啊。查查他家户口和他的银行流水什么的，一切信息了如指掌。"

宋叶芃白了她一眼，怅然地摊开双手霸占整张床，叹气道："那你觉得，他会愿意告诉我吗？"

麦温如早猜到了结局："你们哪次吵架不是他妥协？他对你还能有不说的事儿，这已经让我很意外了。"

"是吧！所以肯定是什么大事儿！"

麦温如想起云远道，他也曾经数次对她欲言又止，但她没有追问，是知道他心里有些缺失是不能轻易被说出的，正如她心中也有一些难言的隐痛。她便说："也有可能是他的一些难言之隐，时机到了，他总会说的。"

宋叶芃再次深深叹气："那就等时机降临吧。我们本来说好一起出来挑演唱会那天的情侣穿搭的，现在好了，明天的演唱会都去不成了。"说罢一个骨碌起身，从手包里翻出一张门票，甩给麦温如，"便宜你了。"

麦温如直摇头："我不要，万一向其琛来了呢？那我和他坐在那儿多尴尬啊。"

"他不会去的。"

"你怎么知道？"

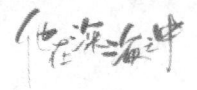

"因为我不会去。"

麦温如汗颜:"你搁这儿套娃呢?"

宋叶芃一脸认真地强调:"真的,你放心去吧,他肯定知道我会把票给你,也不会把他那张票随便给别人的。到时候你一个人坐一个情侣包厢,还是全场最好的视角……"她正要渲染那种狂欢的氛围,忽而刹车,"不过'单身狗'在那儿确实有点儿惨啊。幸好,这么多年想必你也习惯了当'单身狗'。"

麦温如飞过去一个眼刀:"我是不是'狗'还难说,但你真的不是人……"

而向其琛这头,按计划回学校继续整理他的毕业论文,第二天下午被汪老师一条信息遣去海洋所送资料,有个身兼数职的院士导师就注定了他是台任劳任怨的跑腿机器。忙碌完,他路过云远道的实验室,正好碰上下课时间,云远道笑眯眯地朝向其琛招手:"来,去把那些烧杯洗了。"

本意是想来和未来博导打个招呼的向其琛,万万没想到自己早忘到九霄云外的一茬儿已被云远道记在了小本本上。碍于自己确实有言在先,且眼下也逃不掉了,他只得痛苦地捞过实验服,乖乖进去当清洁工。

他心不在焉地将一揽子器皿洗完,端着大大小小的量器给正在处理实验样品的云远道看:"行了。"

云远道只睨了一眼:"没洗干净。重来。"

向其琛苦大仇深地叹道:"男人何苦为难男人……"

"和性别无关,是你没把泡沫冲干净。"

"泡沫在哪儿呢?我觉得它们焕然一新啊!"

云远道挑眉:"是吗?"他随手拿起一个刻度杯,"这个量杯装过东方鲀的毒素提取物,如果你对自己的清洁手法这么有信心的话,现在拿去装杯水,喝了。"

向其琛瞬间暴汗:"老师,我只是想偷懒,你这是想要我的命啊!"此话一出,他又想起上次自己说这话时芄芄生气的脸,捂住心口痛心道,"呜呜,又让我想起爱情的痛苦了……"

云远道波澜不惊:"又失恋了?"

"什么叫'又'?我一直都只有芄芄一个女朋友好吗?"

"所以每次痛苦也是因为她?"

向其琛活像个诗人,双手捂住心口:"你不懂,每次都因为一个人痛苦,是一件幸福的事。"

"那祝你痛苦愉快。"云远道的语气冷得跟空气中的甲醛一样毫无温度,催促他,"赶紧去洗量器。"

向其琛卖惨不成,只得灰溜溜地端着一盘子玻璃器皿再次回到水龙头前返工。冲洗到一半时,手机忽而响起,声音盖过实验室里离心机的嗡嗡声,他赶紧在云远道的眼神将他刺穿之前按下停止键。他仔细一看,是他怕自己错过演唱会而专门设置的出发提醒闹钟,现在距离开场还有半个小时,从申大赶过去倒刚好。将手机放回口袋时,他想,按芄芄的

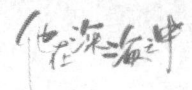

她性格铁定是不会去了,这门票怕是……

"老师,你知道张歌神吗?他今晚在A市文化中心开演唱会。"

云远道正全神贯注地研究手上的马尾藻,眼皮都没抬一下,答:"没关心过。"

"你想去听吗?我这儿有张VIP包厢的票。"

"没兴趣。"

"那可惜了,这可是全场最贵的情侣包厢。"向其琛叹气,开始唠叨,"不过芃芃那张可能会给'烧麦',你去了要是你们坐一块儿也不合适。毕竟那儿就两个座,还窄……"

"给我。"

"啊?"向其琛以为自己听错了,从满是肥皂泡的烧杯里回神,一转身就看到还手持着样品和离心管的云远道,愣愣道,"你刚才不是说……"

"现在我想去了。"云远道言简意赅,语气轻松。

向其琛看了一眼他手里都还没放下的种种物品:"你不是很忙吗?"

"这是晚上实验用的样品,现在正在进行预处理,交给你也能完成。"

"我?"

不等向其琛说出拒绝的话,云远道当即开始演示:"将马尾藻放于离心管中,加入裂解液,料液比和加入蛋白酶抑制剂调整后的最终浓度比我写在这里,千万别出错。随后用组织匀浆器充分打散,离心后,取上清液和沉淀物,上清液即是我要用的组织可溶性全蛋白溶液。这些样品够你处理几个小时了,等你差不多结束,我就能回来和你交班了。"

向其琛光是听就头皮发麻了:"我……我不是来洗烧杯的吗?"

"对,洗完记得放进高压灭菌锅里。"云远道又晃晃手里的离心管,"而这个,则是你拖延着不兑现洗烧杯三个月承诺的赔罪礼。"

"这礼大了些吧……"向其琛欲哭无泪,云远道装作没听清般"嗯?"了一声,他立即想到自己不久后就要递交到海洋所的博士申请,当即强打起精神,拍拍胸脯,"不,我是说,能替云老师这样才华横溢的人干活儿,是我的福分,天大的礼物!全世界不知道多少人排着队想来给你打杂呢!我保证顺利完成任务!"说罢赶紧擦干手,乖乖将书包里的门票呈上。

云远道并没有回应向其琛那刻意的奉承,他俩向来亦师亦友,彼此间许多话都当风一样过去。他相当满意地接过门票,瞟了一眼上面的票价,道:"票钱我待会儿转给你。半个小时后还会有我的学生来帮忙,你先独自撑一会儿。"说罢他嘴角含笑地拍拍向其琛的肩膀,心情大好的样子,十分没来由地叮嘱了一句,"好好表现。"

向其琛含泪重重点头。

开车驶上通往市中心的柏油马路时,云远道紧握着手中的方向盘,心中快速估算了一下路程和时间,得出除非连闯三个红灯,否则绝对无法按时赶上演唱会开场的结果。

蔓延的橘色夕阳中,他想起学生时代坐在苏黎世湖畔时看的一本诗集,德语诗人里尔克的《恋歌》。

Wie soll ich meine Seele halten, daß sie nicht an deine rührt？

(我要如何抑制我的灵魂,不去触碰你的灵魂？)

(7)

麦温如会选择独自去听这场演唱会,完全是本着不浪费的原则,加之这位歌手一直走的都是抒情路线,演唱会名字也起得相当有深度——Another Me,另一个我。

毕竟有些演唱会,也是开给寂寞的人听的。

麦温如独自排队过了安检,在工作人员的指引下进了包厢,紧靠的情侣椅上分别放着一袋应援物,狭小的空间里冷气开得很足。她戴上天使光环形状的头箍,按亮深紫色的应援棒,演唱会以一首大家都耳熟能详的情歌开始。

麦温如没觉得有多激动,安静地听完混合着高分贝的深情旋律,反而被突然破门而入的某个身影吓破了胆。

来者高而精瘦,干净清爽的蓝色衬衫搭一条西裤,棱角分明的脸庞上架着眼镜,干练利落中是掩藏不住的斯文气质。

麦温如的心褪去恐惧,却还在微颤。云远道还喘着气,似乎是匆忙赶来的,那一刹她脑海里浮现的是电影里英俊男孩在街上奔跑着要去见心上人的画面,高饱和度的暖色,他的脸如果放在大银幕里也一定很好看。她讶异地看着云远道坐到自己身边,嗅到他身上微微的甲醛气味,那是常年泡在实验室的科研工作者标志性的气息。

她呆呆地问:"你怎么来了?"

他的回答简单却有力——

"怕你孤单,就来了。"

第七章

"喜欢你,是可以昭告天下的事。"

TA ZAI SHEN HAI ZHI ZHONG

（1）

万人的弧形场馆之中，每个人都是尖叫的泉眼，狂欢的喧嚣变成零碎字节的浪潮，一股股掷到舞台上。麦温如将原本放在云远道座位上的应援物拿出来，他的头箍是小恶魔样式的，纵观全场，几乎每个位置都是这样相间分配。她笑眯眯地将头箍递给他，玩笑道："这样我们刚好就凑成一对啦。"

云远道接过头箍，扫了一眼楼下乌泱泱的人群，慢条斯理地答："其实，基于密码学算法中的双线性配对理论，我们可以称有限 N 阶循环群 G 为一个双线性映射群，如果存在 N 阶循环群 H 及满足条件的映射 e，那么 G1 是阶为 P 的循环乘法群，G2 是阶为 Q 的循环乘法群，H 是群。于是该双线性映射 e 就有具有可交换的性质，即它使'存在 g 属于 G1，h 属于 G2，x，y 属于 Z，则 e(gˆx, hˆy)=e(gˆy, gˆx)'的算法成立。"

麦温如被他这突如其来的算法讲座唬住，艰难地尝试着理解了一下，硬着头皮假笑道："对对，我就是那个意思嘛……"

云远道眼神锐利，嘴角却有笑意，故意逗她："你没有听懂吧？"

她偏不想轻易承认，嘴硬道："懂了，就是类似函数的意思嘛……"

"不错,双线性配对是代数中的内容,确实和函数有点相似。"他带着些许赞赏,换成她能理解的话继续道,"我是说,当全场人都被分为'天使'和'恶魔'两个非空集合的时候,我戴上恶魔头箍就等于能和在场任何一个'天使'元素进行配对,无法单独指向你。"

麦温如终于明白他的意思了,不就是不想戴吗?一颗忐忑的心终于平静下来,她伸手去拿他手里的头箍:"你早这么说我不就听懂了吗?不戴就不戴吧。"

他说:"你也不要戴。"

"啊?"

"你摘下来,全场只有我们两个不戴头箍,我们才能脱离群体形成独属于彼此的对应关系,这个关系可以用 f 代替。若非空集合 A 和 B 存在一个从 A 到 B 的对应关系 f,那就使得 A 中的每一个元素 x,都在 B 中有唯一确定一个元素 y 与之对应,则 f 是 A 到 B 中的一个映射,记作 $y=f(x)$。这个 f,就是你和我之间才有的映射。"

因此也只有你,成为我在世间唯一可以确定的对应元素。

麦温如听得心脏狂跳,并非没有听懂,正是因为懂了,才被他话里的含义合着演唱会现场闪烁的灯光,闪得一阵阵眩晕。

他说过他最开始读的是数学系,他还说过,是她让他想起自己。

原来都是真的。

麦温如摘下头箍,感觉脸上直发烫,便小声说道:"原来你们理工男都这么会说话啊……"

他低笑一声："我没说过给别人听。"

她如释重负般："幸好你没说，不然要出大事了。"

"什么大事？"

麦温如有些不好意思，埋下头去："恋爱……这种大事。"

"我早前觉得自己还不想恋爱。"

"为什么不想？"

他没正面回答，反问："你觉得科研工作这份职业怎么样？"

"都是聪明绝顶的行家里手，淡泊名利，无私奉献。"

"婚恋方面呢？"

"婚姻和恋爱好像都挺有难度的……"

他不置可否："你想过为什么吗？"

"没想过……"

云远道被她这个回答噎住，叹了一口气："原因自然很多，但多数是因为没有多余的时间精力可以投入。我以前不想恋爱也是因为如此。我的工作实在太忙，有时候甚至无暇顾及家人，遑论恋爱对象。"

麦温如理直气壮地反驳他："但也不是每个人谈恋爱都想和对方无时无刻不黏在一起的呀。你看我也很忙，上课、兼职、照顾家里，以后还要准备保研和司法考试什么的……"我可以和你一起前进的啊。

云远道被她的样子逗笑，没发表意见，只继续说："还有一些，是不确定。"

"不确定什么？"

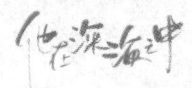

"作为科学家,我习惯用逻辑演算推导结果,用实验数据验证假设,但恋爱中没有定律,更没有通行的理论。"他的声音有些小,被歌声衬得余韵悠长,"我怕在那么多的未知里,自己没有把握成为一个能给对方带来什么意义的人。"

麦温如又不赞同这话,她似乎在他的忧虑里挣扎,害怕错失每一个抓紧他的机会。她说:"也许对有的人来说,你不用带来什么,你的存在本身就是意义了。"

此时一曲终了,场馆里又是震耳欲聋的欢呼声,歌手带着笑意开始休息间隙的互动谈话。麦温如说得急,听到翻涌的声浪后知后觉地羞赧。云远道定定注视着她,犹豫像日历一样被一层层撕开。他浅笑道:"是。我也遇到一个很独特的人。她让我想不去管那些未知,让二十九岁的我还冲动得像个毛头小子——半个小时开了几十公里的车,就为了去见她一面。世间这么多意外里,她是有着最致命的引力的那个,仿佛她就是我所有行动的最终意义。"

麦温如听呆了,不知为何,脑海里不自觉地浮现出徐婧那张明艳可人的脸,那是他二十九岁人生中唯一有过的恋人。即便是过去式了,想必也是唯一能担得起他那段话里深重意义的人吧?

此时歌手开启了全场参与的 Kiss Cam(接吻游戏)环节,摄像机会随机对准观众席上的歌迷,当相邻而坐的两人发现自己的脸被投影到大屏幕上时,无论是何关系都要互相亲吻。一时间,喝彩声如海浪般此起彼伏。

麦温如看着大屏幕上或惊愕或欣喜的情侣们,总觉得云远道那番话有些奇怪,她提恋爱,他就提工作忙、提前女友,怎么想都有点儿拒绝自己的意味在里头。她便笑道:"果然,别人说,当一个人跟你说'我不想恋爱'时,言下之意其实是'我不想和你恋爱'。"

云远道微怔,随即改口:"那我现在想恋爱了。"

话音刚落,场馆内掀起新一轮的欢呼,麦温如的余光扫到正对她的一面屏幕,上面赫然映出情侣包厢内的她和云远道。

她的大脑在一瞬间被震耳的喧嚣声清空,血液被高速跳动的心脏泵向大脑。

麦温如结结巴巴地向他确认:"和……和我吗?"

云远道侧脸看着她,好看的眼睛里浮起温柔的光。也不管她问的到底是恋爱还是 Kiss Cam,他笃定地给出答案:"嗯,和你。"

麦温如脑中仅存的一根线就此断掉,她鼓足勇气,稍一前倾就吻了过去,两人的唇瓣贴合时,他的温度比夏日的海水还要温暖。

漫天欢呼中,光影变化里,他是她在所有平行的宇宙或集合中,唯一以心动为对应条件,可在数万人群中一秒便与她锁定的恋人。

(2)

演唱会结束后的文化中心周围,每一条路都堵得水泄不通。云远道坐在驾驶座上,眼看被交警指引着往地铁口走的一群群歌迷匀速路过他们,无奈地笑一声:"看来准时回去交班是不可能实现了。"

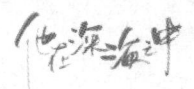

坐副驾驶的麦温如正低头玩手机,不知看到了什么,竟没有反应。指尖在屏幕上舞步般划过,视频播放出熟悉的喝彩声在车厢内响起,云远道敏锐地认出,那是刚才他们被 Kiss Cam 捕捉时互动的背景音,余光一扫她的手机,果然是那一段视频。

他笑说:"发给我看看。"

麦温如这回听到了,猛地抬头,小兽受惊般的表情。她第一反应是道歉:"对不起,我当时没想到这个会被录下来放到网上,如果我知道,我肯定不会……"

他咬住重点:"放到网上?"

麦温如点头:"有人认出我了,这一段被他们扒出来在社交软件上到处传……"她焦急道,"肯定是因为最近彦见深那档子事,不然根本不会有人关心我在做什么。这下他们又要嘲笑我了,肯定又要说我遗传了我爸,干什么都不成,只会到处勾引男人,要是连你也……"

云远道深深皱眉,相当不悦:"他们怎么能说这么难听的话?"

"说我还是小事,我最怕他们要是闲着没事还跑去扒你的消息怎么办?如果传出去了,影响到你的工作怎么办?"她越想越焦虑。无良媒体和八卦群众的嘴有多恶毒,她是最清楚不过的,再加上破鼓众人锤的道理,这世界恐怕没几个人见得她好……

云远道却不急,伸手将手机屏幕捂住,修长的手指隔着手机握住她的手,传来温暖且安心的力量。他说:"不用怕。适龄男女,正大光明、合理合法地恋爱,怕什么?影响什么?有哪里可以落人口实的?"

麦温如一愣，呆呆地望着他的手，声音细如蚊蚋："可是，可是我风评不好……"

"在我这里，你风评很好，甚好，顶好，非常好。"他安抚般揉揉麦温如的头发，"但如果你想和我说说他们所误会的那些事，我也愿意听。"

他们误会了什么？

麦温如想着，将杂乱的思绪一一厘清。沉吟半晌，她开口道："是因为我爸爸。你听说过关于他的事吗？"

云远道坦诚地答道："仅限于你小时候参加的那档综艺。"

麦温如笑笑，眼睛里却没有笑意。她说："他原本是一个不入流的电视剧小导演，因为娶到我妈妈那样的金牌编剧才拍出了几部像样的作品，生了我之后带我上综艺，才渐渐在国内有了知名度。综艺停播后，他带着我继续四处上节目、拍广告，一直到我十来岁，人气和挣到的钱都耗了个干净才放开我，继续回去做小导演拍电视剧。他逼着我妈给他写剧本，但是再好的剧本遇上一个没才华、没想法，只想捞钱的导演能有什么用？他每拍一部都是口碑跌破的失败。后来他甚至又想拿我做宣传噱头，不顾我的学业，强迫我拍了好多烂片，甚至当众大放厥词说什么我就是中国电视剧的未来，结果就是除了激起观众的厌恶什么都没有得到。然后……他就把一切，都怪到了我和妈妈身上。"

麦温如第一次发现麦今对妈妈动手，是高三某个下午。学校提早半天放月假，她打开家门就看见奄奄一息躺在麦令脚边的妈妈，浑身酒气

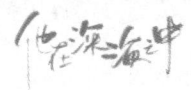

的他连紧握着的拳头都没来得及松开。羊毛地毯上金色的花纹犹如地狱的藤蔓,将遍体鳞伤的妈妈死死地绑在地上。见她回来了,妈妈挣扎着爬起身,强装出笑脸开始收拾被搞乱的屋子,从前梳得一丝不乱的头发此刻仿若被人揪过的枯草。

麦温如甚至不知道作何反应,看着往常乐于在所有人面前表现他对妻女关爱的"好男人"只留给她一个没有任何解释的背影,她觉得有什么真真正正地碎掉了。

那确实只是个开始。每天下午他就被酒局拐得不见人影,凌晨两三点才带着红灯区的喧嚣、腐臭和丑闻转动钥匙,把害怕得无法入眠的妻子从角落里拖出来,一拳拳打进肉里。从一开始挑着麦温如不在家的时候打,到她在家也肆无忌惮地挥拳,甚至最后她也成为他醉后失意人生的发泄对象,是他失意人生的,成为他当街出轨、挑衅狗仔、变成全民公敌的罪魁祸首。

被羊毛地毯捆绑的女人变成了两个。

麦温如并非没有求救过,那段时间里求救电话成了麦温如手机里最常拨打的号码,妈妈也成了各救助机构的常客。只是来者无论有没有穿制服、戴红袖章,翻来覆去永远是一句"清官难断家务事",像妈妈一样总指望着挥拳的人终有一天能明白他在做什么。

他怎么能不明白自己在做什么?

清醒时句句应承,痛哭流涕地跪着哀求她们原谅,每句话里的"爱"都说得铿锵有力。只是当劝导者们转身走出家门后,他体内的酒精就又被他转换成她们的苦刑。

而彼时大众看到的是什么呢?

一个丑闻缠身的小导演,江郎才尽的女编剧,一事无成的过气童星。从人人艳羡的幸福家庭成为人人喊打的过街老鼠。

麦温如边说着,边摘下左手上的腕表,云远道这才看见异常巨大的表盘之下,她白得血管都清晰可见的内腕里,触目惊心的三个烫伤疤痕,是反复受伤又痊愈后长出与其他皮肤不相同的新肉,形成一个个不规则的圆。

心脏痛得揪成一团,他疼惜地抚过去,她却笑着,带些小骄傲,说:"你知道吗?这是我的勋章。"

她的痛楚,她的勋章。

某天凌晨,麦温如被惯常的吵闹声惊醒,入耳是妈妈撕心裂肺的哭喊,重复的字节比任何檄文都更骇心动目。

她颤抖着打开门,麦令已不知所终,她只看到遍体鳞伤的妈妈倚在她房门的墙边,哪怕失去意识也仍然保持着阻拦外人破门进入的姿势。她被掌掴的脸颊高高肿起,赤裸的左脚以非常诡谲的姿势无力地摆放在地上,耳朵漫出的血液似涓涓细流,同其余伤口流出的血在地板上汇成一摊,乌云般叫人心惊。

她浑身颤抖地拨通急救电话。

在医院守到天色大亮,她却像困在永夜之中,医生一句"可能致残"

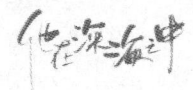

吓得她瘫软在冰凉的瓷砖地板上。

她痛苦地蜷缩起来,望着对面的白墙,眼前的水雾厚得像海在哭。

没有人应该被这样对待。

并非她不听话,并非她不容忍,并非她做不到一个令所有人满意的乖乖女。

而是这世上没有任何人应该被这样对待。

妈妈醒来,表情像是从一个灵魂被囚禁数十年的噩梦中惊醒,麦温如哭着对她说,爸爸差点儿杀掉你,她却再也听不到了。

妈妈用无神的眼睛望着天花板,泪水顺着输氧面罩的透明管向脸侧滑落。

"对不起,把你带到这样的家庭里。妈妈不爱他了,真的再也不爱了。妈妈害怕下一次他也像这样伤害你。妈妈不能眼睁睁看着他这样伤害你。"

很多事她都能容忍,她总是相信他每次清醒后的忏悔和爱意,她总是以为喝醉之后的他不是真正的他,但只要一想到温如未来也有可能被他害得生生失去一条腿,或者再也听不见声音,她就又怒又怕,梦魇缠身般浑身发抖。

爱得过于善良而变得懦弱的女人,暴虐之下以孩子以婚姻为爱的借口反复原谅的女人,那天起终于想起了自己的存在。在她读过写过的这么多文学作品之中,莎翁、勃朗特、汤显祖,总写爱是能超越生死的,她总以为只要爱下去就能够原谅。

但这生死从不该是对方借由爱施加的暴力。爱不能以暴力体现,更不能成为暴力的托饰。

没有人应该被这样对待。

麦温如起身吻了吻妈妈的额头,她知道妈妈听不见,但仍含着泪低低地说了一句:"我在这里。"

我会保护我们。

处理好妈妈住院的事宜,麦温如在夜晚十一点回到家里,果然仍旧空无一人。她把从宋叶芃那里借来的摄像机布置好,独自坐在大厅还染有妈妈血迹的沙发上等待那个男人回来。

深夜一点三十六分,锁芯转动,门还没打开就闻到他身上令人欲呕的酒味。他醉醺醺地走近,捞起她放在桌上的伤情报告看了几眼,问:"什么意思啊?"

"《中华人民共和国刑法》第二百六十条,虐待罪,"她字字清晰地背起那条刻骨铭心的法条,"虐待家庭成员,情节恶劣的,处二年以下有期徒刑、拘役或管制。"

麦令兜头给了她一巴掌,她没有躲,只记得脸上似燃起了火堆,耳朵嗡嗡作响。他愤怒道:"在政法大学背了几天书,就回来跟你老子讲法律了?!"

她冷静地抬头,细得仿佛一扭即断的脖子此刻抻得又硬又直,眼睛里是那种有什么堆积到了顶点,即将要爆破掉的光。

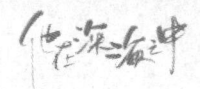

麦令迟疑着退了半步，旋即想起自己握在手中的威猛和权力，骂了句脏话，抡圆了拳就往她身上一拳拳掼下去，打得她摇摇欲坠，打得她不见天日，打得她像妈妈一样从沙发上无力地滚落下来。他再用脚踢，石头一样坚硬的皮鞋像一条见了猎物便疯蹿的毒蛇。

最后，他把他的乖乖女从地上抓起来，手枕在她脑后，揪住她的乱发，那动作就像小时候在节目上他忍住嫌恶掊直了耐心喂她喝奶那样。

他听到她满是血水的嘴里还在呢喃。

"致人重伤，处三年以上十年以下有期徒刑。致人死亡，或以特别残忍手段致人重伤造成严重残疾……处十年以上有期徒刑、无期徒刑或死刑。"

押韵的法条，颤抖的声音，一个苍白少女在无尽的永夜中最后的希望。

麦令没听进去，像对待一个破旧的洋娃娃一般捏住她的下颌，将她整个脑袋狠狠撞到地板上。

她终于得以从那场前所未有的恐怖长梦中苏醒。

多次报警留下的记录，妈妈致残的伤情报告再加上麦温如的录像和重伤鉴定，她终于完成所有取证。宋叶芄陪她一起去找律师，她亲自将麦令告上法庭，送进牢房。

但，刑期只是三年。

那一年麦温如已经二十一岁。她父亲亲手编织的噩梦如血盆大口一般吞噬掉她人生中本该最璀璨的年华，最终她只换来了三年。为了支付妈妈的疗养费，她甚至在伤好之后不得已继续和经纪公司合作，不管是跑龙套还是当伴舞，她全都硬着头皮往上冲，甚至为了参加那档选秀被迫办了一年休学，却因为绯闻引发了麦令丑闻的再度传播，铩羽而归。

大众好似不在乎真相。麦令入狱的事在当年只掀起了一丝小小的涟漪，甚至没有人真的关心过他究竟犯了什么罪，但只要套到麦温如身上就变了重点，一个个都冷嘲热讽地笑她有个要么吃软饭要么吃牢饭的爹。吃着老本还和选秀导师恋爱的过气童星，辅以一个丑闻生产机般的老爸，被爆出的每一条花边新闻都刚好踩在群众愤怒的底线上。

她的痛苦无人知晓。

有时候麦温如甚至会想，难道是她做错了吗？难道她就该任由麦令打骂，直到有一天死在他手里，才能成就一出人人歌之颂之、赚足观众怜悯和眼泪的悲情戏码吗？

她不要这样。

她宁可无人理解，也要坚持她心中认定的正确。

没有人应该被这样对待。

麦温如说完，车厢里很安静，长长的车道宛如冻结的河流，在黑夜中闪着或红或黄的光波。她对云远道说："之前我就跟你说过，我没有经历过你的人生，但我觉得人在经历创伤之后能够找到一个理由活下去就已经很好，有些事情我忘不掉、我原谅不了，这不是我的错。没有人

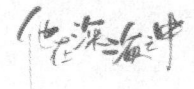

应该被暴力对待。没有人应该被一起生活的人打到快要死掉却还是被人以'家事'两个字搪塞。无论是家庭还是好坏、爱恨的判断，都不应该被放在生命价值之前。所以我会永远记得他给过我和妈妈的每一道伤口，我会永远对这样的行为感到愤怒，这不是我小气、记仇、不宽容，是因为世上有一些罪本就是不可原谅的，有一些伤口就是永远无法痊愈的。"她看一眼手腕上的伤痕，"但这些创伤留下来的东西不代表我就不是我了，你也一样，有些事忘不掉也没关系。但它代表我赢过，我战胜过。这就是我的勋章。"

云远道静静地听完，手中握着她的腕，拇指轻轻摩挲那些疤痕，似乎想借此动作替她分担掉当时的一些苦楚和伤痛。

他俯身过来，轻轻吻了吻她的伤痕。他唇瓣很软，呼吸的气息有些烫人，比任何拥抱和言语都更加令人心安。

他小心地握着她，声音带着融融暖意，道："你很勇敢。小麦同学，谢谢你这么勇敢。"

一瞬间麦温如感觉血液都快尽数融化了。她想起曾经爱过的一首歌曲，歌手在苦情的旋律中无助地唱：谁人曾照顾过我的感受/待我温柔/吻过我伤口？

那些年她只要一听到这句歌词就不由自主地流下眼泪。

但是现在，她觉得自己拥有一个这样的人了。

有人照顾她的感受，待她温柔，满心柔和地吻过她的伤口。

他像灯塔一般将她从黑夜里打捞出来，将世间欠她的温柔，一点儿一点儿地给予她。

（3）

麦温如再一次看到那段她和云远道在演唱会时接吻的视频，是在朋友圈里，备注"云老师"的账号下，将几句博尔赫斯的英文诗作为文案。

I offer you whatever insight my books may hold,whatever manliness or humour my life.

I offer you the memory of a yellow rose seen at sunset,years before you were born.

I offer you the loyalty of a man who has never been loyal.

我给你，我书中所能包含的一切领悟、我生活中所能拥有的全部男子气概或幽默。我给你，早在你出生多年前的一个傍晚，我所看到的有关一朵黄玫瑰的记忆。我给你，一个从未有过信仰的人的忠诚。

麦温如整个人像坐在棉花上，小声喃喃道："就这样直接发了呀……"

云远道正专心开着车，闻言不动声色地侧头看她："不喜欢吗？"

"肯定不是的，"她连连摇头，"就是有点儿意外……"

路仍堵成一片车的海洋，他们压根儿没法儿朝前逃脱，云远道便干脆瞅准一个小路口变道拐弯，驶上一条仅能单行的小道。他将车开得很稳，其间不忘回应她的话，问道："小麦同学，两小时二十三分钟之前，

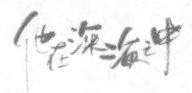

我成了你的男朋友,对吗?"

"嗯!"她笑着点头肯定,像幼儿园里获得第一名的小朋友得到最好奖品时的小骄傲。

"从此以后,我就应该肩负起身为你男朋友的责任,对吗?"

麦温如蓦地一愣,其实她并没有考虑这么多,在她的观念里,喜欢就是喜欢,横冲直撞也不用怕疼。但他此刻说得尤其认真,似乎真的经过了慎重考量才做出了这个决定,而并非因为氛围正好或荷尔蒙发作,临时起意应承她。

她感到无限安心,翘起嘴角,眼睛一眨不眨地盯着他:"嗯。我也会……"

话没说完,车辆再次拐进一条稀奇古怪的羊肠小道,稳稳停在一家装潢颇有情调的私房菜馆前。他偏头看向她时眸光敛在眼底,温柔激滟:"那你相信我吗?你所做过的事都是有意义的,时间会让他们看见。如果不能,那我会让他们看见。"

因此,这些都是你应该得到的。我希望我能让你明白,你究竟值得多好的爱。

他说得坦然自若,话里的力量却足以翻江倒海。麦温如听得心中暖意融融,解了安全带迅速朝他所在的方向凑过去,微湿的唇在他俊朗的侧脸轻轻一触,带着一种小海豚奋力跃出水面亲吻天空的激情。

在云远道低低的呼吸里,她笑得像草莓的心:"我可能并不是很相信时间,但是,我相信你。"

（4）

这家私房菜馆小巧精致，虽地处偏僻，但仍宾客如云。云远道问过麦温如的口味后做主点菜，一众清淡菜品在桌上陈列开来。他煮了壶老白茶，透过袅袅的热汽瞧着麦温如专心致志吃饭的样子，小小的脸被硕大的汤碗衬得更加小巧。

他没忍住轻笑起来。

麦温如从碗里抬头，以为是自己失态了，一张脸晕开淡淡的红，心虚道："我平时吃不了这么多的，今晚有点儿饿了……"

他浅笑着答："我从前就想，如果家里有你这么爱吃饭的小朋友，应该每天都会很幸福吧。"

耳边是乱蹦的心跳声，她抱着碗眨了眨眼，大着胆子反问他："是吗？那你打算什么时候带我回家呀？"

他略一思索，很轻松就答应了："明天。"

麦温如傻了："真的？"

"真的。明天下午我下班后去接你。"

怎么有种稀里糊涂就把自己卖了的感觉……她把脸埋进碗里，懊恼地小声道："我是开玩笑啦……"

"但我很认真。"他抿嘴笑着，说罢抬筷给她夹了一片糖藕，"很久之前，就想让你尝尝我的手艺了。"

麦温如猛地抬起头，幡然醒悟道："是去你家吃饭啊？"

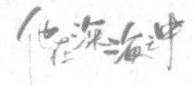

他稍一挑眉:"你还想做别的事?"

"没有,没有!"她连连否认,拨浪鼓般摇脑袋,血红的小脸,将他夹的藕片塞进嘴里,装作认真吃饭不好再聊的样子。

云远道笑吟吟地看着她,纯黑透亮的眼睛里尽是宠溺,正想抽一张餐巾纸给她擦嘴角沾的糖浆,却发觉餐巾纸已用完,服务员又忙得四脚朝天,只得起身亲自去前台取。

云远道不在的空当,恰巧有几个和麦温如同系的男生路过,热情地和她打招呼,见她独自一人,便邀她同桌聚餐。

麦温如看见云远道折返回来了,遂指指他的方向,微笑道:"谢谢,我有伴了。"

云远道迈步回来,悄然将纸巾塞进她手里,在众人忙着打招呼时不着痕迹地示意她,而后在她一边脸红一边整理时侧身替她挡住众人的视线。末了,他大方握住麦温如空出来的一只手,泰然地和男孩们寒暄了几句。众人明白这是二人约会,赶紧识相地找借口离开。

直到他们走远,云远道才低头对她说:"为首那个男孩,看着你时眼睛都发光了。"

麦温如吃惊道:"这你都看得出?"

他低低笑了一声:"要么怎么说只有男人最了解男人。"

她老实交代:"之前上民法课时他和我组过队做作业,之后倒是约过我几次,我都没有去。后来他打听过我的情史之后,好像就放弃了。"

云远道闻言眯起眼:"你什么情史?"

麦温如将老实贯彻到底:"我的绯闻男友啊。可是彦见深那种级别的……"

原以为他还要问一句彦见深是谁,不承想他只是低头稍一想,道:"地铁里倒是见过他的广告。"

麦温如噤了声,不知怎么回答。云远道拍了拍她的脑袋,随即坐回原位,道:"给你个建议。"

"什么?"

"以后,把'我有伴了',改成'我有男朋友了',比较一劳永逸。"

麦温如莫名有些紧张,连忙解释道:"我刚才是怕这么突然说出去的话,你会介意……"

他反问:"我为什么会介意?"

她的声音渐渐小下去:"这也算某种隐私吧……"

"喜欢你是可以昭告天下的事,不是隐私,也不用躲藏,以后你可以大大方方地告诉任何人。"

他说得坦荡,一双似深潭的眸子深深凝视着她,还学着她刚才的语气勾起嘴角:"毕竟,你的现任男友,可是云远道这种级别的。"

麦温如听得心里发软,最后被他的话逗得笑起来:"你这么说,我就想租个喇叭车,让它围绕全城轮番播放个三天三夜。"

云远道挑眉,轻笑:"我是不介意。"

两人便一道笑开。

（5）

盛夏的申光大学，宽阔的校区内知了的鸣叫声一浪盖过一浪，绕着老树的枝丫秋千一般晃荡。向其琛站在经济学院的王宗骏楼下等宋叶芄下课，其间给独自搬作业的学妹帮了下忙，整个过程明明两人半句话都没说过，小姑娘却被他那双秋水一样深邃清澈的眸子一瞅就丢了魂儿，一张小脸蛋红透了。

汪老曾这样评价过他：脸蛋过分"出类拔萃"，在实验室里除了害人分心，毫无用处。

中午十二点半，宋叶芄才从大厅电梯里跳进他的视野，他当即冲上前，装出什么嫌隙都没有的模样，温温软软地给她来了一个巨大的熊抱。宋叶芄推他捶他，他都不恼，就只结结实实地抱她，引得与她同行的人纷纷掩嘴笑着走开，路人也侧目而视。

他惯会装可爱，明明就是匹桀骜难驯的野狼，在她面前偏要摇着大尾巴装忠犬。宋叶芄拗不过他，只得服软，将脑袋埋在他胸膛前，闷声问："我让你说的，你想好了？"

他反问："我想说的，你准备好了？"

宋叶芄心头一跳，有些奇妙的预感，但还是坚持说："没准备好我让你说什么？"

向其琛笑笑，不语，牵了她的手，三两步走出大厅，来到艳阳之下。

宋叶芄被强烈的日头晒得直眯眼，身边的人却用下巴指指大楼正面镶嵌的四个烫金楷体大字"王宗骏楼"，道："是这个人。"

宋叶芃一瞥,险些翻白眼:"你有病?能给申光捐一栋楼的人,闲着没事给你跑腿?"

"他欠我的。"

"欠你什么?"

"童年,妈妈,一个完整的家,一个父亲应该给孩子的所有一切。"

宋叶芃僵住了,原本灼人的阳光蓦然失去了温度,一切就像一个原本正隆隆运转的马达,眼看着到了即将发动的极限,却轰然熄火了。

王宗骏是什么人?申光大学经济学院的知名校友,常年和她父亲一同盘踞富豪榜的金融大鳄……

她干笑了一声:"你别拿这种事开玩笑,爹还能乱认的吗……"

"爹当然不能乱认。"

向其琛拿出手机给她看王宗骏的微信,那是一个向其琛没有打备注的账号,头像是商务人士常用的高清正装写真,微微侧身的抱肩姿势,已过中年的面相中隐隐看得出年轻时的英俊不羁。

宋叶芃偶然撞见向其琛父亲那次,离得实在太远,只模糊看到一个高瘦的男人背影,连侧脸都难以记得清晰。眼下王宗骏的相片就这样赫然出现在她眼前,虽不至于和向其琛有十分相像,但对比着一看,眉宇间当真有父子才有的神似。

她冷静了五秒,随即将手从他掌中抽了出来。

向其琛手里一空,抬眼去看她的脸色,发觉她好不容易温和的神色此刻又紧绷起来,是那种她当真介怀的表情。他忙说:"他真的是我父亲。年轻时他入赘我母亲家,靠着我外祖父的支持才有本钱做生意发家,我随母姓是理所应当的。"

她一针见血地问:"所以,你一直都在装穷,对吗?"

"我不是装,他多有钱和我有什么关系……"

"那你为什么不说?"

"我之前和你说过有关他的事,那些没有一件是假的。"

宋叶芃又开始咄咄逼人地追问:"那为什么唯独他是王宗骏这一桩你不敢提?你在怕什么?忌讳什么?"话说完又后悔,她本意并非如此强势,只是每次抓住一些问题就总忍不住焦急追问本质。

向其琛要很努力才能克制住情绪,说:"我怕你把我划入他的子集。和他一样把我当成他的所有物,他的附庸。"

宋叶芃很平静,说了一个陈述句:"你是他儿子。"

"他在我母亲生命最后的日子里,把小三带回家。我妈还躺在病床上,他就让我改口叫那个女人妈妈。"

"所以你恨他?"

"我宁愿不是他的孩子。"

"那你为什么还用他的钱给我买礼物?"

"我没用他的钱,是他看到我发的求代购的朋友圈,问都没问就直接给我定制的。我收到之后,立马把钱转进他的账户里……"

"他收了吗?"

"退回来了……"

"所以还是他的钱。"

向其琛无言以对。那个男人再婚后已不育,他成了独子。王宗骏就算将一切都给他,理论上都是应该的,只是他向来不屑接受父亲的钱。

沉吟半晌,他捏了捏口袋里装有胸针的丝绒盒,试探性问道:"所以……就算我再送你一次,你也还是不会要,对吗?"

"我喜欢任何东西,都不是出于希望你送给我,不是因为觉得你送不起,而是我觉得我们之间不必用这么物质的方式作为衡量标准,动不动就发红包、送礼那些把戏,都是我们这群人想出来坑消费者玩儿的呀。你有没有用心对待我,我一直都感受得到。"

向其琛听得动容,还以为事情解决了,温柔地伸手去捋她的头发,却忽然发现她眼睛里黯淡无光。

她说:"你知道为什么我会喜欢你吗?因为我每次看到你,就好像看到自己的另一种人生,活得虽辛苦但特别恣意张狂。但我现在觉得你和我认识的一群富二代没有什么两样。向其琛,我很清楚我是寄生虫,因为生活不是童话,小说里那种富家女为了追求真爱而出逃的事,除非我疯了,否则永远不可能发生在我身上。但我一直希望你能是一只自在的飞鸟,肆意翱翔,不必借用任何一根枝头栖息。所以你别为了我低头,别为了我成为你不想成为的样子。我也从来不希望你变成和我一样的人,才来爱你的。'我爱你'三个字很重,但我说出口,不是为了改变你。"

她看了一眼向其琛的口袋,垂下眼眸,"谢谢你的心意,但胸针我真的不收。你也给我一点儿时间,我们都重新考虑一下彼此之间的关系吧。"

正午的光线下宋叶芃白得宛如一片银桂,嗅着香气总以为花期正好,近看才发觉花瓣早已被雨水打烂在地上。他不知所措,二十余年人生中他从未有过这种不知如何是好的感觉,手凉凉地伸出去,却被她无声的背影轻轻打掉。

日头冰凉似水。

第八章

"我对她,同样无限循环,只增不减。"

TA ZAI SHEN HAI ZHI ZHONG

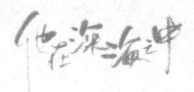

（1）

云远道的公寓买在海洋所附近，六十平方米，不新不旧的小区，用他的话来说：最大的优点是自带菜市场。单元楼下的香樟格外茂盛，漫长的夏季，即便下午了灼人的日光仍旧四处游走。云远道把麦温如从海洋王国接来，她亦步亦趋地跟在他身后坐上电梯，九楼，正好越过树顶俯瞰一众建筑。

此前她无数次想象过云远道公寓里的景象，许是和他办公室一般文山书海、无处插足，又或者就像普通男生那般无拘无束，甚至带点儿无暇打理的凌乱，反而更有生活气息。只是当大门打开，屋内景致却出乎了她的意料——整整一面的书墙对面立着一面琳琅满目的手办墙，隔层做得很浅，各类精致的模型在玻璃后等距摆放，令人眼花缭乱。

麦温如想起初见时他买手办的高价，便知这一面墙的手办价值不菲。包包都忘了放下，她像小朋友般背手立在架子前逐个端详欣赏，身后的云远道路过，浅笑着顺手揉了一把她的脑袋。

麦温如问："云老师，那个你因为它还被骗了的手办，后来买到了吗？"

他摇摇头，伸手敲敲顶层，麦温如退开半步才看得见全景，一字排开的同系列手办在中间空出了一个位置，十缺一。顶层的最末端还放了一个相框和一盒小卡，她凝眸一看——相框内是一张兄弟正嬉闹的合照，十七八岁的年纪，眉宇清冷的哥哥一手抱书，一手将企图恶作剧的弟弟锁喉，云远道喜怒不形于色，云简道的眼角则尽是明亮的笑意。细看，二人五官和气质少说有八分相似，只是云简道脸型更宽，不戴眼镜，眉宇间更显一份开朗通亮。

一看就是朗月清风的少年郎啊。

至于那盒小卡，封面上戴着橘色小帽的小女孩让麦温如觉得颇眼熟，踮了脚凑近看，浑身仿若通电般，失声道："我的小卡？！"

"这就是我弟弟小时候用他的手办跟别人换来的小卡。"云远道低声答，不着痕迹地将那次对话的信息衔接起来，"但是最后我把我的那个手办给他了，你知道是为什么吗？"

麦温如想起他曾说的话，道："你说是奖励他有眼力见……"

云远道深邃的眼里筛入几丝柔白的灯光："他的眼力见，就是发现那档节目里我只会看有你的部分，之后就去换了这盒小卡送给我。"

麦温如脑海里响过系统死机的一声"叮"，顿了半晌，方道："原来……你才是我的粉丝啊？"

云远道不置可否，答："我们家都是。除了饿肚子，摔了跤也不哭的小朋友，善良到会给冬天晒太阳的玩偶盖被子、给脏了的小熊软糖洗澡的小朋友，一言不发就愿意替初次见面的芃芃受罚，害怕到发抖也不

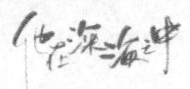

掉眼泪、不退缩的小朋友,没有人会不喜欢。"

那个节目里,每一个与她有关的细节,只要他看过的,他都记得,他将缘由归为自己过目不忘的好记性。那时年少,还无关爱情,但他只要看着她,就觉得内心被治愈,生出一片不可言说的柔软和美好。

也许,她的存在就是治愈他的良药吧。

麦温如心中有无限的感慨,接过他递来的小卡,打开盒盖,一张张地端详,每张都保存完好,宛若全新。她小声感叹:"这套小卡得有十几年了吧……"

云远道报出一个准确的数字:"二十年了。"

"你怎么能存放这么久……"

他的眼神哀伤了几秒,随即被如湖面的平静掩饰。他说:"弟弟给我的东西,我留住的不多。以前总觉得无足轻重,后来才知道每一分都是限量的,过了就再也不会有。这套小卡是我在收拾弟弟的遗物时找到的。这套手办是他最后的藏品,他没收集完,还缺一个。我找了很多年。"

替他找着,替他活着。

麦温如觉得很心疼,慢慢地靠近云远道,他心有灵犀般张开手将她揽进怀里。她环住他的腰,努力想给他带来一些温度,道:"对不起。这些年你肯定很辛苦……"

他缓缓开口,声音缥缈得像一场大梦:"我以前很害怕提起他,一想到他就觉得自己缺了好大一块。但是现在……我好像没有那么害怕了。人人都让我忘记,只有你跟我说,忘不掉也没关系,有些事情就是忘不掉的。"

麦温如从他怀里抬头,羊羔一样柔软的眼神,贴在他心上。她说:"不要忘记,但是也不要折磨自己。"

不忘记是爱他,不折磨是爱自己。

云远道似乎在想着什么,没有立即回应。半晌,他轻轻吻她的额。

"好。"

(2)

云远道其人,温柔时磅礴,不羁时恢弘,内敛稳重,深不可测。但他偶尔也有些令人意想不到的反差萌,例如嗜甜,例如害怕看牙医,例如爱收集手办,例如喜欢做饭和做家务。猪骨加玉米和马蹄熬煮出鲜汤,花菇剪去菌柄填满肉馅,洗净的大闸蟹在铺满海盐的锡纸里嗞嗞作响,还没出锅就溢出飘了满屋子的香味。麦温如钻进厨房想给他打打下手,被云老师以"不专业"为由重新赶回大厅。远远看她亮着眼睛逐个参观他藏品的可爱样子,他满心柔软,打开橱柜拿出低筋面粉,又给她烤了一个蓝莓舒芙蕾当甜点。

开饭时满桌佳肴,麦温如望着立在那头的云远道,此时的他将白衬衫的衣袖挽起,配一条简约的黑色围裙,宽肩细腰的线条展露得恰到好处。他正低着头给花菇酿肉摆盘,金丝眼镜背后的美目低垂,仿若正在创造一件别致的艺术品。

发觉麦温如的目光,云远道抬头与她对视,微抿的薄唇含着深深的

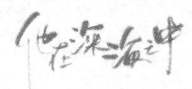

笑意,看得她反而先受不住了,赶紧将脸埋进臂弯里:"云老师,你别突然放电。"

他不动声色地答:"电动生磁,磁变生电。"

麦温如知道这是磁生电原理,但没跟上他的脑回路,便问:"什么?"

他换成最简单通俗的语言:"你不对我心动,我是电不到你的。"

闭合电路的一部分导体要做切割磁力线运动,导体上才会产生感应电流。那么如果不是她心动在先,他再怎么看她,他们之间都是无法产生电流的。

麦温如捂住脸,感觉自己的脸蛋和正在膨发的舒芙蕾一起熟了。

云远道的手艺果然如其人般色香味俱全,摆盘精细考究不说,口感也丰富细腻,一口一口叫人欲罢不能。麦温如用心将每道菜都品尝并夸赞一遍,在云远道伸手要给她盛饭时,蓦然想起刚才兼职结束时被领班赶上秤的情景,电子秤最后显示出的数值简直冲破她的底线。她赶紧护住自己的碗:"不用了,云老师,我今天不吃主食!"

他蹙起眉:"我做的菜不好吃?"

"这要是叫不好吃,无数星级厨师都得含恨自杀……"

"那为什么?"

她欲哭无泪:"碳水和脂肪一同摄入,是减肥的天敌啊……"

他的眉皱得更深了:"那你知不知道,在中国,对一道菜最高的评价就是'很下饭'?"

麦温如苦着脸:"知道是知道……但你不希望我更瘦一点儿吗?"她开始撒娇举例,"腰更细一点儿,腿更匀称一点儿?"

"我希望你更开心一点儿。"他神情自若地看着她,"上学开心,在家里开心,来吃我做的饭也开心。不管在哪里,什么时候,只要你开开心心、健健康康,我就很喜欢。"

她的心一下就软了,护着碗的手也悄悄放开。云远道趁机拿过碗起身,还不忘教育她:"有些人就是胖一点儿才可爱,不一定要所有女孩子都瘦成纸片般才叫好看。"

麦温如看着云远道从她身后绕到厨房,将下巴磕在椅背上真切地盯着他,笑问:"那云老师,我好看吗?"

他停下脚步,偏头注视她,抿着嘴笑:"在我看来,小麦同学是最好看的。"

她的心像掉进蜜罐,还不忘耍赖皮,道:"那你可想好了,我可是很嘴馋很容易变胖的体质,你要是把我心里那只海怪放出来,可要负全责的。"

云远道把一碗满到冒尖儿的热饭放到她面前,笑说:"我还怕你不让我负责呢。"

那天的麦温如被他的笑晃得失了心神,不承想这"负责"二字从他口中说出来正是"投喂"的同义词,一丝不会差。作为曾长期居住海外的留学生,云远道中西餐烹饪技能已修炼到了满点,在摸清了麦温如的口味后,逢见面必花样百出地投喂,除了饭盒几乎没有任何菜品重复,

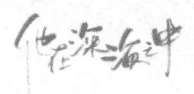

用了不到两个月就让麦温如的体重飙到了近三年来的最高值。她原本干瘦的脸像小面团一样发起来,白皙皮肤中透出隐隐的血色,连宋叶芘见了都问一句:"你最近是不是换了什么贵妇级护肤品?"

麦温如拍手大笑:"云老师养出来的。"

宋叶芘惊叹:"这得每天喂一盅十全大补汤吧……"

麦温如羞愧:"我吸收能力好,每天给点儿肉就行。"

宋叶芘语重心长地拍拍她的肩:"猪肉还是少吃,同类相食可是会传播朊病毒的哈。"

"云老师,她欺负我……"

一旁的云远道不动声色地笑:"朊病毒会引发哺乳动物的传染性海绵状脑病,但只有哺乳动物吃了携带朊病毒的哺乳动物才会致病。在每个物种里,携带者其实都不多。"

麦温如自以为不战而胜:"好耶。"

宋叶芘:"……"

她就是拿向其琛调侃她是猪的话来逗麦温如,不料还遇上个专业学者……

但她还是不住地点头:"对对。"

小麦同学这才惊觉他根本没否认她和猪是同类这个前提……

除日常的投喂,若是遇上云远道难得的休假时间,也会有许多料想不到的惊喜。作为自诩"半个A市人"的云远道知道无数家藏在A市各个犄角旮旯的私房菜馆,每间都别具个性,风味十足。在其他人都对所谓的网红餐厅趋之若鹜时,他带着麦温如搜罗老字号的粤菜馆、烟火升腾的烤鱼店;下午悠闲时,他会避开所有人满为患的咖啡店、奶茶店,在清香袅袅的茶馆里笑着看她捧茶杯,或是干脆窝在家里一起翻一本书或看一部老旧的纪录片。这都是云远道式的生活。他身上有种少见的缓慢而温和的生活节奏,仿若某种介质一般徐徐弥漫上来,不知不觉中就将人包围,使人全然进入他的步调之中。

麦温如有时突然回过神,发觉自己竟这样习惯了对他的依恋,哪怕他不在身边或并没有看着她,她都能感受到一种特殊的温柔。她深深怀疑他是不是要通过塑造内外兼修的贤夫良父形象来套牢她,得到回答:"我要套牢你,还需要塑造形象?我站在这里,还套不牢吗?"

那就不是套不牢了,是套得太牢……

以上种种,都是和云远道恋爱的优点,包括但不限于此,还有诸如开车平稳、耐性极佳、为人谦和,夸赞和爱意都不刻意掩饰等……不必赘述便知其中好处。但人毕竟是有多面性,事件或关系也不可能只有积极方面,正当麦温如不知不觉适应了他的节奏,恍惚以为一切都会这样平稳维持下去时,云远道突然被所里吸收进某个保密项目,所有平静都被轻而易举地打碎。

他飞到海峡对岸的某个海岛上工作,每天忙不完的勘测和实验,从此便几乎杳无音信。麦温如难免会感觉到被冷落。早前几乎天天能见面的人,忽然就变成微信对话框里一个冷冰冰的方形头像,而且无论她多努力地找话题、分享日常,期待他在看到时能多说一两句,都无法如愿。

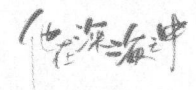

她当然知道要谅解,知道这并非出自他所愿,但有时候仍然觉得,在这个人人手机不离手的时代,有人能够忙得好些天都不看手机信息,实在不可思议,因而也缺乏说服力。

麦温如苦恼地扎进宋叶芃怀里找安慰,得到一句:"这就受不了啦?你要是以后和他结婚了,指不定孕检、生孩子都得自己去呢。"

麦温如腾地红了脸:"你别一下说那么远行不行……"

"远吗?是你觉悟不够啊,这位同志。"宋叶芃拍拍麦温如的肩,故作语重心长地说,"你得时刻记住,就算你们在一起了,他也不是你的。他属于科研、属于国家,他一定会为他的事业奉献所有。那你呢?你想过,作为他的另一半,你要为他、为他的事业付出什么代价吗?"

麦温如的双肘支在书桌上,想了半天,答:"除了等,我好像也做不了别的事情了。"

"对啊,但是你也得想,愿意等他的女人可不只是你一个,永远风华正茂的研究生,前赴后继的女学者,抢手货放在哪里都是抢手货。"

"你能不能别吓我啊……"

"我不是吓你,是让你认清现实,你们的关系现在就是这样。'烧麦',你已经过了憧憬爱情的阶段了,你现在要面对爱情。你得知道,你选择的不是普通人,他比你大六岁,又那么聪明有成就,很多你没看过的风景、没经历过的事情,他都已经看过经历过了,现在适合他的是成熟独立的恋爱关系,而不是你这种情窦初开的小女生所需要的事事都有回应的爱情。你可以喜欢他、可以等他,但是你也必须接受有些时候你就是会失望的。因为他是人,他不完美,他的能力有边界,他的世界里有其他的任务,更有其他的诱惑,你不可能成为他世界的中心——实话讲,谁都不可能成为谁的中心。现在他只是不回消息,以后你们一块儿过日子了,他的缺席也只会多不会少,这些都是你在这段关系里必须承担的风险,你要有心理准备。"

宋叶芘虽年龄比麦温如小,但毕竟感情经历多些,商场上的风浪也磨炼人,看事情总是很透彻。麦温如思考半晌,道:"我当然愿意为了他承担这些风险,但是我不知道我能不能像你说的那样,给他一段成熟独立的爱情。"想罢深深叹气,"我要是能早点儿想到这些就好了……"

"早想到了你又能怎么样?你控制得住呀?还不是一样速战速决,看个演唱会就把人给拐回来了。"

麦温如有点儿泄气:"但是我真的以为我可以做好的……"

宋叶芘没有笑她自以为是,反而格外温柔地摸摸她的脑袋,道:"你当然可以做好,只是相处方式是需要你们两个人一起磨合的,我帮不了你。我只希望你开开心心的。这一段关系无论结果如何,你爱得快乐,以后回想起来,不觉得后悔就够了。"

麦温如听着,想起早前云远道也说过类似要她开心的话,便道:"你们怎么都让我要开心……"

宋叶芘深深地看进麦温如的眼睛里,真切地道:"因为,这是最真诚的愿望。"

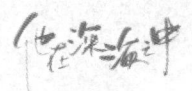

麦温如独自做题到十二点半,洗漱之后准备睡觉,脑袋刚沾枕头就接到云远道的电话。那头的声音糅满疲倦,隐约还听得到车子行进的引擎声,电话一接通,他舒了一口气:"太好了,我还以为你休息了。"

许久没听到他的声音,鼻腔竟有些发酸,麦温如这才惊讶地发觉自己对他的依恋已经如此之深。

云远道很快发现了她的异样,问:"怎么了?不开心吗?"

她闷闷地答:"云老师,我给你发的信息,你都看到了吗?"

那头的人愣了一下,随即开始动作:"马上看。"

"不用看了。有些东西,刚分享的时候没有回应,现在再回应就显得太迟了。"

他显然木了一下,问:"你生气了?"

"不是生气,就是现在才发觉,原来你在演唱会跟我说的那些顾虑,都是真实存在的。"

"所以,你犹豫了?"

"我觉得我也许……有点儿太不自量力了。我害怕我不是你想要的那个人。"麦温如望着天花板上摇曳的光影,轻声道,"我从来不是冲动和善变的人,所以之前一直很有信心,以为就算和你在一起了也能保持自信和克制,不会有什么改变。但事实是一看到你我就乱套了,看不到你就更乱套了,我才发现原来我是很贪心的。云老师,就这样的情况,我能为你带来什么呢?我会不会只能给你添麻烦?我觉得我太年轻、太渺小了。"

那头的人似乎没料到她会说这些，再开口时已然恢复了理智，像一台原本已超负荷运转的机器被她再度唤醒，顶着发热的机身继续工作。他说："这些问题我早就想过了，只不过主语换成了自己，问题辐射的范围也更大，几乎囊括了一辈子。"

麦温如听到了他的用心，鼻腔却更酸，细声问他："那你有答案了吗？"

他说："小麦同学，未来会如何我们都不知道，因为生活不是一道数学题，光靠演算是算不出唯一结果的，变数不跟我们讲公式。但我希望你能给我一点时间，半年也好，一年也好——我在努力了。"

"努力什么？"

"努力演算你和我之间所有问题的答案。我比任何人都希望它们能得出正向的结果，我也希望你在我努力的过程中，把你想要的、想知道的都弄明白。你还很年轻没错，选择面很广，所以在我这里，你也保留着随时可以后悔的权利。"

他想的果然比她要多，也更加深入。麦温如捞过床头的草莓熊，抱进怀里，委屈道："我不是要后悔，我是发觉自己什么都不能为你做……我害怕这样，也很怕有一天你也觉得我很没用……"

云远道说："你能把你心里所想直接告诉我，这样很好，坦诚沟通非常重要。但我选择你，从来不是因为你有用没用，如果我就是喜欢所谓的对我有用的，那我为什么不干脆和实验设备过一辈子算了？我对你的选择从来不是出于功利。"

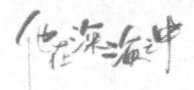

"你现在这样想而已,以后未必不会变的……"

亲眼见证从前敬重的父亲一步步走向不归路,她很早就明白无论人还是关系都不可能永恒不变,说到底,好像只有利益最为坚实。

但她不知道的是,云远道出差的几周里,他每天的睡眠时间不足五个小时,工作强度之大堪比大型重工器械,直到数分钟前才告一段落,他一拿到手机就迫不及待给她拨电话。

他这才发觉,原来自己喜欢她已经喜欢得这样没有回旋的余地了。连自己都无法控制的感情,那种除了工作甘愿只抓住她的心情,他又怎么会有余心考虑有用没用呢。

安静许久后,他终于开口:"小麦同学,我和你相处的时间不算长,却好像认识你很久了,和你一起的日子不算短,却好像还有很多话没有好好说。但我总想,以后还长,留着慢慢说吧,慢慢地向你证明,我比你想象中更了解你,也更喜欢你。所以你只需要记得,我们之间的事,我一直都在努力,这就够了。"

拿到手机,看到信息,想好怎么回复,再到打字发送出去,这都需要时间,但这点时间可能就是决定一次实验能否成功的关键节点,他也真的偏就是没有这点时间。他知道她可能对这个答案不满意,但真的就是唯一的答案。

"还有就是……"他的声音浸在夜色里,沉沉的,"我很想念你。"

麦温如终于还是在这种坚定和温柔中举旗投降,吸吸鼻子,道:"我也是。"

余生漫漫,若说有什么当真在未来也不会变,那也只能是从前就经受过考验而未被改变的东西。

例如,他的重情、坦诚,还有对她毫不掩藏的温柔。

(3)

正如宋叶芃所言,相处方式是需要两个人慢慢磨合的,打磨玉石般去糙抛光,将彼此共同喜好的部分保留。云远道在海岛上的任务告一段落,回A市后仍有许多汇报工作要忙。麦温如看他在所里忙得不见天日,实在于心不忍,遂拎了自制便当前去给他改善伙食。

本意是准备给他一个惊喜,她撺掇了文魏学长来门口接人,刚拐出电梯口就遇上拿着个不锈钢饭盒的向其琛,盖子上还叠着一张用得发旧的饭卡。看到麦温如,他一脸惊讶:"你来这儿干什么?"

她警惕地退了半步,亮出手里提着的保温袋,言简意赅地答:"来送饭。"

向其琛惊喜道:"给我?是芃芃让你来的?"

"……"

深切意识到说话省略宾语的弊病,在她后知后觉地补上一句"给我男朋友"的当口,云远道恰巧打开办公室的门探出头来。向其琛看看云远道再看看麦温如,终于想起某天他曾在朋友圈看到的云老师的官宣视频,脸色一阵红一阵白,道:"对啊,你们、你们……"

话还没憋出来,云远道已走近,自然地接过麦温如手里的便当,悄

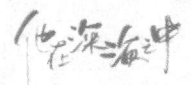

然牵起她的手,意味深长地看着向其琛:"我们?"

向其琛故作夸张地颤着手:"一对把恋情建立在我和芃芃的痛苦之上的……"他卡住,不敢在云远道面前说出任何一个含有贬义的名词,酝酿了半天才很不甘心地补了一个牛头不对马嘴的词汇,"神仙眷侣!"

云远道毫不客气地收下最后那个赞美:"谢谢。"说罢打开保温袋看了一眼,讶异地问麦温如,"你做的?"

"嗯!"麦温如双眼亮晶晶,"总不能只有我被你喂胖吧?这叫双向奔赴,双倍发胖。"

云远道闻言笑了起来。

一旁的文魏见状,赶紧识相地找借口开溜:"老师,我突然想起实验室里还有些活儿没干完,我去收个尾。您和学妹……啊不是,师娘,和师娘好好吃饭!再见!"

这辈分升得未免太快……

溜了一只"电灯泡",还留下一只。麦温如心里还替芃芃怄着向其琛的气呢,直接把他当成透明人,对方却死乞白赖地跟着,一块儿进了云远道的办公室。听他们简单谈话才知道向其琛手里拿的正是云远道原本的午饭。打开一看,简单的一荤一素,米饭比配菜多出一倍,显然是后面按要求添的,零落地盖在煮过的油麦菜上,将本就黯淡的卖相破坏得更加惨烈。

麦温如想起他之前给自己准备的便当,整齐码好的肉菜铺在压实的米饭上,鲜亮而诱人,和他自己吃的这份比简直天差地别。她心中忍不住发酸,问他:"你平时就吃这个吗?"

云远道摇头,答:"今天没看时间,过了饭点才想起来还没吃饭,让其琛紧赶慢赶跑去打的。食堂没剩多少菜,不过饭够就行,精米比较顶饱。"

她撇撇嘴,心疼道:"点个外卖也好呀。"

"哪有时间等外卖?大家都这样过的,工作起来哪还有心思想吃什么。随便来点儿,不至于饿肚子就好。"

言语间,他将麦温如准备的饭盒拿出来,垂眸看着盒盖上微笑着的面包超人图案,眼底的笑意漾得像一片湖水。

此时向其琛瘫在客椅上,大大咧咧地跷着二郎腿,酸道:"啧啧啧,有了女朋友的便当,就不要我辛苦打来的饭了?后面这二两饭可是食堂阿姨看我长得帅,免费给我加的呢。"

云远道平静道:"放着吧,我晚上用实验室的微波炉热一热再吃。"

米饭放凉了容易发硬,再加热也味同嚼蜡。还有那本就煮黄了的青菜,放到晚上肯定又软又烂,还怎么吃?麦温如实在不忍心,遂伸手把那扁平的不锈钢饭盒从云远道面前拿了过来,说:"我还没吃午饭呢,我吃这份。"

向其琛不乐意了,不知是被小情侣的互动刺了心,还是被麦温如那冷淡的态度激到,整个人从头到尾酸溜溜的,故意找碴儿道:"凭什么给你?我给云老师打的好不好?"

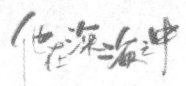

麦温如理直气壮地叉腰，丢给他一句："云老师的就是我的。"

"少来，平时也没见你出现。他这一个多星期可一直都和我在一起，每天都指望着我给他投喂呢。"

云远道适时插了一句："就是让你蹭完设备之后顺便打个饭，别说得这么暧昧……"

向其琛怨恨地瞪他："就不能让我逗她一回？一天天净会怼我。"

"我这叫嘴硬心软。"

"我看你就是专门在别人面前嘴硬，在麦温如面前心软。"

云远道听后笑而不语。

麦温如红着脸给他拧开保温桶，鸡汤还是热乎的，香气悠悠地飘了满屋。向其琛闷闷地哼了一声，嘟囔道："吃吧吃吧，反正你走了，云老师还是我的。"

麦温如听闻，赶紧将云远道护在身后："我说了他是我的就是我的。你再这样，我就把云老师藏起来，看你找谁蹭设备去。"

向其琛见她终于有反应了，得了逞，坏笑起来。

麦温如知道向其琛是为着芄芄的事故意引起她的注意，说不定还想一步步将她策反，心里正盘算着要怎么反击，忽然感到手心热热的。身后的人悄悄将手放到她手中，轻笑时温热的呼吸扫过她的耳郭，带来一片灼热。

他低笑道："藏好了，只是你的。"

（4）

食堂打来的那份饭最终落进了向其琛的肚子里，麦温如不浪费粮食的精神阻止了云远道，而云远道又用一句"食堂的饭比较硬，你吃了会胃疼"阻止了她之后，向其琛终于在这份黏腻中爆发，夺了饭盒和筷子走出办公室，一个人蹲在楼梯口报复性地将饭扫了个精光。

自打上次芃芃说给她一点儿时间后，他没敢再打扰，芃芃也没再在他眼前出现过。他头一次发觉申光大学占地四千亩的校园大得如此过分，竟能让一个他每时每刻都挂念在心头的人消失得像没存在过一样。他一边想着补救方法，一边继续埋头课业，每天两点一线在申大和海洋所之间穿梭，总抱着能再见的想法，以为暂时性的断联是为了能够更好地重逢。

却在看到宋叶芃的好友，看到她好友眉目间和她神似的一些天真和偏执时，猝不及防地被浮出水面的思念狙中，他才惊觉原来想念累积得这样深厚，才惊觉这段时间里她的缺席就像一颗被蛀空的龋齿，没发作时麻木不仁，仿佛他一切皆好，但某天不慎咬中了某样锐物，平静便被刺破，翻江倒海的酸痛直达心底。

麦温如陪云远道吃过饭，向其琛主动提出送她回学校，她正想推托，云老师却恩准了。

两人在停车场依依惜别，麦温如从云远道手中接过只剩饭盒和保温桶的保温袋，在他叮嘱她注意安全的絮叨声中，主动踮起脚亲了他一口。眼看云远道一改平常的清冷变得柔和似水，在麦温如面前整个人像蒙了

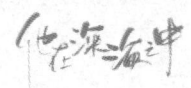

一层柔光滤镜似的，嘴角的笑意就没淡下来过，向其琛忍不住惆怅地捂眼：剩饭他吃了，怎么还有这种齁甜的加餐啊……

于是他故作深沉地规劝她："我说小'烧麦'，女孩子还是得矜持些，据说如果表现得太喜欢对方，反而会显得没有魅力噢。"

麦温如一愣，迟疑地看向云远道，小鹿一样的剪水眸含着委屈："真的？"

"假的。"云远道毫不犹豫地否定，大大方方在她额前印下一吻。

麦温如心满意足地和他告别，在向其琛解锁车门后迅速溜上后座。

向其琛无奈，打开驾驶门时，听到身后云远道平静的声音，徐徐道："大洋环流中只要动力存在，下沉的海水总会回来。"

向其琛不明所以地回头看他。

"所以我对她，同样无限循环，只增不减。"

（5）

坐在向其琛二手小本田的后座，麦温如安静得出奇，向其琛不用猜都知道她是在替芃芃生气，这两个小姑娘自小就跟双胞胎似的，彼此之间一个秘密都不留。

他没话找话般问麦温如："'烧麦'，你就不好奇我去云老师那儿蹭什么设备吗？"

麦温如冷淡道："我又不懂你们理工男那些事。"

向其琛早料到她不会接这话题，自顾自地解释下去："我们学校的实验室配置不比海洋所差多少,但有些工科类的设备我没权限申请使用,又不敢惊动汪老,只能来求云老师,借他的面子蹭他同事的设备用。"

"哦。"

向其琛被她的冷漠呛到,尴尬地咳了几声,干脆开门见山了,问:"你懂不懂我的意思呀?我是在给芃芃准备道歉的礼物。"

麦温如这才终于从手机里抬眼,平静地扫过后视镜,但拒绝和他对视。她说:"我不了解你,但我觉得你很矛盾。我可以理解你不想提及自己的父亲是因为你对父亲不屑一顾,但这种事你打算瞒一辈子吗?还是说,你从来没有考虑过和芃芃的未来呢?"

向其琛答:"我当然考虑过。我希望在我做出了一点儿成绩,让别人都不会只把我看成是他的儿子时,再告诉她也不迟。"

"她从来不会只把你看成是任何人的儿子,对她来说你就是你。你连这个都不能确定吗?"

"我当然能确定,"他直截了当地阐述自己的观点,"所以就算我不告诉她,又有什么影响呢?"

这回轮到麦温如被他的话噎住,他有他的逻辑,芃芃有芃芃的逻辑,互不相容,难怪上次谈崩了。她叹了一口气,轻声道:"芃芃还说你很聪明呢……就是这种说和不说都没有影响的时候,才能看出彼此的坦诚和信任啊。"

向其琛愣了一下,他没有这种细腻的心思,只是一直在自己的想法

里纠结。他弱弱道:"我没有想这么多……"

麦温如继续追问:"还有,你为什么要向父亲低头呢?而且是因为这种小事。这样只会让她对你,也对自己失望。"

"我不懂奢侈品购买的门路,急得都发朋友圈求代购了。他买给我时,我想着无非就是欠一个代购的人情,到时候多打一笔代购费给他就是了,真的没想那么多。我做这些都只是想让芃芃开心……"

"是为了她,还是为了你自己回归上流圈子找个粉饰太平的理由,只有你自己最清楚。"

"我当然清楚。"向其琛斩钉截铁道,"我只希望能和她在平等的位置上继续走下去,而不是凡事都要靠她帮我。"

麦温如看了他一眼,见他眼神灼灼,不像说谎的表情,便终于放下了一些戒心,道:"你也许真诚吧,但这次你的真诚用错地方了。"

"我知道,"他终于投降,"所以我很希望能弥补。你能帮帮我吗?"

麦温如望向车窗外,各色建筑融在夏风里,一方一方,像柠檬汽水里的冰块。想起芃芃近来总像有些心事的脸,麦温如终于明白她那句话的意思——希望一个人开心,是最真诚的愿望。

"好吧……"

(6)

宋叶芃来到和麦温如约好的地点——正是那家她和向其琛初次因为

胸针闹得不欢而散的咖啡馆。她刚下车就看见窗边坐立不安的向其琛，一身蓝白配色的少年感穿搭，那一刻她想起无数个他曾在前方等她的瞬间，穿校服的、穿便服的、含笑的、微愠的、抱着花的、用体温给她暖奶茶的，自打十六岁起就坚定地只注视着她的男孩。

一时间，心中痛也不是恨也不是。这人精，算准了"烧麦"肯定第一时间向她汇报了偶遇他的事儿，这一招借"烧麦"约她的戏码，明了看是曲线救国，实则完全是装傻充愣在试探她，好各自都找个台阶下。

宋叶芘一言不发地坐到他对面，服务员端来他点好的咖啡，原萃浓缩的冰美式，她的心头最爱。

天边是高远的蓝，直直泼到窗边。向其琛深深地凝视着她，嘴角噙着微笑，语气轻松地开口："最近怎么样？"

宋叶芘不接他的招，冷冰冰地戳破他的笑意："你不要假装出一副什么都没发生过的样子。"

他早预计到她不会领情，垂下眸子，露出回忆的神色："你还记得高中时我带你玩的那款游戏吗？你卡在第五十九关，怎么都过不了。后来我给你装了一个游戏补丁，让你的角色拿到了一些特殊的道具，再重新读档后就顺利过关升级了。"

"所以？"

"所以我想请你给我一个安装补丁的机会。现在我已经将补丁准备好了。"他拿出一个首饰盒，与之前装胸针的昂贵丝绒盒不同，这是一

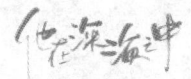

个粗糙的木制方形小盒。他将它放到桌面中央,说,"我们稍微倒回一点儿进度,回到我送你胸针之前——我们可以把它看作上一关,然后,重新读档。"

宋叶芃不明白他葫芦里卖什么药,警惕地看了他一眼:"你要干什么?"

见她没有表示反对,向其琛便当作她默认了。他递给她一张对折的A4纸,微笑道:"首先,请重新阅读一下玩家介绍。"

她打开,竟是一张户籍证明。

"向其琛,男,二十四岁,出生日期和身份证号如图所示,目前是申光大学海洋生命学院的硕士研究生,二年级,专业方向是海洋生物学。至今共发表论文十篇,其中有三篇 SCI,目前正在准备硕士毕业论文,未来规划是去国家海洋研究所读博,争取留在研究所,心仪的博士导师是云远道。十八岁考上申光大学后将户口迁进学校,虽是集体户口,但自我感觉已然独立,称得上自成一户。未成年之前,是家中的独子,父亲王宗骏,是一名投资商,年轻时入赘,我随母姓,现在逢年过节我也是回外祖父外祖母家。我父亲现在有他自己的家庭,与我无关,我也不会关心。母亲向龙雯,一名经济学教授,年轻时和王宗骏是同学,与他相爱并结婚,四十一岁罹患子宫癌,苦苦斗争两年后不幸去世。你大一用过的那本《微观经济学》教材,我母亲在世时就曾参与编写。我的家庭背景很简单,往大了说,有我母亲的亲人,A 市一个世代读书从教的小家族,如果你想认识他们,我随时愿意带你回家；往小了说——就只有我自己。"他平静地陈述完，末了问她，"还有什么我没说明白的吗？"

宋叶苋头一回听人背家谱，呆了，喃喃道："暂时没想到……"

他见她脸上的冷意终于融化，柔柔地笑起来，将桌面上的木盒推到她面前："那你打开补丁，决定要不要安装吧。"

宋叶苋将信将疑地拿起木盒，拇指顶开盒盖，映入眼帘的是一枚款式精致的戒指。白金戒环上文着简约的海浪花纹，爪镶的戒托上是被打磨得流光溢彩的圆形透明脂球，中央凝着一颗浅金色的细砂。

她不解地看向他，他抿了抿嘴，解释道："你知道，我的硕士学位论文选题是有关海底深部生物圈的研究，也就是说，海底上千米内的岩石和底层的微生物都可以列入我的研究范围，成为我的研究对象。但是，深海生物圈的规模有多大，至今都并未清晰，人类对海底世界的了解还不如月球表面。这颗深海砂就来自深达2500米的大西洋底部。它经历过海水亿万年的冲刷，在一年前被海洋所的科考船打捞到海面上，来到你面前。现在你可能看不清楚，但它其实近似于心形。我挑了很久，借用了研究所的高倍显微镜在这颗细砂的最中央刻上了你的名字，光是这一项工程就用了二十个小时。然后，以一定比例的不饱和聚酯树脂为主原料，辅以一定比例的过氧化环己酮和环烷酸钴，调配制成树脂匀浆，再把这颗处理好的深海砂放进去，型坯脱模后做成琥珀球形。之后，我把它带到首饰店，在专业人员的指导下亲手把它做成了戒指。我知道它很普通，没有你看中的胸针那么名贵，没有经过意大利著名设计师的手

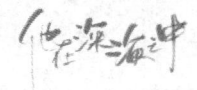

工制作,也没有炫目的珠宝点缀——但是它代表着我研究的起点,代表地球洋底数亿万年的沉积和演变,它封存在树脂里、戴在你手上,就永远、永远不会变质。"

研究的起始,最初心动的女孩,永不变质的喜欢。

他诚恳地说着,一颗理工天才的头脑,在幼稚的意象背后笨拙地表达他所有的热切与喜欢。

宋叶芃渐渐酸了鼻子,手里的戒指也越发沉重了起来。她将木盒放回桌面,向其琛生怕她放手,赶紧伸手与她相握,道:"对不起。我向来是个很自信的人,但到了你面前就总变得很蠢,总想着不能让你觉得我爱你爱得太少,不能让你觉得委屈。但是爱怎么能比较呢?这么简单的逻辑我之前居然想不明白。你说你爱我不是为了改变我,但我觉得,正是因为你爱我,我才变得更好,这比让我一成不变来得更加重要。我也希望,你能在我对你的感情里,得到更多的幸福和快乐。"

曾有人说,最理想的关系是:你越成为自己,越被另一个人所爱。这句话背后隐含一个反向的逻辑,即足够好的爱情能够让你成为更好的自己,能够让两个看似截然不同的人,殊途同归。

因为爱与关系指向的并非是它们本身,而是自我。

宋叶芃听完他的话,眼里的水雾终究没有凝成泪珠掉下来。她缓缓、缓缓地把手从他手里抽出,看着他讶异又带些恳求的眼睛,终于忍不住笑开。

她将手和戒指都重新递到他眼前,吸吸鼻子,带着点儿她特有的小骄傲说道:"安全检查已通过,请立刻安装补丁。"

指环穿过柔荑般的细指,定格在连接心脏的尾端,魔咒般连接一对永不分离的恋人。

第九章

"再温柔的海洋巨兽,也有悲伤的时候。"

TA ZAI SHEN HAI ZHI ZHONG

（1）

日子一晃到了期末，晴天的风像一群飞鸟，成群结队地钻进行人的衣裙里，飘飘地鼓着翅膀。大三最后一个考试周轰轰烈烈地从时间的车轨上碾过，麦温如刚交完最后一张考卷，一出教室就看到向其琛发来的微信消息："报答你牵线和好之恩，送你一次和云老师一起全球限量大航海。"

消息底下附了一个网址，麦温如点开，是海洋所科学考察船"科学号"的志愿者招募启事。

为期14天的近海环境科考，涉及物理海洋、海洋化学、海洋生物生态、海洋地质等相关研究，自 A 市码头起航，赶赴南海冷泉区，探索大海深处的秘密。作为全国首艘新一代海洋科学综合考察船，"科学号"本次航行不仅肩负着海洋所战略性先导科技专项的调查观测任务，更承担着海洋所在大方针指导下所计划进行的宣传活动，即通过各种方式向公众提供了解海洋科学的途径。这也是"科学号"首次对外招募志愿者，在船上资源和空间允许的情况下，向对海洋科学有兴趣的公众提供一到两个随船名额。麦温如翻到网页最后，看到"航次首席科学家"

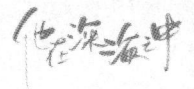

一栏赫然写着：云远道研究员。

她心动了。盛夏、海洋、船只、科研，全都令本就亲水的她心生向往，更何况最后那个向来对她有着致命吸引力的名字。

麦温如怀着期待和忐忑回复向其琛："但我不是海洋学的学生，会不会不符合招募条件呀？"

向其琛一句一句零零散散地回复过来，这是他和宋叶芃共有的聊天习惯。他说："这是向社会公众开放的，对专业没有要求。我反而觉得首次招募应该更看重社会影响力吧，我看还特意安排了一个知名报社的记者随船呢。其实国外有很多面向各专业本科生开放的出海科考活动，像在帆船上做海洋学研究的都与航行和海洋有关，人文社科的学生就当成通识学习或者暑期调研也挺不错的。"

言之有理，麦温如连连点头，心里的小锤子已经敲定了要去的决心。她将来有读研的打算，如果能在"科学号"上体验一下理工科学者的科研生活，和船上经验丰富的各路大神聊聊天、长长见识，想必也是一次不错的体验。

于是她火速点开报名链接提交了资料，道谢时顺带问了一句向其琛："你报了吗？"

他得意扬扬地答："我早上过'科学号'了。再者说，等我考上了云老师的博士，成了云老师不可或缺的左右手，还怕没机会出海？稀得和你们抢破头？"

麦温如轻飘飘地回一句："想必是阁下的学位论文还没写完吧？"

"……"

确实,暑假结束就要交初稿了,他正拼了小命赶进度呢,这当口要是天上掉馅饼,他都没空儿去捡。向其琛呛了两声,咕哝:"你和芃芃能不能别啥消息都共享……"

报名后根据资料进行海选,而后进行了一场志愿者面试,麦温如凭着海洋王国扮演美人鱼的潜水经历,连续两年获得国家奖学金、十佳志愿者等一大堆头衔,加之当年闯荡娱乐圈留下的些许涟漪,顺利拿到一个随船名额。原以为在面试时会见到云远道,想着要给他一个惊喜,没想到负责遴选的是所里另一个部门。直到装货出发的前一天,她在云远道公寓吃晚饭,眨巴着眼睛,小心翼翼地问他:"云老师,随船的人员名单你看到了吗?"

坐在她身侧的他一脸平静地往她碗里夹菜:"所里的上船名额每一个都是我亲自确定的。"

"那志愿者呢?不是有两个随船的大众志愿者吗?"

他眼底浮现一抹不易察觉的笑,浅浅看她一眼,故作冷淡:"对接的部门跟我说,已经确定好了。"

"你不看看都有谁吗?"

"就是两个名字,记住了也未必对得上号,见面那天自然就认识了。"

麦温如掩嘴窃笑道:"说不定会有漂亮小姐姐噢。"

"对我来说,上了船,就都是同事伙伴,没有男女之分。"

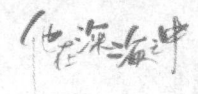

"……"果然够正派，反而更让人期待他在船上见到她时的表情了。麦温如便收起想告诉他的小心思，手指戳戳他，鬼灵精怪道："那你见不到我，会不会很想我呀？"

他风轻云淡道："我本来也不是时时刻刻都能见到你。"

麦温如对这答案很失望，撇撇嘴："什么啊……"

"我的意思是，想你是常态。"

她立马喜滋滋的，歪歪脑袋，问："多常态？有没有公式可以计算？"

云远道信手拈来："设一分钟内想念的次数为 N，则频率 f 等于 N 除以 60。"

"这么高频率不会影响你工作吗？"

"呼吸会影响我工作吗？"

"低级错误哦，云老师，呼吸可是先天行为。"

他岿然不动："我在类比，指向的是呼吸作为被表征物和想念之间所维持的主要知觉特征。"

麦温如不甘心被他智商碾压，更正道："在我们文科，这叫喻体和本体。"

"在我们理科，这就叫类比推理。"

她理直气壮道："你在和我说话，就要听我的。"

他稍一沉默，麦温如还以为他要憋个杀伤力极大的招数，结果他只是轻轻柔柔地笑了笑，说："好。向来都是听你的。"

她心中像升起一朵粉色的小蘑菇云。

25号装货结束,26号正式出海。麦温如借口家里忙没去送云远道,他相当体贴地表示了理解。下午两点,麦温如在工作人员的带领下和另一位志愿者准时出现在码头,远远就看见云远道一身和海洋所全体成员统一的橙色工作服立在人群里,挺拔的身姿尤其显眼。走近了,首先看清他背后印着偌大"国家海洋研究所"字样,其次是长袖上方绣着鲜红的国旗,最后是弹力腰带勾勒出腰部线条,将本就不凡的双腿衬得更加修长。

"云工,人到齐了。"

云远道闻声回转,炽烈的日光中看到他的小姑娘正嫣然笑着,海风吹乱她的马尾,无论看多少次都会怦然心动。他慢慢地、慢慢地将眼睛眯起来——一个看不出喜怒,但颇为玩味的表情。

工作人员向麦温如介绍:"这是云远道研究员,本航次的首席科学家。"

麦温如抢在他之前开口,落落大方地伸手,笑道:"你好呀,云老师,我叫麦温如,大家都喜欢叫我'烧麦'。以后就请你多多指教啦。"

他终于回过神,又似乎是早预料到一般,根本没有走神。他礼貌地回握,麦温如感觉到他手劲比往常大,温暖的大手在她虎口处轻轻一攥,权当惩罚。

她莫名就红了脸。

另一位志愿者是年近五十的企业家大叔,年轻时是海军,而立之年

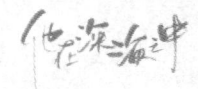

退伍创业。难得不发福的儒雅干练,笑起来中气十足,一看就是性情中人。

众人合过影,先后上船。

麦温如亦步亦趋地跟在云远道身后,他在队伍最后,和前来送行的同事们告过别,刚往舷梯上踏了一步,蓦然回想起什么似的,从口袋里掏出一板胶囊递给她:"待会儿上船了,找船员要瓶水,立马吃一颗。"

麦温如接过一看,是晕船药。她捂嘴笑:"云老师,你晕船呀?"不然怎么随身带晕船药呢?

"我本科时就开始出海,早就适应船摇了。"

"那这个是……"麦温如后知后觉,"给我准备的?"

云远道此刻简直啼笑皆非:"真当我是大头虾,连船员名单都不看?你入选当天我就知道了。"

"那你怎么不早说?"

"我就想看看你打算什么时候告诉我。谁知道你胆子这么大,直到上船都不说?"

麦温如想起自己早前试探他的戏码,羞红了脸:"你要是知道了,我就不演了呀!"

他悠然反问:"你想演,我怎么能不配合?"

"……"

憋不出话来了,她委屈巴巴地撇嘴。云远道失笑,伸手揉揉她碎发,柔声安抚道:"好了,乖乖的。"语毕,手在她眼前悬空,是邀请的手势。

"走吧,一起去太平洋西部大航行。"

（2）

作为科考志愿者，麦温如的工作是负责协助科学家进行海洋沉积物和水样采集，乍一听是相当有趣的事情，但重复地做起来就会变得相当无聊。用云远道警告她的话来说，大多数新人经历的就是"吃饭—吐—做实验—吐"的场景。

上船后所遇的第一件事就是被船上的政委召集到会议室，几十号人坐在一起接受了安全教育和培训，结束时麦温如便发觉手机已经没有信号了，好在船上还有公共 Wi-Fi，虽然龟速，但还能勉强上网。"科学号"作为全国首屈一指的科考船，设施非常完备，住宿、饮食和岸上差别不大，跟船的厨师手艺也很好。娱乐设施例如钢琴、健身房、篮球架之类，一应俱全，甚至有专门的影音室，里头配置了投影仪和音响，俨然一间小小的影厅。

当晚就听闻影音室要放电影，各路尚未晕船的小伙伴纷纷出动，乐呵呵地前来观影，结果一看库存影片，要么是《大白鲨》，要么是《惊涛大冒险》……

这未免过于应景了……

有道是"来都来了"，众人便挑了一部相对吸引人的《海底总动员》，其乐融融地看了起来。云远道顺道来瞅了一眼，见上至半百下至二十的众海洋所师生都盯着银幕上一条海葵亚科小丑鱼傻笑，半晌不能言语，摇着头默默地走开了……

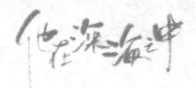

半道儿遇到刚和妈妈视频完赶去看电影的麦温如,他长手一伸便将赶路的她捞进怀里。麦温如一心想去影音室和大家熟络熟络,挣扎着要走,他干脆将她抵在墙上,低低笑道:"一直瞒着要和我同船的事不肯说,现在应不应该向我赔个不是?"

夜晚的海风有些大,响在耳边害她听岔了,急急道:"什、什么同床啊?谁要和你同床?"

云远道直接笑出声来:"什么同床?我说同船。不过,如果你想……"

麦温如羞得直捂耳朵:"我不想,我不想!"

他得寸进尺:"不想怎么会听错?"

麦温如搜肠刮肚找借口:"那是因为你普通话不标准,前后鼻音不分……"

"是吗?同船和同床,我说得明明很清楚啊。"

一句不是都说不上,麦温如哼哼唧唧地佯装生气:"斯文败类!"

云远道俯身下来,轻轻咬她耳朵:"我要是败类,你早就连骨头都不剩了。"

温热的气息将耳尖灼红,麦温如拿他没办法,只得埋下脑袋,示弱道:"我想去看电影啦……"

没想到他更会撒娇:"你舍得扔下我吗?"

"我就是舍不得扔下你才来的嘛!"

云远道不着痕迹地翻回旧账:"要来也不第一时间跟我说。"

"我要堂堂正正地来。"说着她挺直了腰板。

"瞒着我就堂堂正正了？"

怎么说都说不过他，何况他现在的目的就是想引她多说会儿话。麦温如干脆认输："对不起嘛……"

他嘴角露出一抹得逗的笑，想起多年前在综艺上看过的桥段，故意调侃道："道歉之后要做什么？你打小就有这个习惯的。"

麦温如涨红了脸："你怎么连这个都记得……"道歉过后要亲亲，这是年幼的她向别人表达温柔的最直接方式。

"我还记得很多你小时候的事呢，要我一一说给你听吗？"

"不用，不用！"她连连摇头，那堆黑历史要是一一说来，不就等于公开处刑吗？她赶紧投降，踮起脚在他唇边轻轻印了一个吻。

唇瓣稍一相接，她羞赧地退开，听到云远道意味不明地笑了一声，追着她的唇吻过来，她整个被他揉进怀中，他的吻比海面上的月光还要绵长。

（3）

真正开始科考作业后，整个"科学号"就仿若一台高速运转的重型器械，没有一颗螺丝钉得以清闲。麦温如没有出现晕船症状，反而是企业家大叔受苦了，吐得要打点滴。因此她更不敢闲着，连大叔的活儿一块儿帮着干了，一块小砖似的哪儿需要就把自个儿往哪里搬。

有意思的是，随船记者小姜姐姐看过麦温如的综艺，自诩是她的"死

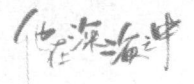

忠粉"兼她爸的"黑粉",每次见面就逮着麦温如疯狂问问题,总抓着她爸爸入狱的事儿想挖料。小姜姐姐长得周正,待人也真诚,麦温如知道她并非有坏心,偶尔挡不住攻势时,还真给小姜姐姐透过些口风。小姜听后心疼坏了,握着拳说忙完这阵约她做个专访,誓要揭露麦令的人面兽心。麦温如却觉得事情已过去多年,哪怕爆出来也激不起什么浪花,便只是随口应承,没有真的放在心上。

虽然麦令出狱也不过几个月后的事,但眼下她还在船上,就专心把科考项目做完吧。

船上的科研人员分为四个大方向,即物理海洋、海洋化学、海洋生物和海洋地质。首席科学家负责在作业前选取合适的点进行采样,物理海洋组负责轮班守着CTD采水器,平均每两个小时采一次水,其他组的小伙伴们到点儿了就来把他们采上来的水样取走。海化组要对水样进行预处理,海生组轻松些,采到的样本大多可以拿回实验室再分析,海洋地质组则主要采集沉积物。船上每个人的工作都是固定的,自己倒下了就意味着同伴工作量的增加,因此再苦再难都只能坚持。若是不幸晕船,也只能在旁边放个桶,一边吐一边做实验,吐满一桶就自己默默地拿去倒掉……

普通成员尚且如此,云远道作为首席科学家只会更加辛苦。麦温如印象最深刻的是第二周伊始时的台风天,到了夜里,所有成员都回自己的舱位休息了,连洗碗工谢叔都熄灯回房了,云远道却依然独自在实验室里写着报告。当时麦温如半夜肚子饿,从似乎随时要脱离地心引力的床上下来，扶着墙去厨房拿了一瓶牛奶、一包巧克力饼干，再扶着墙回舱位。半道儿上实在颠得厉害，她便决定抄条近路，经过实验室就看到了纹丝不动钉在椅子上写报告的云远道。

彼时风大浪急，整艘科考船犹如一条在海面上跳跃的梭鱼。麦温如光是站着就感觉五脏六腑都被摇成了糨糊，真不知道他是怎么稳如泰山般在那儿思考写作的，这定力真是令人叹服。

她走进去，悄悄将牛奶放到他手边。云远道这才从电脑前回过神，抬起眼皮看她时，黑色的眸子在暖光台灯下显得熠熠生辉。

麦温如伸手轻轻抚平他紧皱的眉头，细声问他："要不要休息一下？"

他揉揉额角，摇头："有些事现在不做，堆着堆着就成山了。上了岸，更忙不过来。"

"有需要我帮忙的吗？"

"不用，你忙了一天也很累。"他牵着她的手，淡淡的笑意在灯光下晕开，"我看着你，就当是休息了。"发觉她另一只手里攥着的巧克力饼干，又问，"肚子饿了？我去给你做个三明治？"

"别，已经很晚了，再折腾会儿你的报告不知道什么时候才能写完。我随便吃点儿垫垫就好，睡着了就不知道饿了。"

云远道想了想，没再坚持，说："现在在公家，厨房不好乱动。要是在我们自己家，我起来就给你开个豪华小灶了。"

麦温如笑得软软的："你今天不是让文魏学长去钓鱿鱼了吗？他烤

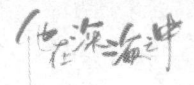

好的第一只就拿来给我吃,这就是托你的福有的豪华小灶了。"也托那只烤鱿鱼的福,她到晚饭点还撑着,愣是没吃下几口,半夜才饿得要起来加餐。

云远道闻言笑得温柔,似乎甲板上麦温如和小伙伴们一同工作或嬉闹的场景还在眼前,总让他在百忙之中抽空抬头看时觉得满心温暖。他说:"明天定点观测,船不走,任务也少,他们肯定玩得更开。你早点儿休息,睡饱了才有力气和他们折腾。"

麦温如连连点头,她本也不想打扰他太久。云远道起身送她到门口,松了牵着她的手又忍不住恋恋不舍地抱着,最后在她额前印下一个晚安吻,沉声叮嘱道:"乖乖睡喔,小麦同学。"

麦温如感觉自己像颗被高温炙烤的太妃糖,整个融化在他的温柔里。她点点头,向前迈了半步,又转身朝他挥挥小手:"晚安。"

船只被海浪抛起,将他往她的方向抛了一步,云远道便干脆顺势又贴上来补一个吻:"晚安。"

如云远道所言,次日台风还有些余威,船在采样的定点处停靠,边避风边继续作业。上午的任务顺利完成,午饭后风雨渐歇,乘客们留心着雨势,在风浪彻底平息后三三两两地往甲板上跑,各自玩开。垂钓的垂钓,扔漂流瓶的扔漂流瓶,更有水性好的,仗着不是深水区,放了梯子就往海里扎。云远道正在会议室里和同事研究周遭海域的地震波图,原本高度集中的注意力被门外陆陆续续跑过的脚步声分散,他隐约听到些不安的喊叫声,便到门口抓了个学生问:"什么事?"

那学生急得像无头苍蝇:"好像有人溺水了!"

他脑袋里"轰"的一声,不祥的预感兜头砸下来。他强作镇定地往甲板上跑,一路上双眼像雷达一样疯狂地在人群中搜索麦温如的身影,意料之中的,没有发现。多年前刻入骨髓的恐慌感瞬间袭上心头,他知道自己正在发抖,这让他感到前所未有的羞耻,但他控制不了。

走到栏杆旁身子已然摇摇欲坠,云远道瞥一眼通往海里的扶手梯,仿佛看见麦温如轻盈地踏过它一头钻进水里的样子,喉咙深处不自觉地发出呜咽声。他分不清那声音究竟是属于他,还是属于深居在他身体里另一个发了癫的灵魂。

九年前,未能在海中溺死,却再也无法存活的灵魂。

他开始脱工作服,不顾其他人的劝阻,着魔般愣愣望着起伏的海水,仿佛这一刻的时空终于同九年前瑞士盛夏的那片湖水相连通,但这一次他再不允许自己有迟疑或逃避的可能。

文魏最先察觉了云远道的不对劲,拼尽全力抱住他的腰,在云远道用手肘击自己时,吃痛地大喊道:"老师,老师,水里的不是小麦,不是麦温如!"

云远道挣扎的幅度蓦然小了,却仍没有完全停下。此时在海里救人的船员终于浮出水面,怀里奄奄一息的溺水人员是物海组的一名男生。接应的船员呼啦啦地跳入水中,三下五除二将人捞上来,交给船医急救。

云远道仿佛被什么彻底抽空了,呆呆地望着躺在甲板上不断往外吐水的男生，浑身的关节都在微微抖动着，似乎有什么蛰伏已久的东西要破土而出。

终于，那名学生吐完了水，模糊地恢复了些意识。众人急忙将他移回船内继续治疗。云远道颤抖着声音交代文魏清点人数，一回身就看到正从船舷跑来的麦温如。她身后是随船科考的报社记者，手里还拿着一个没来得及扔下海的漂流瓶。

原来她和记者姐姐去放漂流瓶了啊。

云远道心口的巨石落了一半，文魏跑回来，向他报告全员平安，那一刻他直接跌坐在甲板上，废墟般坍塌下去。

文魏彻底慌了，好在麦温如及时赶到，二话不说蹲下将云远道抱住。她这才发觉平日里那样意气风发的男人，此刻竟悲怆得发抖，心口的破洞在大声地号啕，她用尽全力拥抱他、安抚他，却发觉一切徒劳无功。

她似乎根本没有办法填补他的空缺。

"他没有回来……"

云远道的喉咙仿佛被钳子夹住，只剩下游丝般的气息挤出气管："简道游下去，就再也没有回来。"

（4）

太平洋西部的中国南海在眼前无尽地展开，从"科学号"的最高点往下俯瞰，如同一块巨大的、将要凝固的蓝色琥珀，茫茫的浮游物或白色泡沫是将要定格的标本。麦温如抱着情绪突然崩溃的云远道，心里的海陪着他澎湃汹涌。

原来，再温柔强大的海洋巨兽，也会有悲伤的时候。

良久，他逐渐恢复平静，才艰难地开口。

时间的沙漏倒回到九年之前。

盛夏的瑞士联邦，屋脊般连绵不绝的高山，阿尔卑斯山北面的苏黎世是全欧洲最富有的城市，从市中心的利马特河举目望去，地平线上的景色随着河水高高低低地流动。

那一年云氏兄弟二十岁，入学 ETH（苏黎世联邦理工大学）的第二年刚结束，即将走到本科生学年的结尾。两人刚熬过近半数淘汰率的一二年级，浅浅地尝到异域文化的自由和快乐，连学院举办的欧洲最盛大的年度舞会 Polyball 也只参加过一次，没来得及痴迷就戛然而止。

那个夏天云简道和徐婧到斯德哥尔摩群岛做登岛科考，非要拉上原本打算用整个暑假钻研拓扑绝缘体的云远道，引用徐婧的话——"两个双胞胎黏起来像麦芽糖，一个没来就像两个都没来"。某个炎热的午后，怕热的徐婧闭门不出，云简道拉着哥哥在小岛上乱逛，路过某家藏在木屋街道的潜水用品店时兴致大发，软磨硬泡非要租设备去附近潜泳。

云远道向来拗不过他。在他们这对双胞胎中，他是年长、安静却也内向的一个，两分钟的出生差距足以让造物主锻造两种截然相反的性格。弟弟从小更闹腾、更任性也更招人喜欢，平时没心没肺、说一不二，做起研究来却甩人好几条街。实话说，他虽然经常耍着弟弟玩，但就智商

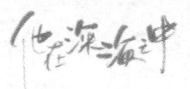

而言,他清楚自己是比不过弟弟的。

店主是一个大腹便便的美国白人,德语说得很烂,店面同他的胡须一样乱得像从未整理过。云远道心细些,付过租金后还想进打气房看看,好检查一下气瓶的具体气体配比,实在不行自己测气也可以。云简道却热急了,没让他往里走,把挑好的设备往老板的车上一扔,急吼吼地拉上哥哥就往海边冲。

那天午后的太阳高高挂在头顶,云远道兴致不高,懒懒地坐在船上慢悠悠地穿脚蹼,直到停在第一个潜水点时还没完成着装。云简道急性子,气得把面镜一脱,皱眉道:"你要是不想潜就别潜,我自己下去了!"

云远道怎么可能由着他自己乱来?本就是仗着自己拿过几次潜水冠军而扬扬自得的小子,要是没有他盯着,指不定闹出什么乱子来。于是他慢吞吞施施然地答:"你急什么?海还能跑了不成?"

"急性子"怒目而视,火不过三秒,忽而一拍大腿笑起来:"哥,你该不会是怕又输给我吧?自打考证之后,你好像就再也没下过三十米噢。"

云远道被弟弟戳中肺管子,但也不恼,他向来不是容易恼怒的性格,眼皮都不抬,答:"考到潜水长了不起了?我玩的是潜水,你玩的是命。"

"不玩命你玩什么潜水啊?没意思。"云简道抱臂。海风穿过船篷,舞动他本就蓬松的发丝,干净的少年在提起海洋时总是神采飞扬。

云远道含着笑看他,隐约有种望向一面镜子的错觉,镜子里的"自己"对所钟爱的领域开始无尽的浪漫想象:"潜到三四十米时简直可以海底漫步了，如果能见度好，看得清海底各种岩石、沉积物，各类珊瑚、海星等等，甚至有一些不怕人的小鱼会跑来围观你，好像你是个打破它们平静生活的外太空来客。那种感觉就像——"他桀骜不驯的脸高高扬起，"你终于穿透了几千米厚的大洋，海洋的本体一览无遗地展现在你面前……"

有人向往高空，有人憧憬深海。高空之外是无尽的天体和宇宙，海面之下则是无穷的生命和地壳。每一个生命体都像一颗独立的星体，在海水组成的太空中遨游。云远道爱数字的抽象严谨，爱它确凿的定义与模型，每一次的加减乘除都不会有例外的答案；而云简道偏偏爱海洋的未知宽广，爱覆盖了这颗星球近四分之三表面积的深蓝色水体，渴望触摸大洋那百分之九十五都是永恒黑暗的神秘地带。

他们像一枚硬币的正反两面。

云远道被弟弟话里的兴奋感染，嘴角勾起来，终是没忍心泼他冷水，于是问："这回打算潜多深？"

云简道转头问开船的老板这个潜水点的深度，得到答案"62米"，于是挑衅地对哥哥挑挑眉，说："比比看谁更快触底？"

哪怕是正反面也会在硬币落下时争一个先后，云远道回敬一个眼神表示接受挑战，二十岁总归是太稚嫩的年纪，战意很轻易就被激发。他利索地将剩下的装备穿完，流线型的轻型潜水服利落贴身，将他比云简道高出四厘米的颀长身形勾勒得很是漂亮。云简道对此闷哼一声以表不屑。

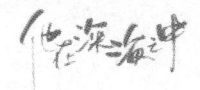

热身时云远道睨了船头正看风景的老板一眼,发觉老板正跷着腿将随身携带的酒壶里的液体往嘴里灌,便皱着眉开口制止他。有些喝醉的老板用带些醉意的英语答话,说自己无非是图瑞士这些压根儿轮不到出口的葡萄美酒才背井离乡,否则何苦在这鸟不生蛋的地方过活?他自认酒量好,白天来几口是喝不醉的。

云远道还是不放心,多叮嘱了几句。云简道拍拍他的肩示意别计较:"难得消遣嘛。"

"可这消遣说不定会要了他的命啊。"

云简道朝他挤挤眼:"为消遣而死,也是人生无憾。"

过分的享乐主义。云远道无话可说,咬好二级头,两人倒数了三个数,一同在空中翻了个身,以同样漂亮的姿势入了水。前三十米都很轻松,划着脚蹼像摆着鱼尾一样边游边快速往下沉。过了三十米就开始不对劲了,水压使得肩膀越发沉重,背上的气瓶也仿佛经受不起这压强一般,氧气蓦然从瓶内钻出,化成葡萄串般的小泡沫往水面上逃。云远道意识到不对劲,停下来检查了一番,发觉是连接残压表的高压管破裂漏气了,心中暗暗骂了一句该死。

没有备用的高压管,即便是背着备用气瓶也没有意义。他朝云简道比了个暂停的手势,却透过目镜发觉对方此时异常兴奋,竟用手势回应道:那你先上去吧,我再下去看看。

潜水员都知道潜伴规则的重要性,更何况这是在一片对他们来说完全陌生的海域。云远道放心不下,根据气瓶现状心算了一遍,一个满的气瓶 3000PSI 约等于 200BAR，按现在所处的深度、水压和气瓶的泄露速度来算，残压表到零起码需要二十分钟，这时间足够自己陪他往返一遭。

于是，他不顾自身安危，继续跟着云简道往下沉。

过了水下四十米，渐渐远离了光带。云简道一直领先云远道三米左右，似乎很享受在水中恣意伸展的时刻，一反常态地和他没有任何交流。云远道奋力追着，背上的高压管却不争气，裂口越发大起来，原本葡萄般大小的气泡膨胀了三倍，残压表的数据越来越不容乐观。

他再没办法往下了。

他踟蹰了一阵，终于对弟弟打手势道：气瓶不行了，上去吧。

按常理讲，云简道绝对会陪他一同上岸去，云简道惯常是喜欢黏着哥哥的。但这回云简道没有，似乎深海有什么正在召唤他一般，只朝云远道招招手表示知道了，顺带加一句：我想到底下看看。

云远道拉不住弟弟，背上的气瓶也不容许他久留，无奈，只得再比手势：那我先上去了，你注意好自己的气瓶，别留恋太久。

云简道点点头，顺手开了探照灯，独自义无反顾地往下潜去。二人在此别过，云远道纵身向上游，心中的不安犹如蠹虫一点点地将他蚕食。他几乎是一步三回头，远远看着云简道头上那束淡黄色的探照灯被深蓝色的海水笼罩着，那游弋着的少年一往无前朝着未知的深海进发，渐渐与他远离。

他叹了一口气，默默祈祷平安。

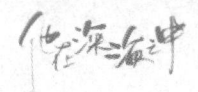

那时他还不知道,那竟是他与双胞胎弟弟之间,见的最后一眼。

云远道浮上水面,第一时间去看船上的潜水电脑,显示云简道此时下潜的深度是 62.26 米,显然已经到了海底。叫醒那位趴在驾驶座上呼呼大睡的老板,云远道难掩心中怒火,指着破裂的高压管,黑着脸质问,得到一句:这个气瓶是多年前的老旧型号了,偶尔发生故障也很正常。

云远道终于明白自己这是遇上黑店了,尽力保持着最后一丝理智:"你该庆幸用到它的是我,如果是我弟弟,我一定不会放过你。"

老板自知理亏,赶紧挺着圆滚滚的肚子去搬新气瓶。

时间一点点流逝,眼看已经接近潜水计划的免减压极限时间,云简道还是在那个固定位置,一点儿返回的意向都没有。

云远道的心率莫名加快,心口猝然发痛,仿佛一个能与谁共享的开关被触发,他渐渐觉得呼吸困难。这时候屏幕上所有的数据都化成了铁蹄踏破他的故作镇定,那似乎是一种过于不祥的心有灵犀。他赶紧操作仪器准备向云简道发信号,示意云简道赶紧上来,点下回车键时,他发觉自己的指尖颤抖得几近失力。

信号发出一分钟,云简道所在深度仍然没有变化。

两分钟,三分钟,四分钟……

过于诡异的安静。老板终于也意识到了不对劲,主动提出要给附近的救援船队打电话。云远道怒极,却也无计可施,只能强压着怒火,再次穿上新装备准备下水。站在船头的老板向救援队报完坐标,刚放下电话,目光触到远处浮在海面上的一个小黑点——那是一只水肺脚蹼,美国进口的黑色分体式蹼片,整座岛屿只有他的店正在使用。

"What the……"

那种美国人见了鬼才有的语气袭击了云远道,他顺着老板的目光看去,仅存的自持被那只孤零零漂浮着的脚蹼踩碎。顾不上什么破裂的垃圾高压管,自己的脚蹼也不要了,云远道戴着面镜一头扎进海里,落水之前还听到老板惊慌失措的一句:"No,It's impossible!Come back!(你不可能救他了,回来!)"

他狠狠咬着嘴里的二级头,控制着浑身发僵的肌肉,沿着原定潜水点拼命朝下游。一路上寻找着那盏淡黄色的探照灯,他多希望此刻能够看到那束昏黄的光柱,哪怕就回到数分钟前云简道摇曳着往下游的场景也好。电脑显示云简道仍在海底,他便疯了一样往下沉,新换的气瓶却故技重施,不到四十米便又开始漏气。

这该死的旧设备!

不幸的是,这次出故障的是连接BCD充气的低压管,其泄露速度之快,可以使气瓶中的氧气在几分钟内消耗殆尽。云远道有一秒的迟疑,在那一秒他意识到自己可能永远无法抵达62.26米的深海,同样的,也无法顺利返回四十米之上的海面了。

于是他选择继续向下。凶也好吉也罢,他都该更加靠近他的双胞胎弟弟,那个与他一同来到世上,二十年人生中从未分开过,容貌相近而思想几乎连体的双胞胎弟弟。

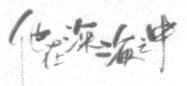

低压管吐出的细密气泡犹如冲击波般带着节奏,似乎正代替毅然赴死的潜水员在水中发出哀号。下潜到五十八米,气瓶用尽,他借着探照灯模糊地看到海底地貌,坑洼的岩石群和斑斓的珊瑚交错,水草向上伸展着,唯独不见他所寻的人影。

云简道不在这里了。

憋着肺里的最后一口气,云远道将四周搜寻了一遍,一无所得。海水呛进口中,呛进鼻腔,呛进肺里,他从不敢呼吸到本能地挣扎着呼吸,反而让腥咸的海水得寸进尺,硫酸般徐徐通过气管腐蚀着他的身体。

意识逐渐抽离大脑,他感觉自己慢慢地融化了,化成了海水——深蓝的、透明的,没有形状。

(5)

云远道再醒来是在岸边,整个人躺在担架上,第一眼看到给他做急救的外国医生。见他醒来,医生松了一口气。而后他看到头顶明晃晃的太阳,那一刻他仍然感觉自己像一捧被舀上来的海水。

他强撑着起身,浑身是被海水冲洗过的灼痛感,一眼便看到三米开外被人抬着放进黑色裹尸袋的另一张与他一模一样的脸。那一刻他以为自己产生了幻觉,莫非是那些电影电视剧里演过的,死后灵魂不自知,直到亲眼看到自己的尸体才醒悟?

他花了很大力气才明白原来那是云简道。

来办案的警察说初步判断是醉氮引发幻觉,明明抵达的是海底却自以为上岸,自行脱掉装备后溺死。云远道哀哀地苦笑一声,眼泪喷出来,甚至忘了切换语言,直接用中文道:"你开什么玩笑呢。"

那警察露出疑惑的神情,用德语说:"你会说德语吗?成年没有?如果不是救援队来得及时,你可能也死在海里了。你能不能通知你家人尽快赶来?"

云远道不理他,只呆滞地望着弟弟,原本充满活力的一个人正苍白地躺在黑色的袋子里。警察利索地拉上拉链,好像那无非是海里冲上来的什么垃圾。他感觉是自己死在了那里。

他转眼看见正受着审问的潜水店老板,原本浑身无力的他就那样扑了过去,愤怒的拳头砸向白人大叔。

那是云远道人生中第一次失控到出手打人。

但很快,他被警察制伏,三个彪形大汉轻易将他的手臂扭到身后,他的半张脸被按进沙里,眼泪、唾液和细沙混合在一起,喉间的哀号终于在此刻释放出来。

诗歌中写过,肝肠寸断的号哭。

那之后云远道迷路了,才明白原来双胞胎不是双胞胎,而是连体婴,但云简道却生生地被人切开拿走了,切面还汩汩流着血,世界却强迫云远道一个人躺在单人病床上苟活下去。那病床像万亩相连的纵横阡陌,他一走失就是好多年。

父母从国内赶来瑞士陪他治病,陪他从一家医院转到另一家,吃加

222

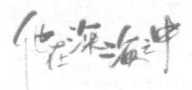

起来比饭量还多的药丸,住在他执意不肯搬离的旧房子,配合他发病时假装弟弟就在身边玩闹着的戏码。

他那时的房东是个阴鸷的中年男人,住在一楼,酷爱收藏枪,所有成年的瑞士男人都酷爱收藏枪。云远道刚搬进来就发觉自己房间抽屉里有一支 P229 型手枪,不知道是房东遗漏的还是故意为之,当初的他毫不留情地用书本将它埋住。

爆发是在某天中午,他陪妈妈在厨房忙碌,白嫩的鸡胸肉从手里滑落进装满清水的洗手池里,上上下下地浮动着。那种白仿佛是裹尸袋里的尸体的白,那池水仿佛是斯德哥尔摩群岛索命的水。

他突然就想到,简道一个人漂浮在无尽头的海水里,会不会觉得很冷很痛?

他毫无征兆地大哭起来,从前和弟弟一起骑车,摔断了腿都不见得掉一滴眼泪的男孩儿,变成一只随时随地都会失控崩溃的搪瓷玩偶。他早就碎掉了。那是精神上的癌变。

爸爸赶来控制他,手段无非是用药片或注射器。抗体让他醒得很早,空无一人的房间里他翻出那支手枪,站在白炽灯下无限地望进去。

他的手就在扳机旁边。那曾是解题目的手,是算术的手,是寥寥几笔就能解出一个微分方程式的手。但他不认为往后他还能若无其事地算下去了,他此生都无法再相信有任何事是能根据公式推导演算出来,而结果还能按照他的期望永恒保持不变。

他想要一了百了。

意外地,爸爸仓皇地破门而入。那是他第三次看到爸爸哭,才惊觉男人的鬓角如此花白,像一场不被期待的雪。父亲哀求他留下,说自己不能再承受一次丧子之痛,世上没有任何一对父母能够接受一下失去这么好的两个小孩儿。

父亲对他说:"你不是自私的人,但爸爸妈妈是。你为了爸爸妈妈活下去,健健康康地活着,好吗?你可以把从前发生的所有事忘掉,你可以假装爸爸妈妈只有你一个孩子,你没有双胞胎弟弟,他没有出生当然就不会死掉。你说你们两个是一体,他死了就带走了一部分的你,但你有没有想过,你的身体里也许还有一部分的他?你可以带着这部分的他活下去。你可以成为他,可以替他去经历那些他来不及经历的人生,去读研、读博、恋爱、结婚、生子,你可以连同他那一份好好地活下去。"

云远道无措地站在那里,手中那把没来得及扣动的枪掉到地上,发出"吧嗒"一声,似乎在他心里落了一把锁。

他不能假装没有弟弟,却可以假装弟弟没有哥哥。他可以假装那天的醉氮没有发生,假装最后被救上岸的是云简道,而他自己死在那场气瓶泄露的海难中。

正反面里,他选择了与自己相反的那一面,舍弃了自我。

也正是这样的舍弃,才能令他活下去。

(6)

光阴荏苒,云简道已离开九年。这九年中云远道踽踽独行,曾遇到

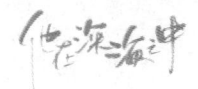

无数温暖的人,渐渐地从那场破碎中康复,每一道伤口都在他向云简道蜕变的过程中逐次黏合,尽管碎裂的痕迹不可修复,但大体也算成为一个正常人。

直到这次"科学号"上发生意外溺水事件,九年前曾刻进他灵魂深处的恐慌症发作得猝不及防。他抽噎着压抑在心中的悲伤,喃喃地问麦温如:"我怎么能让他一个人就那样下去了?我怎么能自己先走?他原本以为自己是跟着我上来的,但我居然没有把他带回来……"

他要怎么想象?他的胞弟在幻觉之中与他一同上了岸,却在六十二米的深海自以为登陆,卸下装备后,被深爱的海水溺杀。果然,他没有痊愈过,精神上的癌变是无法痊愈的。

云远道的话仿若凿井工具般一点点打进麦温如内心深处,再将那些滚烫的泪水源源不断地抽出来。她紧紧抱着他,心痛得脸上同样泪痕斑驳,只能尽力安慰他道:"你已经做得很好,你还能做什么呢?你回头去找他了,甚至为此差点儿也送了命。我知道他对你非常非常重要,但是这不是你的错……"

"我可以做得更好。我不应该让他进那家潜水店,或者我应该亲自检查所有气瓶,甚至多找一个潜导……"他的声音越发无措,"我原有无数个机会,可以阻止他离开我。"

麦温如心如乱麻,再不忍与他对立,只得无奈道:"可是事情已经发生了。你补救过,但人永远都有无可奈何的事。哪怕是再伟大的学者、科学家,都无法改变已经发生过的事。"

一句话醍醐灌顶，云远道愣了愣，科学家本能的理性将他从情绪的深谷中拖了出来。他僵着脸说："是……事情已经发生了，而且已经过去这么多年。我曾想过，失去了那么重要的人，世界会变成什么样？"他坐在甲板上，声音渐渐低下来。麦温如松开手，看见他那被泪水冲洗过的眼底比清水还要寡淡。

他说："答案是一如既往。人死了，就像水滴消失在水中。"

麦温如抚上他的脸，声音透出坚持，想要借此给他一些力量。她说："但是你记得他。你脑海里每一个关于他的回忆，都成为他来过的证据，成为他的意义。这些都不会消失的。"

云远道抬起眼帘看她，目光中透出叫人心疼的茫然："万一有一天我也消失了呢？"

"你告诉了我，我就会记得他。"她与他十指相扣，大掌与小掌相贴，温暖的体温在这一刻共享。

麦温如紧靠着他坐下，垂眸看着他们各自凸起的指节，柔声细语道："云老师，这么说可能很唐突也很俗气……但是，我爱你。我可能还没搞清楚什么是爱，人们都说只有在你脱口而出这句话时才是真的，那么我想，在这广阔宇宙中，无尽时空里，这一刻的我会因为爱你而永存。人在关系里是可以永存的。所以你不用担心自己会消失，我存在着，就会记得你，也会记得他——我们一起记得他。"

她的声音带着暖人的温度，云远道凝眸望向她，冰冷的手终于止住了颤抖，眼底的颜色暗到极处反而光润起来，盈盈地凝成一颗水珠，落

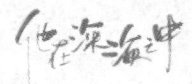

在深色的衣衫上，洇开不规则的痕迹。

"谢谢。"

谢谢你在我这样狼狈且脆弱的时候，接纳我所有的不安和恐惧，使我心中最脆弱的部分得到最温柔的安置。

此刻之后，我不再去想世间还有多少生与死的苦楚，因为眼前有你爱我。我通过你的爱找寻到原本失落的轨迹，继而，有底气去面对世间万物。

（7）

科考之旅接近尾声，每日都是晴朗的好天气。傍晚天高无云，夕阳的橘光模糊了一切的边界，太平洋深沉的海面上凝聚着整个夏日的虚幻和明亮。云远道结束了一天的工作独自站在船首，听海浪拍击船舷。

他腰间一暖，侧脸嗅到女人身上熟悉的暖香，不用回头也知道来者是谁。麦温如轻笑着问："怎么在这里发呆？"

云远道转身回抱她，声音比往日更沉，道："今天……是简道离开的日子。"

麦温如心脏微缩，这才看到他手中捏着一张云简道的黑白寸照。照片里的英俊少年微笑着，乍一看与云远道身份证上的人像照极相似，她才知道，原来他对那张照片的执念也是出自云简道。

他真的曾将自己活成了云简道的替身。

云远道的目光落在远处的海面上，似有千斤重。他忽地叹道："近十年了，才觉东坡一词，当真千古绝唱。"

不思量，自难忘。千里孤坟，无处话凄凉。料得年年肠断处，明月夜，短松冈。

"如果他没走的话，也许该是他站在这里。"

"那你呢？"麦温如总在他说的有关云简道的话里想到他，"如果你没有成为海洋学家，会做什么？"

他的回答出乎意料："我没有想过这个问题。"这些年他一心一意想代替弟弟活下去，竟没有分出过一秒钟来思考自己究竟想做什么。

麦温如便随口推测起来："数学家？"他说过他喜欢研究几何拓扑学，又补一句，"拓扑学家？"

"也许吧。"

麦温如抬脸看他，认真地问："你真的喜欢海吗？"

云远道知道她言下之意，便道："这个问题放在七八年前，我也许还会犹豫，但现在绝对是肯定答案了。对一个领域的热爱，如果不出自本心，只靠别人，那叫勉强。别说做科研，就只是普通的工作或学习，勉强着怎么能出好成果？"

那一刻云远道想起当初和弟弟在深夜畅谈未来时的情景，那时尚且年少的云简道一腔热血，谈起理想时总是高高扬着满是稚气的脸，骄傲地对他说："海洋科学和国防紧密相连，从历史维度看，也是向海则国兴，闭海则国弱，因此海洋科学家不仅是职业，更是使命。"

这样年轻有天赋的人有这般觉悟，注定会有一番非凡的作为，云远道对此深信不疑。那个夏天之后简道永远留在了二十岁，他以要完成弟

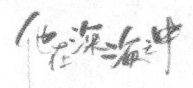

弟遗志的想法走到今天,所作所为不知能否比得上弟弟志向中的十分之一?

麦温如听着云远道的话,瞳仁里波光闪烁,温柔地看着云远道凝视海面的侧脸。

那些望向大海的人,会成为大海。

"全球海洋总面积约占地表总面积的71%,但这颗星球偏偏叫'地球'而非'海球',是因为我们本身是陆地上的高智慧生物,建立的不是来自海洋的文明。人类虽然不能在海里存活,但也绝不可能离开海洋生存,这样的依赖很微妙,总使人错觉我们对海洋了若指掌。但事实是,全球只有5%左右的海底被人类触摸过,做过详细调研和采样的海底更是只占海洋总面积的0.01%,加起来也不过几个足球场的面积。明明和我们在同一颗星球上同生共存,大海却像另一个世界。海里有什么、它们怎么生活、繁衍,和我们有什么不一样,这都是非常值得探寻的课题。对我来说,探索大海,了解一些它的奥秘,既能完成简道的遗愿,也能使得我的人生有些许意义,这已经是值得人穷尽一生的事业。"

云简道十八岁投身海洋科学时的誓言,也是支撑云远道在科研道路上行进的箴言。树上的男爵终生没有下地,不仅是坚守最初的誓言,更是因为树上的世界给予了他在地面所追寻不到的意义。

麦温如的担心终于消散,眼睛和笑容都很明亮。她说:"你清楚你在做什么,并且由衷地热爱着,我觉得这就很好。我很希望能成为你这样的人。"

云远道弯了弯嘴角，眼底是足以融化坚冰的温柔："你成为你，就已经足够好。"

麦温如窝在他怀里，安心地畅所欲言："回去之后，我就要准备保研和法考的事了。我打算保送本校，专业方向是刑事诉讼法。法考方面，客观题我已经学过一轮了，回去再加把劲，考起来应该也不算吃力。要走什么路，我都想好了，也知道会很辛苦，这些我都不害怕。只是……"她顿了顿，声音低沉下来，"十一月份麦令就要出狱了。到时候我的人生会怎样，尚未可知……"

云远道明白她的担忧，心里的疼惜涨起潮来。任何旅途在出发前都会令人心生怯意，而她要面临的不仅是未知，还有许多来自过去的痛楚。

"未来你一定会成为一名优秀的律师。"他肯定道，"这三年虽然很短，但你成长得很好，你现在有保护自己的力量，还有我，有很多朋友，已经不再是孤身一人了。未来会如何我们都不知道，但我会尽我所能，不让你受到任何伤害。"

云远道说着，牵起她的手，轻轻吻了吻手背，忽而呢喃一声："我爱你。"

麦温如没料到他会说得这么直接，脸在海风中渐渐变红了，绞着手指道："怎么突然说这句话……"

"我不希望你想太多。我虽然没有呼风唤雨的能力，但是我也很想竭尽所能，保护你，成为你的力量。"

麦温如被他深情注视着，心跳一乱，整个人靠进他怀里，小声说道：

"谢谢。"

云老师并不满意,双眼微眯:"用这句话回应表白,好像不大适合吧?"

"适合呀。"麦温如在他怀里抬起头,下巴靠在他胸前,漂亮的眼睛弯成一轮新月,"谢谢你爱我。你此刻爱我,我就感觉全宇宙都爱我。"

在陆地上无所不能的人类,置身大洋中时,都是如此渺小和卑微,更遑论在流沙一样瞬息万变的社会里,更遑论那么苍白的我们还要努力建立属于自己的生活。

但是,在我眼中比宇宙还要宽广的你,说你爱我。那一刻好像全世界的光都朝我身上扫来,我才知道原来我也值得得到那样深沉的爱意,你的爱成了我最好的注脚。

你让我自觉矜贵。

第十章

"你是悬在我心上的月亮,散发引力,引起潮汐。"

TA ZAI SHEN HAI ZHI ZHONG

（1）

麦温如意识到科考之旅完全改变了自己在云远道圈子里的地位，是在科考结束之后，她第一次去海洋所送饭。押身份证仍然是必须的，海洋所的面积堪比大学城，为了不让她乱闯到不该去的地方，带路人也是必须的，但一路上所遇到相识的工作人员和学生之多，一度让她觉得自己路上都在承受"弟妹""师娘"甚至"云工媳妇儿"的称呼洗礼……

这阵仗，她从前在娱乐圈时参加商演活动都没遇到过……

带路的文魏见她压力颇大的模样，故作神秘地朝她眨眨眼，笑道："是不是觉得认识你的人特别多？"

"是啊，船上有这么多人吗？"

"大家应该都是在老师的朋友圈或者是咱们所的公众号推文上认识你的。"

麦温如脑门上浮现一个巨大的问号——朋友圈她知道，推文又是怎么回事？她忙拿手机打开海洋所的官方公众号，在文魏的指导下点开"科学号"相关航次新闻通告栏，又点开一篇有关科考船志愿者的稿件。

她往下划着，内容她都再熟悉不过，都是小姜姐姐根据采访写的，惯常的一些日常介绍，连配图都大多出自小姜姐姐之手。可页面拉到底，她怔住了，最后竟放了一张她和云远道的抓拍——那是在百米海区采样时，她帮海生组处理分层采集的样本，和云远道一齐蹲在甲板上解捞上来的螃蟹。图中的她恶作剧地举着一只张牙舞爪的黄道蟹吓唬云远道，他警惕地抓住她的手，表情却相当柔和宠溺。她在这样的温柔中大笑，那笑容笼在早晨轻薄的阳光里，灵动得宛若海面上的精灵。

明明是很普通的工作场景，配图副标题也是很普通的"志愿者与科学家一同工作"，但那以人物为核心的构图和图中那种难以言喻的美好氛围，只一眼，就能让网友感知到这是关系不普通的一对儿。

难道这就是所谓的恋人之间的磁场？

麦温如正疑惑着，文魏补了一句："这张照片是云老师选的。"

她傻眼了："什么？"

"下船的时候，姜记者给他看了一眼，他就笑着说一定要用上它。"

出海那些天麦温如和小姜姐姐处得最好，但这事儿她压根儿不知道。

文魏接着说："这还不算完，昨天这篇推文刚发布，云老师就转到了各个群里，虽然只发了链接而什么话都没说，但真是……无声胜有声啊。今早上课，他还悄悄问我有没有看到。"

彼时的文魏早知道云老师是指新闻里那张堪比情侣写真的配图，便很给面子地扯着嘴角讪笑地答："当然看到了。老师您不仅研究搞得好，秀恩爱也是一把好手啊——绵里藏针，杀人不见血……"

"哎，别这么说。"云远道故作正色，没理会文魏的后半句话，眉

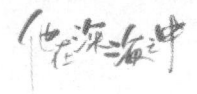

梢的笑意掩都掩不住,"主要是想让你们研读一下文章内容,见识一下我的小麦有多好多优秀而已。"

文魏:"……"

他导师以后指定是个炫妻狂魔……

文魏满脸黑线地说完,一副狗粮已然吃得撑破肚皮的模样。麦温如想象了一下云远道说这些话时的表情,一个没忍住,笑出声来。

她终于等到了,一个光明磊落,从不讳言爱她的恋人。

(2)

早前说到,在船上海洋生物组的任务相对轻松,是由于采集的样本都可等到上岸后再做实验分析,那么科考结束之后的云远道果然就忙到脚打后脑勺,渐渐地连见送饭小麦的时间都没有。麦温如早有心理准备,便渐渐减少送饭次数,不再去打扰他,独自专心工作备考,剩下的暑假就这样在书页和美人鱼鱼尾的翻动中掀过。

她曾偷偷想过,如果换成其他人会不会做得比她好,例如更会撒娇更会黏人,娇得他舍不得扔下她进实验室,转念一想又觉得不可能。云远道一直觉得科研学者是非常不适合恋爱的,唯一的例外大约就是找个同单位的同行,一起上班下班过最平淡无奇的日子,否则要面对的永远是同城但异地或真实的异地,这对一段亲密关系来说是致命伤。但他一直都非常努力地想弥补这些缺口,从最初的"看到信息就会回"到后来在去打饭的路上或开车回家的间隙给她打电话,他用尽了每一分钟的价值,都是为了向她靠近。

麦温如将这些都看在眼里,记在心上。能给的只是体谅,还有一些讲不清的心疼。

某个晚上,学英语到凌晨,被难出天际的完形填空题虐得体无完肤,麦温如满心哀叹躺下时给大概率还在忙的云远道发消息说:"我感觉我能做到的最好程度也就是这样了。"

意在抱怨她的英语水平,说完还配上一个趴在桌上默默哭泣的小"烧麦"表情包。这是高热度综艺的副产品,从前她还不好意思用,但云远道喜欢极了,一个从不发表情包的人将她一个系列的表情都好好地收藏着。

等了几分钟,果然没有回复。她攥着手机迷迷糊糊地睡过去了,梦里云远道莫名地回了她一个小"烧麦"痛哭着说"我找人打你"的表情,她羞愤欲死,刚要抄起手机用她库存四百的表情包教他做人,手机却很不争气地突然出现故障了,筛子般抖动起来。

麦温如蓦地惊醒,见还握在掌中的手机当真在不停地振动,来电显示是云远道,左上角的时间是:五点四十七分。

估计是刚下班。

她赶紧接起来,果然听到那头他如释重负的一声:"还以为你生气了。"

"谁凌晨五点还在生气啊?"

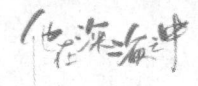

正走向地下车库的云远道这才如梦初醒般看了一眼时间,惊讶道:"都早上了啊?"置身于二十四小时都灯火通明的实验大楼,又身为任务最重的团队核心,白昼黑夜的区分变得困难且无意义。

他喃喃道:"我做实验好像做得有点儿不舍昼夜了……"

麦温如被他声音里的茫然和疲惫击中,似乎能想象到他在那边苦恼地挠着后脑勺的样子,清梦被扰的小小不耐烦瞬间消失。听筒里传来打开车门的声音,麦温如心疼地问:"准备回家了吗?快回去好好休息一下。"

云远道想起什么似的,忽然笑了一声:"我刚休息了。站在均质仪旁等处理结果时,我太累了,打了五分钟瞌睡,被拍了无数张表情包。"

站着都能睡着,也算是忙里偷闲,苦中作乐了。只是这一晚怎么都没绕开表情包呢……

麦温如说:"睡五分钟也能叫休息呀?手机充电都不够。"

他倒车出库,不忘钻她话里的空子:"闪充的话,就够了。"

"你这个机器人什么时候安装的闪充功能呀?"

"不是你给我装的吗?"

她毫不犹豫地接哏:"是呀,我还顺便把你的配置给改了,切换成只有我能操纵控制的模式。"

他笑:"出厂配置不就是这个模式嘛。"

麦温如羞了,跟着他傻笑起来,抱着被子懒懒地翻了个身,大言不惭道:"那我现在命令你马上回家休息,睡够十二个小时。"

"好。"他开着车平缓地驶出海洋所,"但是我快要没电了,可以先申请一次闪充吗?"

麦温如还真的认真思考起来,给出一个切实可行的建议:"路边有电车充电桩呀,一块钱一个小时,任君使用。"

他面不改色:"充电桩和我不适配。"

"这种时候就不要挑剔了。"

"任何时候都不可以不挑剔。"

麦温如说不过他,打着呵欠嘟囔了句什么,云远道没听清楚,但见她还困着,便想让她再睡会儿,只安静地开着车,将她偶尔翻身的动静当作晨间音乐。

许久,他抵达目的地,踩下刹车后看了一眼时间,正好是她习惯的起床点。

于是他敲敲手机话筒:"小麦同学,起床了。"

仅一声就将浅眠的她从睡梦中唤醒,她带着睡意迷迷糊糊地问:"嗯?几点了?"

他报出时间,还说:"你的机器人来充电了。"

麦温如正舒舒服服地伸懒腰,没听清他的话,忙问:"什么?"

"全世界只有你能操控,也只有你能启动闪充功能的机器人——现在在你家楼下了。"

麦温如洗漱完,几乎是飞奔着下楼,一推开单元门就远远看到倚在车边等她的云远道。许是日出的关系,他的细腰、他的衬衫、他的笑容

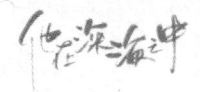

在晨光中都显得尤其光灿迷人,晃得人险些不敢睁眼。她扑进他怀里:"我还以为我又在做梦!"

云远道抱着她,笑得很软:"看来你经常梦到我。"

麦温如毫不避讳,点点头道:"心理学上说,睡前最想念的人,是最容易出现在梦里的。"

云远道闻言感觉所有劳累都融化了,连轴转的疲惫在这一刻都得到补偿。他轻轻吻她的发:"我也很想你。"

麦温如的心像泡在蜜罐里,比早起喝到一口热乎乎的草莓味甜牛奶还要开心。她抬起头看他,目光触到他发青的黑眼圈,又心疼了,道:"你这么忙……应该回家好好休息的。"

他抬手摸摸她的脑袋:"见不到你,总觉得不安心。"

"有什么不安心的呀?我不会被别人拐跑的。"

云远道被她的天真逗笑,低声道:"怕你生气,怕你伤心,怕你受委屈。"他俯身将脑袋靠在她的肩窝,闭眼,看不见的充电格正在快速注入电流,这是他最舒压的充电方式。

他压着声音喃喃道:"在你面前,我总觉得自己做得不够好。"

虽然没有直说,但字里行间全都是歉意。麦温如任他抱着,感觉二人的血肉已在一个拥抱间交融贴合。她抬手摸摸云远道耳后的头发,是安抚的动作,她的手指摩挲过他的发根,柔软而坚韧的触感。

她说:"虽然我可能不懂什么是爱,但我知道你给我的是好的爱情。云老师,在我心里,你一直足够好。很好,非常好,是最好的。"

云远道永远不会料想到,有一天他会被一个小姑娘完全融化,那一刻无论是怎么样坚强的、顽固的伪装,都在她的温柔中被轻易溶解,而后,她的爱意成为他最坚强的盔甲。

(3)

麦温如怕云远道一个人吃饭草草应付,便拉着他去单元楼附近吃早餐。她最新发掘的一家粤式早餐店,老板娘是地地道道的广东人,一口流畅的"广普"招呼起人来尤其可爱。

见往常都是独自来外带的麦温如难得堂食,老板娘相当热情地给她收拾桌子,听到麦温如点单时一句"肠粉加两个蛋吧,我男朋友老熬夜,得补补",这才讶异地抬眼打量站在麦温如身后的高瘦青年。

衣着得体,脸型方正,金丝边眼镜颇显斯文稳重,又不失一股知识分子的温柔敦厚,和灵动的小麦站在一起,神仙眷侣似的般配。此时云远道还一本正经地对麦温如说着:"鸡蛋并不是对每个人来说都是补品,例如,有少数基因里携带 ApoE4,即载脂蛋白 E4 型的人,对饮食中的胆固醇会格外敏感,他们从鸡蛋中摄取的胆固醇可导致坏胆固醇增加百分之十,相当于正常人的三倍多。对这样的人而言,鸡蛋不但不补,反而会大大提升他们的致病风险。"

麦温如听完,平静地问:"那你是吗?"

"不是……"

"那你吃吗?"

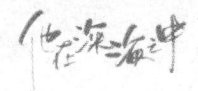

"吃……"

看第一眼就觉得颇有疏离感的青年在麦温如手下乖乖吃瘪,老板娘将眼角的细纹尽数笑出来,赞一句:"小麦的男朋友很帅哦!"

本在揶揄云远道的麦温如闻言,两颊浮上淡淡的绯红,反而是她身后的云远道搭话了,微笑着抬手摸摸麦温如的头顶,大方答道:"谢谢,我女朋友也很漂亮。"

小麦同学彻底红了脸。

两人慢条斯理吃完早餐,麦温如听完云远道有关鸡蛋知识的科普讲座,时间还没到七点。两人慢悠悠散步回到楼下,路过小区那片巴掌大的人工湖,并肩驻足看一对老人站在湖边打太极拳晨练。

云远道若有所思道:"我比你年长这么多,等你到了奶奶这个年纪,我会不会……已经在 ICU 了?"

麦温如被他这句话噎到,侧头看他一眼,发觉他还颇认真,便拍拍他的肩,严肃地答:"不会的,你放心吧。就算你坐轮椅了,我也会推着你,一块儿去跳广场舞。"

他很满意,眉梢和嘴角都是笑意:"是吗?"

"嗯。到时候你就坐在那儿,睁大眼睛看着我和别的小老头儿跳舞就行……"

果然被激到,云远道长手一捞,将她抱进怀里,佯装恼怒与她额头相抵,低声问:"你敢?"

"我有什么不敢的？"她得意扬扬，"反正你那时也奈何不了我。"

"气得我直接从轮椅上站起来，你就高兴了是吧？"

麦温如被他这句话戳中笑点，笑着倒在他怀里。末了，她把额角抵在他胸前，微微合眼，似在许愿，小声道："云老师，你要健健康康的，长命百岁，最好活得比我还长。"

"活那么长做什么？"

"等你老了，一定是很有名望的科学家。到时候，肯定还会有很多年轻漂亮的女孩子仰慕你，喜欢你……"

他猜到她想说什么，忽然打断她，说："你知道海水其实也有年龄吗？"

"啊？"

"通常，海水的年龄是指水分子从表层移到深层所经过的时间，也是海洋学中用以反映水团交换的一个指标，有许多公式方法可以计算。现在通行的共识是，全球海洋中，北大西洋深部的海水最年轻，而北太平洋的海水最年长，是'千年老水'。哪怕只以深层海水的表观年龄为指标，海水中年纪最小的也有450岁，正负在150年左右。"

麦温如听完，警觉道："你又转移话题！"

云远道的心思被她戳破，笑道："我是说，我的研究对象都年纪这么大了，难道我反而会一直喜欢年轻漂亮的人吗？我也会老的，时间很公平。我们会一起变老。"

"我老了说不定皮肤和体态都会变得很差哦……"

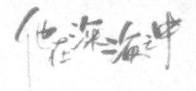

他抱紧她，亲亲她的眉骨："你老了一定很可爱。"

时光自那一刹那起，变得格外温柔。

（4）

地球慢慢公转，缓缓穿过时空中长长的尘埃尾，夏季悄然退场。

大四伊始便接到系里通知，开始忙活保研事宜，本年度的法考客观题考试也定在十月初，麦温如忙得焦头烂额。她得准备材料、报名、面试，其间查过客观题成绩，分数还不错，又开始马不停蹄准备主观题部分。

在政法大学官网上的硕士研究生拟录取名单中查到"麦温如"三个字时，她长舒一口气，一抬眼发觉十一月已悄然到来了。

世事真是祸福相依。

但这毕竟是件值得庆贺的事，麦温如先给妈妈发了条信息报喜，收获明晚回家的鸡汤一锅；再把截图发给芃芃和云远道，还没出一分钟就立马接到芃芃弹过来的视频电话，那种由衷为她开心的激动隔着屏幕都能感受到："恭喜恭喜呀，麦大律师！五院四系的本硕，研二了再申个硕博连读，那不就是未来法律界的新星了嘛！我家律师团首席的位置给你预留着了哈！"

麦温如被她这堆糖衣炮弹轰得直发晕，有点儿不好意思地说："我这本科都没毕业呢，你就想到博士去了……而且我读的是刑事诉讼法方向，你家……"

"好了好了，你还没读呢，就有向其琛那种老喜欢叨叨专业的范儿了,你们这都属于书呆子方向好嘛!"宋叶芃正坐在海洋王国的办公室里,整个人窝在大大的扶手椅内,大手一挥,"今晚泰料,姐请!"

麦温如失笑:"你这阵仗,还以为你要请满汉全席呢。"

"你以为姐请不起?"说罢,宋叶芃点开通讯录开始翻预约电话。

麦温如险些忘了宋叶芃在这种时候一般都是有求必应,赶紧拦她:"你别,我开玩笑的!咱们两个人吃不了那么多!"

"吃不了就给阿姨打包回去,这么会养女儿,必须给咱妈孝顺一个!"

"孝顺可以要钱,但不能要命啊!"

"那咱点个万寿宴吧,多吉利,还有长春鹿鞭汤呢,便宜便宜你家云老师。"

麦温如又脸红了,没好意思接她的话,只说:"别这么奢侈呀,我就是保个研,别人结婚宴上都未必有这么多道菜……"

宋叶芃这才一愣:"对啊,你保研了我就请满汉全席,那你结婚时我请啥?咱娘家人可不能丢面儿啊。"

麦温如见缝插针:"那要不这108道菜咱就等到我结婚吧……"

"可以!到时候酒席就在我家的酒店摆,我看看他老云家有谁敢看不起你!"宋叶芃眼神凌厉,想了想又烦恼起来,问,"那我现在送你点儿啥当贺礼好啊……"

"我有个想法,"麦温如脑中灵光一现,"你帮我个忙,今晚的泰料我请,怎么样?"

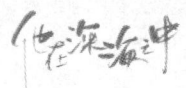

宋叶芃看着屏幕上眼眸里闪着星星的小麦，心里一软，嘴上就应承了下来。

来到泰料餐厅时已然夜风四起，青咖喱香味浓郁，点缀其中的罗勒叶颜色鲜艳。席间收到下班的云远道回复："不错，总成绩第一，和我料想的一模一样。"

麦温如捧着手机傻笑："原来我也有在云老师那里得第一的时候呀。"

他一语双关："你在我这里什么时候都是第一。"

"那我要是考你的研究生，岂不是直接就能录取？"

"在我这里第一，在考试系统那里倒数，怎么录取？"

"……"

好一个正人君子云远道，过把嘴瘾都不让……

两个小姑娘欢欢快快吃到肚皮撑圆，时钟已经走向九点。宋叶芃喝了几口果酒，有些微醺，幸而有司机来接。麦温如想着家里近就不用她特地送了，二人告别后，她提着小礼物袋独自往家走。

深秋的天气已然很凉，夜色犹如一条狭窄而幽深的隧道，将裹着外套独行的她吞没。麦温如走着走着，心中忽而生出一股不安的预感，愣是没敢戴耳机，悄悄地将手探进随身的小皮包里，摸到那支不离身的模型枪。

她发现尾随她的身影时是在某个转角，路口高悬的凸面镜直直地照出她身后的男人，一身不起眼的黑衣，过大的卫衣帽子盖过脑袋，略伛偻的身姿显出一种诡谲的心虚。

只一眼，便将麦温如全身的汗毛都吓得竖起，仿若长久攀在悬崖边上的心终于踩碎了最后一方岩石，坠入深谷。

再往前走就是小区东门了，她在一秒之内变换了想法，转身往反方向走去。

如果真的是那个男人，如果他的目标不是她而是妈妈，那她现在回家无异于引狼入室。

她快步朝前走着，摸出手机想报警，又害怕轻举妄动反而会激怒他。思绪千回百转，最后手指停留在通讯录上云远道的页面，她点下拨打键，听筒传出呼叫声时，熟悉的铃声也在不远处响起。

他就在附近！

麦温如马上循着声音往前跑，很快在一家甜品店门前发现了云远道的车，还有一身黑色风衣，双手提着蛋糕和餐具正要上车的他。

那种感觉就像，你独自游走在魑魅横行的夜里，突然抓住一束能带你逃离黑暗的光。

麦温如裹着一团寒气扑进云远道怀里时，他还有些蒙，他的本意就是担心她独自一人走夜路，特意开了车来接她，顺带为她庆祝，怎么小家伙突然就出现了？他艰难地腾出一只手来摸摸她的后脑勺，笑问："怎么了？你身上装了雷达，我一出现就能立马感知到？"

她踮起脚攀上云远道的肩，远处看来，就是一副小女孩向心上人撒

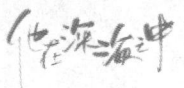

娇的模样,云远道一眼觉察她眼里溢满的惊惧。

麦温如低声对他说:"云老师,带我回家。"

他怔住,脸色微妙地变了变:"什么?"

"麦令出狱了。"

(5)

一个小时后,麦温如沐浴在云远道公寓的白炽灯灯光中,看着云远道拿着裱花袋给融化了的蛋糕补奶油。

按常理讲,他绝对会亲自动手给她烤一个庆祝蛋糕。奈何从他公寓去到她家实在太远,车载冰箱又塞不下这个尺寸的蛋糕,这钱只能让她家小区附近的甜品店赚了去。谁知他刚买到手,又连人带蛋糕拎回家了。

麦温如双肘支着头,望着蛋糕上绵延起伏的奶油发呆。云远道忙完,原本卖相不佳的蛋糕如今焕然一新。他脱掉手套,恶作剧地捏捏麦温如的脸颊:"别太担心好吗?有我在。"

麦温如这才回神,后知后觉地抬手摸摸他捏过的地方,不疼,正是因为不疼才没有实感。云远道柔声说:"明天开始,我每天接送你上学上班,绝对不会让你落单。阿姨那边我也会照顾好,现在有很多能直接送到家门口的社区果蔬零售店,不用担心。"

"谢谢……"

她努力地扯扯嘴角,想笑,却丝毫没有笑意。她说:"但是,这样的生活我要一直过下去吗?过一辈子?一点儿自由都没有……我觉得很可怕。"

云远道心头微疼，问："你希望我做什么？"

他希望为她做点儿什么，如果可以，他真想把所有的美好都带到她面前，亲手送给她。

"这不是你该解决的问题呀。有些事，需要我自己面对，自己解决。"

云远道明白了，她从来都足够独立，足够有想法。他将切蛋糕的工具放到麦温如手里，说："好，我尊重你。我知道真正的自由是选择的自由，但你要记得我一直都在这里。无论发生什么，我们都可以一起面对。"

麦温如望进他的眼睛里，就像望着世间最难觅得的宝物。她忽然想起什么，转身翻出从芘芘那里拿来的小礼物袋，一脸神秘地放到云远道面前，说："一直都想帮你弥补这个缺憾。"

云远道眼中有疑惑，拿过礼物袋打开，第一眼便被震住。他难以置信地将那个安静躺在袋子底部的手办拿出来，那是他替云简道找了好多年，即将在市面上绝迹的限量手办——他仔细检验每一个细节，最后得出结论：毋庸置疑的正品。

麦温如对他的反应相当满意，笑眯眯道："你不知道吧？芘芘有个同样很喜欢收藏各类手办模型的表哥，我的模型枪也是芘芘从他那儿弄来的。不过人家把这爱好做成职业了，很多年前就拿到了这家公司的手办销售代理权，只是这个手办确实少见，全新的找不到了，只能收个二手的，希望你不介意。"

云远道的眸子里既是痛惜也是感动，问："很贵？"

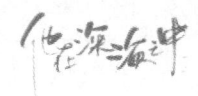

"还好啦。你别看我只是个大学生,但我有固定工作呀,奖学金也拿到手软。买这么个小礼物送给男朋友,很轻松啦。"

麦温如说完,拉着云远道去到那面手办墙前,一起把它摆到空缺的位置上,那一瞬间似乎终于将他心上持续数年的空洞也一并填补上了。

麦温如笑意盈盈地问他:"简道看到了,会开心吗?"

"会……"云远道嘴里的滋味又苦又甜,"他有收集强迫症,如果看到这一套手办终于齐全,肯定高兴得手舞足蹈……"言语间,似乎能想象到弟弟大笑着来攀他肩膀的样子,压在心头多年的沉重齐齐涌向眼眶,云远道慌忙抬手捂住眼。

麦温如伸手抱住他的腰,细声安慰道:"不要哭呀。如果你梦到他,记得告诉他,这可是相当值得高兴的事呀。"

"好……"云远道哑了声,将怀中的人圈紧,温热的泪落在她颈侧,"我会告诉他,我们一起弥补了他的遗憾。"

他会告诉简道,他终于遇到一个令他觉得所有寻觅与等待都值得的人。尽管他似乎从没有认真找过,也因此她的出现才显得更像一个奇迹。她让他明白所有诗句里的爱意——By all means they try to hold me secure who love me in this world.But it is otherwise with the love which is greater than theirs,and thou keepme free.

尘世里那些爱我的人,用尽方法拉住我。

你不一样,你的爱比他们伟大得多。

你让我自由。

（6）

云远道的公寓只有一张单人床,这让先洗完澡,穿着他的睡衣站在床边的麦温如相当不知所措。

呆了半晌,浴室的水声蓦然停了,她像被踩中尾巴的小猫,一头钻进被子里把自己卷成紫菜包饭,半眯着眼睛开始装睡。

云远道出来,便看到床上裹得严严实实,只露出一双眼睛在滴溜转的小麦同学。他边擦头发边往床边走,弯腰拿出风筒时面无表情地给出一句评价:"此地无银三百两。"

"三百两"瑟瑟道:"我只是太冷……"

"空调温度是你亲手调的。"

"我那是考虑到你比较热……"

"我现在更热。"

"……"

那想必是洗澡水太烫了吧?

言多必失,麦温如乖乖闭嘴,静静看他吹头发。

没戴眼镜的云远道有一种不设防的温柔,强风拂过时垂目,是一种温顺的可爱,总让人想上前去摸摸他的发,麦温如的眼神自打黏上去就没舍得移开过。云远道结束动作,瞬间与她四目相接,以为她还是在警惕自己,遂无奈失笑道:"我不会乘人之危。"

"我知道……"

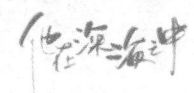

"但,我也是个正常的男人。"

"?"

"这意味着,我有冲动。"

"?!"

"不过懂得克制。"

"……"

说话别大喘气好不好……

云远道将风筒放回原位,顺手帮麦温如把桌面的手机插上电源,再把他的笔记本电脑合上,叠过去几本书,俨然摞成一个小小的城堡。他侧过脸平静地对麦温如说道:"如果你不相信我,我可以去客厅睡。"

麦温如疑惑道:"沙发尺寸够吗?"

他拍拍手边的书:"书桌的尺寸够。"

麦温如当即就心疼了,从被子里钻出来,艰难地伸手拉住他:"别去别去,白天你工作那么累,晚上就不要熬夜了……"

"困了当然会睡的。"在书桌旁趴一下也能将就,他就怕睡不着。

麦温如顺着他手上的力道爬起来,小猫撒娇一样软到他怀里:"别去了,我相信你。"

温软满怀,再看她若隐若现的牛奶肌肤,云远道呼吸一沉,血液像被炙烤:"也不用这么相信我……"

麦温如这才反应过来,刚要后退,抱着她的人却顺势将她往后一压,她很快夹在云远道和床垫之间。云远道调整了一下姿势,将她护在怀里,抬手关灯后轻吻了一下她的额头。

黑暗中，麦温如枕在云远道强有力的手臂上，嗅到他身上一股淡淡的沐浴露香味。他闭着眼，忽然说："小麦同学，不要防备我。"

"什么？"

"我想给你足够的安全感，让你相信我不会做任何违背你意愿，或是伤害你的事。我想保护你，和你站在同一战线上……"

麦温如感到铺天盖地的心安，他的宽肩和臂弯构建成一座她随时可以依靠的港湾。她朝云远道挪了挪，软软道："我相信你。"

说罢她辅以行动证明，被窝里的小手往他所在的方向搭去，伸到中途却被准确无误地拦截："手往哪儿放？"

她如实相告："腰……"不是要抱着睡吗？

"不可以。"

"哦哦……"

美人果真是美人，腰肢都碰不得啊。

他调整了睡姿，在她额前落下最后的晚安吻："晚安，小麦同学。"

"晚安。"

她沉入他身上令人心安的气味里，听着他沉稳的心跳，几分钟后，沉沉睡去。

第二天，不，接下来的许多天，云远道果然都认真履行了他的诺言，兢兢业业当起了麦温如的司机兼私厨，小麦同学也充分发挥了她的适应

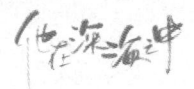

能力,没用几个晚上就能心无杂念地在云远道的床上迅速入睡。

竟渐渐有了小两口过日子的平淡与幸福。

妈妈偶尔会发信息询问她的情况。为了避免不必要的误会,麦温如一直都声称自己住在芄芄家里,妈妈每次都不住地感谢芄芄的照顾,说她独自在家每天都有新鲜的果蔬肉蛋送上门,偶尔还会有物业或保安巡逻路过,虽然没和她搭过话,但一猜也知道是芄芄那边交代过的结果。

妈妈目前非常安全,让麦温如觉得哪怕自己暂时回不了家也很放心。只是不知道麦令那样一个耐心跟跳蚤一般大的男人,面对她们这样的躲避和自己始终只能在暗处活动的生活,能忍受多久?

很快就有了答案。

那天下午麦温如和云远道从小区附近的菜市场回来,路上她还觉得奇怪,最近几乎每天都远远跟着她的身影怎么就消失了,心中一轻,结果刚出电梯便看到站在云远道公寓门前等待着的男人。

同从前相比男人已然毫不雄壮,瘦得仿若被风干了,三年之隔恍若三十年。他穿着一件发旧的灰色棉袄,络腮胡乱得仿佛从没有打理过,发灰的眉毛很沮丧地拼在一起,双眼仿佛蒙尘的劣质珠宝。

这是数天来,麦温如头一次与麦令打照面,心中生出无限复杂的滋味。云远道将她往身后一护,脸色严肃地对麦令道:"这是我家,请你离开。"

麦令被他的气场震了震,有些胆怯,但还是强装出镇定模样,抬手指指他身后的麦温如:"那是我女儿,我有话跟她说……"

云远道偏头和麦温如交换了一个眼神,将决定权交给她。麦温如的声音中仍带些恐惧,半藏在云远道身后,问麦令道:"说什么?"

"我错了……"麦令突然开始道歉,就像从前晚上打过她们而白天醒了又跪着哀求原谅的戏码,一看就是没有意义的循环。麦温如在他言语间注意到他嘴里缺失的两颗门牙,看来在狱中的日子并不好过。

麦令被心中的愧疚感压得深深埋下头去:"爸爸不该打你,爸爸当初只是喝了酒,一时失了手……"

麦温如厉声反问他:"那妈妈呢?打断一条腿,打到双耳失聪,你也是失手?"

麦令喃喃一句:"没控制住……"说着急切地朝她走近一步,又生生被云远道的眼神逼退,只能局促地绞着手指,道,"你相信爸爸,我已经戒酒了,以后再也不喝了,好吗?你带我去见见你妈妈好不好?她会原谅我的,她那么爱我,我们是一家人呀……"

"她不会原谅你的,我也不会。三年前离婚判决下来时,她就说过不会再原谅你。我们早就毫无关系了,你还要装傻吗?"

男人似乎这才想起那个场景,深深被刺痛,涕泪滑过脸上斑驳的细纹,像几近枯竭的河流。

"这些年我太苦了,活得根本不像个人……你再给爸爸一次机会好吗?给我一个弥补你们的机会……"

在别人那里活得不像个人,所以又到她们这里找尊严来了?这和三年前有什么区别?

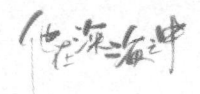

麦温如冷冷道:"这些话三年前我就听累了,但你除了出尔反尔还做了什么?我不会再相信你。你很苦,不意味着我们就很轻松。"她说着,忽然感觉到右手被云远道握住,一股温暖而平静的力量传递过来,仿佛他手心中有足以令她面对一切的勇气。

麦温如遂鼓起勇气往前迈了一步,和云远道并肩而立,面色冷淡地对麦令说:"请你离开。你的行为涉嫌故意妨碍他人生活起居,影响他人出行,已经构成侵权,警察来了,谁都不好看。"

麦令怔了怔,"警察"二字对他来说威慑力极强,牢狱生活的阴影足够令他后怕半生。他向来是个欺软怕硬的人。呆愣半响,他终于慢吞吞地抬步离开。

麦温如看着麦令的背影消失在拐角,神色平淡地牵着云远道开门进屋。

云远道柔声问:"你还好吗?"

"没事。他只要不动手,我没什么可害怕的。"

打开门,二人闪身进去,云远道谨慎地落了锁,转身看到麦温如单薄的背影,伸手将她拽进怀里。

"你需要我替你去和他谈谈吗?"

她在他怀里摇头:"和那种人无话可谈。"

云远道想了良久后,说:"如果你不想面对他,我有很多办法可以让他不再出现在你面前。"

麦温如闻言皱了皱眉,居然无法确定他是不是认真的,抬头问:"是吗?"

云远道挑眉:"你以为生化武器是什么人研究出来的?"

差点儿忘了这人还是个世界级的生物学家……

"也没到要动用生化武器的程度……"

"也行。我还知道几种尸检查不出来的元素……"

"你别……"

"开玩笑的。"他轻笑着拍拍麦温如的后脑。

她无奈地笑笑,伸手环住他的腰,整个人依偎进他怀里:"对不起,把他惹到你这里来了……"

"我又不怕。反而是我要谢谢你,给我一个保护你的机会。"

麦温如叹他这话之玲珑:"深谙说话艺术啊。"

他不好意思地笑了笑,麦温如却仍满心都是沉甸甸的担忧,低声道:"我总觉得,他不会轻易放过我的……"

一语成谶。

接下来数天,麦令都像条流浪狗一样蹲守在云远道的公寓楼下,每每麦温如出现,他就不管三七二十一上来求饶,哭诉、跪地、自扇耳光,无所不用其极,几度将场面搞得非常难堪。

事已至此,他的目的显而易见。真正知道自己犯错的人是做不出这般无耻行径的,他哀求原谅,无非是为了让自己好过。

麦温如保持着冷漠,自始至终。虽然她私下也曾偷偷发信息问妈妈想不想见他,但在收到一个斩钉截铁的"不"字之后,更坚定了拒绝的态度。

有些罪是永远无法谅解的。这世界不是小朋友玩游戏,不是做错了

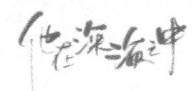

只要悔过就能得到谅解。

麦温如最后一次见到麦令，是在云远道公寓的单元楼下。她刚下课回来，拉着云远道的手准备像往常那样飞奔上楼，守在那里的麦令却壮起胆子，伸出粗糙的手掌来抓她的手。麦温如受了惊，在云远道将麦令拉开之前便掏了模型枪，直直对准麦令。

"放手。"她一字一顿。

麦令吓坏了，忙举起双手做投降状，瘫软的膝盖一弯，就整个人跌坐在地上，眼泪又开始不争气地肆虐。

麦温如静静地看着他惊恐万分的模样，声音冰冷地开口："很害怕，是吗？"

麦令颤抖着点头。

"怕我杀了你？"

他再点头，眼泪滴到地面上。

"这就是当初我和妈妈的心情，每天、每时、每分、每秒，都在担心你——一个明明和我们一起生活的人，会突然杀了我们。"

"但它是假的……"麦温如反手让他看密封的套筒座，顺带拉起衣袖，给他看她手腕上留下的伤疤，"你的拳头、烟蒂、每一次伤害，都是真的。"

"对不起……"他险些要俯身叩拜，"但我已经受过惩罚了，我已经坐过牢了啊！"

"很了不起吗？你是不是觉得你坐过牢了，全世界都得当作你没犯过错一样原谅你？所有人都应该给你一次改过自新的机会？"麦温咄咄逼人地发问，无数个日子里堆积在心头的愤怒和憎恨就像砂壶中受热的水，渐渐沸腾起来，"那谁给我妈妈一条新的腿？谁给她一次重新听到声音的机会？谁给我一个新的十八岁、十九岁、二十岁？那天晚上妈妈是为了保护我才被你打成那样，你有没有想过，如果我没有醒过来，我妈妈可能会因为失血过多而死在我房间门口？到那时候，谁又来给我一次重头来过的机会？"

麦令呆愣地望着她，呜咽卡在喉咙深处。那一刻他终于意识到，眼前的少女早已不再是当初任他摆布的乖乖女了。她的善良长出了獠牙，成为她保护自己也守护他人的武器。

"所以，你根本就搞错了。法律从来都不是原谅的起点，它是审判。你受惩罚是因为你有罪，但没有任何人有义务在你受罚之后原谅你，因为这就是你罪有应得。但凡你能明白自己的罪有多不可原谅，我想你都不会有脸面出现在我们面前，求我们原谅你。"

麦令干裂的唇颤抖着："可能是我一直表述得不对。我是来向你们道歉的，如果可以，求你再给我一次赎罪的机会……"

坏又坏不透，好又好得不彻底，和这样骨头发软的人一起生活，一切都反复无常，这才是最恐怖的梦魇。

"你最好的赎罪方式就是永远不要再出现在我们面前了，不要再让我过这种每天都要揣着"武器"才敢走路的日子。别说我狠心，我都没说过你狠心——别再喝酒了，也别一死了之，就找份工作，每天忏悔着

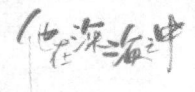

过你的生活吧。"

正如妈妈说的,对于一个险些置她们于死地的人,不诅咒也不祝福,已经是她所能做到的最大的仁慈。她实在没有办法想象再和他一起生活的景象了。死亡曾路过的阴影,过于巨大也过于真切。

麦温如说完这些就上楼了,云远道没跟上,直到数分钟后才打开家门。

此时她已经哭得快要不能自已。

他紧紧抱住她,除此之外他不知道自己还能为她做什么,这个坚强勇敢到让他无尽心动也无尽心疼的女孩。

他从没料想到事情是这样的走向。

方才麦温如上了楼,他正要追上去,瘫坐在地上的麦令却拦住了他,问:"温如的妈妈……过得好吗?"

云远道略微斟酌,答道:"我第一次见她,她说她有遍游世界的愿景,但因为腿脚不方便,只能寄托于书本之上了。"

"她真的……一点儿都听不到了?"

"听不到了。"

他头一次见人哭成那样,五官全部扭曲起来。

麦温如哭累了,趴在云远道怀里睡了十余分钟,在黄昏降临时醒来。云远道问她饿不饿,她用哭得发哑的声音答:"想喝冰奶茶。"

"好,我去买。"

她拉住他的衣角:"我不想一个人待在家里……"

"那点外卖?"

"外卖要等好久……"

他的耐性仿佛用不尽,柔声道:"那,你要和我一起去吗?"

"可是……"想起那个可能仍守在楼下的伛偻身影,麦温如有些欲言又止。

云远道替她顺顺耳边的发,轻声道:"他走了。"

"什么?"

"走之前他托我好好照顾你和阿姨,说不会再来打扰你们了。你可以下去看看,他肯定不在了。"

带着些犹豫出了玄关,她牵着云远道的手来到单元楼下,果真没有看到麦令的身影。许是一种父女间才有的感应,麦温如在风中站了一会儿,没有预感到不安或害怕,才终于确认,他真的离开了。

这是一个失职的父亲能坚守的最后一个诺言。

云远道将车开出来,麦温如坐到副驾驶上,电台里正播放着诵诗节目,是泰戈尔的《飞鸟集》。

"When I stand before thee at the day's end thou shalt see my scars, and know that I had my wounds and also my healing."

麦温如望着前路犹如光带一般的夕阳,渲染得整条地平线的暖光透过瞳孔映射进她心里。云远道牵起她的手,安慰般吻吻她腕上的伤痕。

长日尽处,我来到你的面前,你将看见我的伤痕。你会知晓我曾受伤,也曾痊愈。

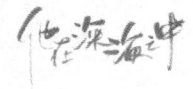

（7）

十一月下旬就要参加法考主观题考试，麦温如铆足了劲儿刷题，难得陪云远道出去吃顿饭都不忘背刑法，一路上见谁都想判他几年。饭后在中心广场散步时，路遇一条四处溜达的柴犬，小家伙相当灵敏地在她脚边绕了几圈，而后蛇一样蹿过去，她第一反应是问云远道："这算不算肇事后逃逸？处三年以上七年以下有期徒刑。"

云远道答："正常情况下犬类的寿命是九到十五岁，你直接判个七年，人家还有没有活头了？"

"啊？它们最多才活十五岁啊，那算了。不满十六周岁不予追究。"

云远道充分发挥了生物学学者的看家本领，目光盯着一直撒丫子欢跑的小狗瞧，眼睛像是装了活体分析仪器似的，慢条斯理地报告道："毛发粗短密实，三角形耳朵，眼睛椭圆、稍小，口吻部呈锥形，尾巴呈镰刀状，可以判定是日本柴犬。"

麦温如愣住了："那它户口算国内还是国外？非国内的话，是否享有外交特权和豁免权？有没有作案同伙？有的话，谁起主要作用？是不是累犯？如果它携带了境外病毒并传染给我了，要不要数罪并罚？"

云远道闻言笑起来："真怕到时候你出庭当法官了，我坐在旁听席上都连带着被判几年。"

麦温如笑着闹他，余光瞥见那小柴犬又跑了回来，身后追着一个颇眼熟的身影，定睛一看——居然是许久未见的小姜姐姐。

在这偌大的 A 市里散个步都能遇到，果真是同过船的缘分。几人熟络地打过招呼，小姜想起早前在船上麦温如半推半就答应过的专访，和她那条同样人畜无害的小柴犬一起笑着，问："小'烧麦'，说好的专访什么时候能约呀？"

麦温如有些犹豫，经历这么多事情之后，她已经不再想出现在公众面前了，接受那种无处不在的审视和批判实在令人疲惫，但有些被误解的事不说出来，她又总觉得不安。她踟蹰地看向云远道，他伸手轻轻贴上她的后腰，抿嘴一笑："我希望你能遵从内心做你想做的事情，开心就好。"

他说过，那些她做过的事都是有意义的，时间会让他们看见。

专访约在十二月初，主观题考试过后。麦温如专门抽了一天空，小姜姐姐将她接到杂志社的办公室，就着一杯卡布奇诺将她有限人生遇到的所有事件掰碎，泡进去。

结束时麦温如感觉自己像重新活了一遍。

五天后采访定稿出炉，小姜姐姐首先发给麦温如看，非虚构人物传记一贯的题目：《"国民妹妹"的背面：与亲父对簿公堂的勇气》，通篇将从前媒体和公众都未关注过的她全方位展示出来，行文流畅而深厚，文风如其人般温暖明净，又不失直指要害的犀利。

结尾处，小姜姐姐引用了麦温如在采访里说的一段话。

"小时候看《末路狂花》，不懂得为什么女性非要用自取灭亡乃至制造恐怖的方式来获得自由，长大后渐渐明白那是因为社会给女性的出

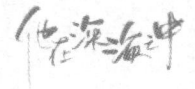

口太窄了,窄到很多时候她们只能破釜沉舟,否则忍耐的背后就是持续不断的被伤害。客观来看,确实没有任何法律制度能够承诺一定带给任何人幸福,但它存在的意义是使人避免极端的痛苦和折磨,我希望自己能成为一名以此为使命的反家暴律师。家暴带来的伤害是毁灭性的,但长久的暴力不仅与施暴者与受害者有关,更有可能是整个社会一起完成的。因此我想,不仅是遭遇伤害的一方要及时进行自救,选择离开,社会也应该有更完善的救助和保护机制,而从根源上解决这个问题的办法,即具有暴力倾向的一方能够从源头就被制止和教育,因为罪是施暴者的罪,不该罚在其他透任何一个人身上。"

麦温如看着屏幕上的宋体,感觉每一个字的笔画都写到了她身上,将她拆开来,写尽了。

她回过去一句最最真诚的"谢谢"。

一个月后杂志上市,那篇采访果然爆火,各路网友纷纷涌入麦温如原本沉寂的社交账号,各种或道歉或鼓励的相关话题冲上热搜。就连从前将她弃如敝屣的经纪公司都重新来联系她,问她想不想借此机会再搏一次。

从经纪公司的角度看,深受父亲家暴和丑闻拖累,哪怕过气也仍然敢于靠自己的力量反抗和生活的女童星,要为她设计一个吃香的人设简直易如反掌——从前所有黑点和丑闻都不值得一提了,她只需要站在那里,就能毫不费力地激起观众的怜爱。

但这样的歉意又何尝不是一种狂欢?家暴和网暴没有分别。从爱到恨再到爱,娱乐至死的三重反转。

麦温如拒绝了所有再曝光的邀请,只在某一个阳光温暖的午后,坐在单元楼下的花坛前发了一条文字动态。

"最近保研成功了,法考也很顺利,也遇到了心爱的、想要互相守护的人,过得很幸福。我想就沿着自己亲自选择的这条路走下去。我害怕消费任何一个麦温如,被家暴不应该成为任何人的标签,被网暴也是。舆论和拳头同样伤人。我只希望被伤害者都能有走出阴霾的勇气和机会,而恶人知道自己的错,受罚也好忏悔也好,停下伤害的动作。如果我的经历能帮助或改变谁,哪怕只有一个,我也不虚此行了。谢谢大家。"

她点下发送键,一抬眼看到不远处在风里向她走来的云远道,眼角眉梢尽是温柔。

那与她互相治愈的爱人。

(8)

冬去春来,时光洗涤了所有蒙在心脏上的尘埃,又是一个夏天。麦温如忙着写毕业论文,云远道则入选了世界级的太平洋科考项目,将与世界顶尖的海洋科学家们一道奔赴已知海洋的最深处——马里亚纳海沟。

他是这个项目中唯一的中国籍科学家,是荣誉,也是绝不能退缩的缘由。麦温如在得知消息的第一秒就义无反顾地表示了支持。

直线距离超六千公里,长达半年的分离。

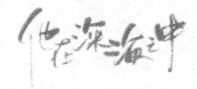

出发当天麦温如送云远道去机场。话是这么说，实际情况却是云远道打了去机场的车，还要特意绕个弯去把她接上。麦温如刚坐上后座，他便很顺手地把平板电脑递给了她，屏幕正好停留在文献检索页面。

麦温如问："干什么？"

"准研究生了，多看点儿文献，对你有好处。"

她佯装扶额："那什么，我头好像有点儿疼……"

"克服一下。"

"你们搞科研的能不能讲点儿人道主义啊……"

"多在研究上花点儿心思，早些发文章，对你硕士毕业或将来读博都有帮助，这就是最大的人道主义关怀。"

"我还没想好要不要读博呢。"

他相当风轻云淡："看你选择。反正读或不读，我都想好了。"

"想什么？"

"未来。"

"我的未来吗？"

"当然是我们的未来。"

麦温如笑眯眯地凑过去："那你想出什么来了？"

"我想得可多了。"

"就我读博这方面？"

云远道略一沉吟，认真道："我支持你深造，不管是精神方面的支持或是经济上的，都没问题，你想读就读，不必有后顾之忧。只是……"

他顿了顿，麦温如发觉他耳朵红了起来，"我觉得结了婚再读比较好。"

"？"

第一次从他嘴里听到"结婚"两个字，麦温如完全傻眼。

云远道解释道："因为我现在就有些迫不及待了。你硕士毕业，我已经等了三年，那时我已经三十三岁了。你忍心让我继续等下去吗？"

麦温如一下就心软了，说实话，如果云远道现在就开口让她嫁给他，她真的对自己能否把持得住持怀疑态度。于是她靠过去亲了亲他的脸颊，一双笑眼亮晶晶："那你先把这三年等完？"

云远道凝眸看她，神色温和地微笑起来，好脾气地应承："好。"

到了机场，麦温如再陪云远道坐电梯到出发大厅，一步一步更接近离别。电梯里没有其他人，麦温如习惯性地站在电梯按钮旁，正思索着他要去的是二层还是三层，电梯门已然合上。身后的人伸手来按楼层键，另一只手却环上她的腰，在她还没反应之前俯身吻过来，一个温柔缱绻的深吻。

这是他头一回在公共场合这么大胆，麦温如脑子里像在放烟花，噼里啪啦响作一团。

末了，他俯下身来咬了咬她的耳朵，温热的气息吐在她颈侧，所有深情与不舍在此刻不言自明。

电梯门在第三层打开，他仍深深拥着她，在她耳边低声道："我会想你的。"

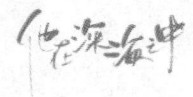

（9）

双方在不同城市叫异地恋，双方在不同国家叫异国恋，那双方既在不同城市又在不同国家，甚至一个在陆地一个在海洋，遇上信号糟糕的时候一连数周都通不上电话，这该叫什么恋？

芇芇："这叫'守活寡'。"

麦温如："你能不能盼我点儿好？"

"反正我是受不了。"

"那你怎么敢去美国读研？"

"因为我家有私人飞机。"

"……"

原来贫穷不仅限制了想象，还限制了恋爱方式。麦温如赶紧抱住小富婆的大腿："那你给我买艘船吧，咱也想体会一下想见就见的快乐……"

"行啊，"芇芇爽快应承，转手扔给她一沓白纸，"自己叠，要多少有多少。"

"……"

云远道要错过麦温如的毕业典礼，是支持他出国那一刻麦温如就有的觉悟。六月中旬的A市，太阳将光线刺向大地与苍穹的每一处，炽烈的日光照亮了每一位学子的青春，既安静又喧嚣。麦温如在礼堂行完了拨穗礼，在朋友和鲜花的簇拥下合了数不清的影，最后依依不舍地脱下了学士服，在黄昏降临之前，独自抱着证书走出了政法大学。

对她来说这不算句号,她与政大的故事起码还能再续写三年,她本科毕业典礼,云远道就算缺席也无伤大雅。

但走着走着,总感到稀释不掉的心酸。

快递电话打来时,她正好走到小区门口。她签收后才发觉是个国际包裹,上面除了她的姓名、地址印的全是德文,不用想就知道是来自哪里。她抱着包裹往家的方向飞奔,在单元楼下掏钥匙时忽然灵光一现,直接在旁边的长椅坐下,用钥匙锯齿开始暴力拆件。

卸除掉所有用以包装承重的泡沫盒之类,最终呈现在她眼前的是一个尾指大小的安瓿瓶,还有一封严密封存的信件。

她打开,信纸上云远道的正楷干净利落。

亲爱的小麦同学:

见字如晤。

我此刻位于11°20′N,142°11.5′E的海面上,刚结束了今日的采样任务。现在送到你手中的,就是由世界最先进的科考船在马里亚纳海沟最深处采集上来的水样,我将它封存在安瓿瓶里,寄到你手中。这样你就可以拥有一瓶来自洋底万米深处的海水,这是世上绝无仅有的礼物。

你知道吗?世界大洋平均3700米深,而光带只有大约200米,因此可以说,海洋有95%是处于永久的黑暗之中的。而生活在海洋里的生物,无论细菌还是鱼类,几乎所有门类都含有会发光的物种,

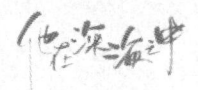

它们大多不需要外来光源,仅仅依靠生物形成的虫荧光就能自己完成发光。我常想,在这漆黑的深海中,可以将这些微弱的荧光类比为闪烁的繁星,而海洋就像镶嵌在地表的太空——虽说海水的流动离不开月球对地球的引力,也就是常说的潮汐,这让我说的所有譬喻看起来都像悖论。

但我仍然觉得这非常浪漫,海洋就像太空写给地球的一首情诗。

冥冥中相互辉映,也彼此交织。

小麦同学。

海洋是镶嵌在地表的太空,你是悬在我心上的月亮,散发引力,引起潮汐。

你的先生

写于西太平洋

麦温如读完,几欲落泪,眼眶湿湿的,他的字凝在眼前,如同一个触感温软的吻。她第一次感觉到自己这样被人认真地记挂着。

即使相距万里、远隔重洋,也仍然有一颗心跨越了所有经纬和时空,竭尽所能地爱她。

(10)

十二月的麦温如有两件开心事:一是司法局终于通知她申领法律职

业资格证书，二是云远道的科考任务进入收尾阶段，即将归国。

证书来得比男朋友早些。

从司法局出来，她如获至宝般紧紧抱着那两册证书，生怕被人抢了或半道丢了，每走几步都要低头反复确认它还在自己手中。出了大门，见冬阳正好，她便停在角落的绿化带前，翻开证书痴痴端详。

深褐色的烫金封面，一大一小的正副两本，她律师之路的第一步。

她倏忽听到背后传来一道相当熟悉的声音，清朗温润："恭喜啊，我的麦大律师。"

麦温如猛地回头，看到风尘仆仆的云远道挺拔地立在司法局的门牌之下，肩上落了一层薄薄的阳光，风仪与秋月齐明，音徽与春云等润。

她又惊又喜地扑进他怀里。

"怎么这么快回来了？"

他笑得朗月清风："怕你等得太久啊。"

As I stare on and on into the past, in the end you emerge. Clad in the light of a Pole-star piercing the darkness of time.

纵观无始的往昔，我看见你如同永世难忘的北斗，穿透岁月的黑暗，姗姗来到我的面前。

番外一

y(1,+∞)

TA ZAI SHEN HAI ZHI ZHONG

麦温如头一回拜访云远道的父母，是在研一的寒假。此前她早已向妈妈汇报过她和云老师的关系，妈妈那时只风轻云淡来了一句："早就看出来了。"这让自以为隐藏得很好的小麦同学相当不爽。

那之后，云远道上麦温如家变得理所当然，闲着没事就来陪麦妈妈写写字、浇浇花、聊聊天。经常麦温如刚下课回到家，就看到云远道围着妈妈的格纹围裙在厨房切切炒炒的样子，颠勺都颠得器宇不凡，而妈妈则甚是满意地坐在门外，偶尔指点指点江山。

两人关系融洽得仿佛已经是一家人。

云远道在放年假回家前，正式向麦妈妈递交书面申请："今年所里要求我一定要休年假，我打算回家陪陪家人。恰巧年后堂姐婚礼，希望能借这个机会，带小麦见见我的家人。"

麦妈妈稍愣，看了一眼同样等待批示的麦温如，斟酌一番后，落字："只要温如同意，我就放心。"

麦温如看着那张纸发愣，还不知道自己要同意的究竟是什么。

考虑到不能让麦妈妈一个人过年，云远道贴心地把会面的日子定在了元宵后，亲自给麦温如订好了飞 G 市的机票。麦温如抵达那天他算

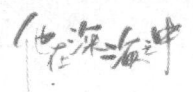

准了时间,在出发去机场接人前,相当不着痕迹地在电视上播起了麦温如小时候那档综艺。

正插花的云妈妈瞥了一眼,立马认出:"这不是那个什么妹妹吗?她乳名叫什么来着?"

"小'烧麦'。"

"对对。哎呀呀,真是好多年前的节目了,这孩子现在肯定长得特别漂亮。"

云远道不置可否,试探地问:"您知道她真名叫什么吗?麦温如。"

"和你的小麦同名呀?"然后她又看一眼云远道手机上打开的百科名片,再次讶异,"两人怎么长得也这么像啊?"

他失笑:"妈妈,您就没想过,从概率学上讲,和麦温如既重名又长得像的可能性其实非常低?"

一旁的云爸爸正准备着要给麦温如沏的茶,路过瞅了一眼,添一句:"可不是嘛!这么小的概率被你给撞上了!你这小子四舍五入约等于娶到梦中情人了呀!"

云远道噎住,虽然知道辩解无用,但也非常难得地在长辈面前红了脸。

麦温如顺利抵达,刚坐上副驾驶就迫不及待地给云远道看她给他家人挑的新年礼物,都是些A市的特产,算不上名贵,但胜在精巧且有心意。他笑吟吟地看完,说:"我觉得你要有心理准备。"

麦温如心里"咯噔"一声:"怎么了?这礼物选得不好吗?"

"礼物很好。但即便没有它,他们也够喜欢你了,这就是问题所在。"

麦温如还当他是故意在说好听话,压根儿没往心里去。直到踏进云家大门,亲眼见证云远道父母从惊愕、无言到欢喜,又经历他们一番又一番狂风暴雨般的热情接待后,她终于稀里糊涂地明白了——自己好像真的在二十多年前就攻陷了未来的公公婆婆……

具体表现在,她在云家做客的那几天,动不动就会有许多与她童年有关的东西被捧到她跟前来。例如吃饭时,云爸爸会笑呵呵地给她夹鸡腿:"我记得'妹妹'小时候喜欢啃鸡腿,这两个鸡腿我特地没有切,都是给你的。"喝水时,发现云妈妈给她添了新的马克杯:"'妹妹'最喜欢草莓熊对吗?我今早逛超市看到的,特意买回来给你用。在自己家用什么一次性塑料杯呀?"就连零食,都挑了她小时候常吃的果汁软糖和巧克力曲奇饼,在茶几上连续堆了好多天。

好多声"妹妹",好多好多关心和温暖,在这栋不大的小洋房里也在麦温如心中不断堆积,最终达到燃点,烧起热腾腾的火堆。

婚礼上见了云远道的祖父母和各路亲戚,个个都友好亲和,都跟着云远道父母叫她"妹妹",丝毫不在意昵称出处。新人宣誓时,新郎紧张至极地念了一封情书,成功将在场所有感性人士统统念得泪眼汪汪,麦温如也不例外。云远道拿纸巾细细帮她擦眼泪时,低低笑了一声。

"笑什么?"

"我也好想快点儿看到,婚礼上你听我给你读信时,哭得一塌糊涂的样子。"

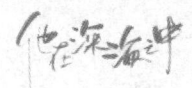

麦温如红着双眼，嘴硬道："我才不哭呢。"

"确定吗？我都想好我的誓词了。"他挑挑眉，"核心论点就是——我热爱海洋，也热爱你。"

麦温如心中动容，还是不认输地轻哼："你剧透了，我到时肯定不哭。"

这回答似乎正中云远道下怀，他捏捏她的鼻子："那就好，我也舍不得你哭。"

宴末拍全家福，麦温如相当识相地站在摄影师身旁帮忙指挥站位，云远道却赖在她身边，直到队列即将完成之际才问她一句："你要来吗？"

她一愣，望向那云家长房的空位，端坐着的云远道父母背后正好空出了容纳他们二人的站位。

麦温如的嗓子紧了紧，终于明白云远道的用意，这些年一起走过的每一步原来都作数，都在他的计划之内，一点点引向最好的结局。

"那你以后要多爱我一点儿。"

他笑吟吟地答："那把总量设为 x，以后每天加 y。y 为非负数并绝不等于零，区间记作 1 到正无穷。"

麦温如很认真地记下："不许反悔喔。"

"算术从不反悔。"

就这样，麦温如进入了他的全家福。年后，双方家长会晤，于一派祥和温暖的氛围中敲定了日子，两人订婚了。

番外二

云先生与云太太

TA ZAI SHEN HAI ZHI ZHONG

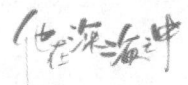

云远道最终信守了等麦温如硕士毕业就结婚的诺言,险些失守是在云奶奶挑了个麦温如还没正式答辩的黄道吉日,远隔一周就每天三遍地催着他去领证。

那时云远道相当正色:"我一个正高级研究员,猴急地非要和还没毕业的硕士生结婚,显得我尤其着急且不正经。"

云奶奶反问:"一个博导和还没入学的博士生结婚,就显得你特别正人君子了?"

云远道咳了两声:"您可以想成我最高学历也是博士而已嘛。"

终于熬过要人命的答辩,顺利在毕业典礼上拿到了学位证,麦温如当天下午就被云远道拐到了民政局,在宣誓时亲耳听到他那句铿锵笃定的——我热爱海洋,也热爱你。

末了,云远道拿着红本本,向来沉着谦和的人难得露出一丝得意:"这回毕业证、结婚证一起拿,你持双证毕业了。"

麦温如怀疑他被冲昏了头脑,纠正道:"我本来就是双证毕业,学位证加毕业证。"

他眉梢的得意丝毫不减:"那我现在带你实现三证。"

"你这是办证机构年末冲业绩吗……"

新婚伊始,最难适应的就是身份的转变,云远道从没有称呼过麦温如"老婆",麦温如那句"老公"也怎么都叫不出口,总觉得很是拗口。

云远道为此苦恼过。那日麦温如正坐在书桌前看卷宗,他从书里抬头,忽然唤了一句:"小麦。"

她头都没抬:"嗯?"

"小麦同学?"

她有些奇怪地"啊"了一声。

"云太太?"

麦温如没忍住笑出声来,扭头看他:"干什么?"

"没有,就是尝试一下,看看哪个称呼最有感情。"

"我知道有个最有感情的。"

"什么?"

她存心调戏他:"老伴儿。"

他一愣,皱眉:"不留点儿给三四十年之后的我们吗?到时候找找新鲜感什么的。"

"人都被埋半截了还要新鲜感啊?"

"不是怕你无聊嘛,让你对我保持新鲜感。"

"那你多吃点儿防腐剂吧。"

"不用,我每天在实验室的福尔马林里泡一泡就行。"

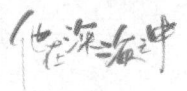

麦温如简直笑折了腰。

但她还是能从云远道口中听到"老婆"这个词,就比如海洋所里常有些应酬,需要他出面陪相关人士喝喝酒吃吃饭之类的,他懒得应付,就会毫不留情地回复一句:"我老婆不让去。"

海洋所一众妻管严深谙其苦,纷纷表示同情与理解,只有麦温如的贤妻名声毁于无形之中。后来她进了律所,也常有疲于应付的交际,便也有样学样,搪塞一句:"我老公不让去。"

律所众多人士纷纷上线抨击云远道,他云里雾里地来找麦温如询问真相,麦温如便朝他挤挤眼睛:"你老婆不让,我老公不给,那咱不就刚好凑成一对?"

他面不改色地接过话茬:"那不行,我老婆没了我活不了。"

"没有任何一个女人离不开任何一个男人,好吗?"

"好吧,那我没了老婆活不了。"

"……"

元素置换这一块算是被你玩明白了……

但云远道对外用得最多的,还是"太太"——

例如,带她出席各种学术会议,会大大方方甚至带些得意地向人介绍:"这是我太太,麦温如,知名刑辩律师。"

上课时他讲到珊瑚群,盯着PPT上的演示图浅笑,对学生说:"这张图是我太太选的。"

下班路过花店,他顺手给她捎带一束她最喜欢的百叶蔷薇,和店主寒暄之际笑答一句:"我太太喜欢。"

新作发表,同事道贺时顺道夸了一句他文章的注解,他会像想起什么很心动的事,神色温柔道:"是我太太帮我整理的。"

哪怕是吵嘴生气,他黑着脸去楼下超市买洗洁精回来刷碗泄愤,都会幽幽地抱怨一句:"太太今天心情不好,可惹不得。"

他偶尔调侃麦温如时也当面叫她"云太太",她则回敬他一句"云先生"。各自的生命好像就在这一声声称呼中重合、交融,再难分出彼此。

麦温如对他说:"我有时候会想不起那些没有你在的日子,好像那些都只是重头戏来临之前,无足轻重的序曲一样。"

云远道笑着亲亲她:"那就不要想起来了。"

云先生和云太太,虽身份不同,但共起一字,共度一生。

—The End—

本书由杨清霖委托长沙大鱼文化传媒有限公司正式授权花山文艺出版社,在中国大陆地区独家出版中文简体版本。未经书面同意,本书的任何部分不得以图表、电子、影印、缩拍、录音和其他手段进行复制和转载,违者必究。